银龄书院文库
YINLING SHUYUAN WENKU
大字本有声书

也无风雨也无晴

老年花样生活散记

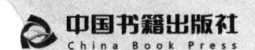

薛晓萍 | 著

中国书籍出版社
China Book Press

图书在版编目（CIP）数据

也无风雨也无晴：老年花样生活散记 / 薛晓萍著.
-- 北京：中国书籍出版社，2022.9
ISBN 978-7-5068-9180-6

Ⅰ.①也… Ⅱ.①薛… Ⅲ.①散文集—中国—当代
Ⅳ.①I267

中国版本图书馆CIP数据核字(2022)第163571号

也无风雨也无晴：老年花样生活散记

薛晓萍　著

策划编辑	庞　元
责任编辑	庞　元　彭宏艳
责任印制	孙马飞　马　芝
封面设计	闻江文化
出版发行	中国书籍出版社
地　　址	北京市丰台区三路居路97号（邮编：100073）
电　　话	（010）52257143（总编室）　（010）52257140（发行部）
电子邮箱	eo@chinabp.com.cn
经　　销	全国新华书店
印　　刷	北京睿和名扬印刷有限公司
开　　本	710毫米×1000毫米　1/16
字　　数	260千字
印　　张	20.5
版　　次	2022年9月第1版　2022年9月第1次印刷
书　　号	ISBN 978-7-5068-9180-6
定　　价	68.00元

版权所有　翻印必究

目　录

义工心语 / 1

春辑——绿荫生昼静，孤花表春余 / 3

死不了 / 5
　　故事很长，只说一句，她为什么长寿

月季花 / 17
　　没有青梅竹马，没有情窦初开，只有和你两鬓斑白

苘麻花 / 25
　　有你，春天来不来没关系

玉兰花 / 33
　　孩子越优秀，妈妈越孤独，自选的礼物

矮牵牛 / 41
　　个子有点儿矮，却是你的靠山

君子兰 / 48

　　青春一分钟一分钟地过去，我们一天天一天天地变老

牡丹花 / 57

　　别担心雨雪会来，我把你紧紧搂在怀

连翘花 / 65

　　爱到极致，只能和你眉来眼去

夏辑——荷笠带斜阳，青山独归远 / 73

蒲公英 / 75

　　有阳光有鲜花的日子，往前走吧

迎春花 / 82

　　脚步里还偷偷藏着初恋时的深情

刺玫花 / 91

　　没关系，谁都会做错选择，都会莫名其妙刺疼自己

郁金香 / 98

　　任何人都会遇到自以为是，成长永远进行时

石榴花 / 105

　　我可以对全世界说晚安，唯独对你说喜欢

含羞草 / 113
　　你慢点儿老，我愿给你世上所有的美好

马蔺花 / 120
　　年老的事很重要，我的苦不想要你尝

玉簪瓣 / 127
　　到岁数了，回忆多得像云，飘过来飘过去

美人蕉 / 136
　　日子艰辛且美好，是我们心底藏着真诚和善良

秋辑——天意怜幽草，人间重晚晴 / 163

虞美人 / 165
　　岁月慷慨，好坏都带走，只留下真爱

地黄花 / 173
　　外面的世界开心时参考，郁闷时关掉

喇叭花 / 181
　　有点儿郁闷很正常，说出来会好受点儿，说吧，我在听

波斯菊 / 188
　　同学，是一生故事的开始

白百合 / 195

  爱，像风像雨，静静地细水长流

萱草花 / 203

  什么都能放下，就是放不下牵挂

珍珠梅 / 212

  捐献遗体留下银丝，有爱的灵魂终会相遇

紫罗兰 / 219

  希望他们觉得，遇见我，是会幸福快乐的

长寿花 / 227

  喜欢日落黄昏，没有轰轰烈烈，只有柔情似水

冬辑——苍苍竹林寺，杳杳钟声晚 / 255

玫瑰花 / 257

  遇到温暖的事、温柔的人，一切自有安排

腊梅花 / 266

  凌寒独自开，没法子，所有的生活都是合理的

山桃花 / 274

  太阳温柔地沉没，挥挥手，不追，等

银杏树 / 280
　　你想象不出，我那一刻的感动

杜鹃花 / 288
　　司空见惯的平凡，温暖流年

仙人掌 / 295
　　个性，是自我形成的，路是自己选的，没有输赢

山楂树 / 304
　　拯救爱情是别人的事，我要做的，就只是照护你

蔷薇花 / 313
　　心底有无限的柔情，全都给你，人间值得期许

义工心语

银龄书院 朗读者 薛晓萍

扫码听故事

春天，漫山遍野的小花竞相绽放，左手山桃花、右手勿忘我；头顶鸡冠花、脚缠指甲草；嘴里衔着二月兰、颈挂一串风铃响；耳朵夹着喇叭花、腰间系着石竹、紫荆、秋海棠；还有几个淘气的苍耳、芍药花，撕扯着我的红衣裳……

金色的夕阳，把自己的影子拉得很长很长，我奋力追逐着自己的影子，一直追到这座神秘的花园旁，高高的菩提树、矮矮的篱笆墙，两扇爬满凌霄花的柴门虚掩着，我踮起脚尖，透过柴门缝隙向花园里张望。

孩子，你想进去吗？

想啊。

爸爸妈妈不知道什么时候来到我身旁。

爸爸说：孩子，每个人都有自己的秘密花园，你想走进去必须把自己的心清理干净，心要敞亮。

妈妈说：孩子，有幸走进别人的花园那是福气，不许喧嚣、不许浮躁、不许惊扰、不许搬弄、不许中伤。

嗯，我答应着，琢磨着，顺着渐渐敞开的柴门，蹑手蹑脚溜进了神秘的花园,春天的园子竟是那么的漂亮……

迎春、连翘、郁金香、刺玫、玉兰、波斯菊、杜鹃、地黄、山桃花、腊梅、月季、长寿花、玉簪、石榴、含羞草、玫瑰、百合、矮牵牛、银杏、蔷薇、君子兰、萱草、山楂、死不了、牡丹、苘麻、喇叭花、马蔺、苘麻、君子兰、虞美人、珍珠梅、蒲公英、美人蕉、紫罗兰、仙人掌。

树上挂着红彤彤的樱桃,还有几颗酸溜溜的梅子优雅地晒着太阳。

我看到花开、我听到花语、我尝到花甜、我闻到花香。
我默默地看、我静静地听、我轻轻地记、我悄悄地想。

我把这些稿纸折成一架架小飞机,张开嘴巴对着飞机尖尖的机头哈了一口气,嗖,嗖,小飞机飞进非虚构文学的殿堂。

记录爱,传播爱,只为分享。

春辑

——绿荫生昼静,孤花表春余

《行香子》

宋·秦观

树绕村庄,水满陂塘。倚东风、豪兴徜徉。小园几许,收尽春光。有桃花红,李花白,菜花黄。

远远围墙,隐隐茅堂。飏青旗、流水桥旁。偶然乘兴、步过东冈。正莺儿啼,燕儿舞,蝶儿忙。

死不了

故事很长，只说一句，她为什么长寿

银龄书院朗读者 虹露

扫码听故事

2021年，她，整整100岁。

她，为妇联送去100个自己做的小泥人儿。

她，烈士遗孤，烈士遗孀，失独妈妈。

她说：活过100岁，才敢说是九死一生，死不了。

满满的自豪。

她在房间养了很多死不了花，五颜六色，生机勃勃。

#她一字一句告诉我：党龄80年2个月零13天#

2020年夏天，新冠疫情再度袭来，养老机构再度封院，只有靠视频才能和她保持联系。

今天晚上视频，她告诉我：明天我必须要理发，一定要理发，一会儿你自己先聊天儿，我去洗澡。

我说：等一会儿，我还没看够您呢。

她说：不行，后天是大日子，我必须要换衣服，要理发，干干净净迎接大日子。

我故意逗她：什么大日子呀？

她急了：你忘啦，中国共产党成立99周年。

我说：那您还记得您的党龄吗？

她恼了：你都考我100回了，我清清楚楚地告诉你，你给我听好了，我是1921年生人，1940年4月17日加入中国共产党，今天的党龄是80年两个月零13天。

我继续逗她：您去洗澡我和谁聊天呀？

她说：那你看我洗澡。

我说：老胳膊老腿有什么好看的。

她急了：我让你看看我这白白的光溜溜的腿。说着她就真的快速脱下外衣，露出了挺直的背，笔直的双腿，真的是白白的很瓷实。她真的是腰不弯、背不驼，99岁高龄，从不用拐杖更不坐轮椅。

她，烈士遗孤，烈士遗孀，失独妈妈，巾帼英雄。

她的故事三天三夜都说不完，我努力记述着。

我陪她，在夜黑风高的十字街头为她女儿送寒衣。

我陪她，驱车几百里到烈士陵园，听她大骂长眠在此的爱人。

我陪她，过生日去吃羊蝎子。

我爱她，她疼我。

#97岁生日要吃羊蝎子#

那年她97岁生日，我为她准备了毛茸茸的小狗狗，问她生日怎么过？她说想吃羊蝎子。

好，立刻驱车一路向北，途中停车为她买了几种小蛋糕，还有水果、鲜花。

到了敬老院门口，她已经等得不耐烦了，唠叨着：这么磨磨蹭蹭让你干点儿什么行。

我知道，她是急着见我。

英子和我一起把她带到饭店，以前她在这里吃过，吃完饭我早早去结了账。

她不干，大声嚷嚷：我过生日必须我请你们，你干嘛要结账，你凭什么要结账？

接着，她就默默地走到收款台前，问服务员，到底结了多少钱，我已经叮嘱过服务员不要告诉她，可是她在柜台前盯着服务员一直问，服务员最后跟她说了实话，后来她不依不饶，一定要把这钱给我。

她抱着毛茸茸的小狗狗，我们三人开车到敬老院门口，只见院长在院子里踱步，我知道他着急，一个百岁老兵被我带走，这要出点儿什么事，没法交代啊！

院长拿了一盒新摘的草莓说：老太太，这是刚给您从园子里摘来的，祝您生日快乐！

她却不高兴地说：不要搞特殊，党员不能搞特殊。

我们都笑了。

97岁还想自费吃羊蝎子的不多吧。

#在烈士陵园，她对丈夫说我恨你#

她爱干净，每天总是把自己收拾得利利索索，清清爽爽。

她对我说过：丈夫非常喜好干净，对她非常宠爱，总是叫她小姐姐。

新婚三年，她的丈夫牺牲在战场。她欲哭无泪，化悲痛为力量，更坚强地行走在革命大道上。

新中国成立以后，不知有多少人为她提亲、多少军队干部亲自向她表白，都被她一一拒绝了，因为她的心里永远深深爱着她的丈夫。

就是在去年病重的那段日子里，她也坚持天天洗澡更衣，她说丈夫要来接她了，就像当年迎娶她一样，要来接她去团圆，她必须要干干净净地和丈夫走，和丈夫去天国找他们的女儿团圆。

就是这样一位深爱着自己丈夫的百岁女兵，在七月七日那天，她刻意换上一身崭新的深灰色套装，还戴上一块金光闪闪的新手表，对我说：几天几夜都睡不着觉，天天梦见丈夫，天天要在梦里和丈夫说说话。

我们经过几个小时的长途奔波，来到她丈夫安眠的烈士陵园。

七月七日原本就是一个沉重的日子，天灰蒙蒙的，时不时还掉几滴雨点儿。我们大家的心情都很沉重，可是怎么也没想到，她面对丈夫的墓碑竟然说：我恨你……

我恨你，23岁就扔下我；

我恨你，说话不算话，没和我一起为新中国的成立扭秧歌；

我恨你，让我把你没完成的任务都一一地完成，让我替你和战友们一起打败了日本鬼子；

我恨你，让我一个人替你把女儿拉扯大；

我恨你，好不容易把女儿拉扯大，你又把女儿叫到天国陪你；

我更恨你，说好了去年就把我带走，可到今天，你还不来接我。你知道我盼着和你团聚，盼了整整七十三年啊！

七十三个 365 天，七十三个 365 天啊……

疫情不走我不死

前两天她跟我微信视频说：我输血了。

吓我一跳。

怎么回事？

旁边的英子说没事，就是头晕，去输了点儿血。

什么输了点儿，200 毫升呢！

看她对数字的记忆特别清楚，我故意逗她说：您不是不怕死吗，干嘛要去输血。

不行，我现在不能死，我现在特别怕死。

为什么啊？

因为现在死了没人给开追悼会，防控疫情不能聚众，首先你就进不来，那我可不能死。

不开追悼会又怎么了？

不行，毛主席纪念张思德的时候说过：人死了不管是重于泰山还是轻于鸿毛，都要开追悼会。我小爱人那追悼会人多了去了。

年代不同了，开不开追悼会没什么。

不行，那样的话我小爱人会说，你怎么了？你是不是晚节不保，你是不是不革命了？为什么你死了都没人给你开追悼会？我怎么对我小爱人说呢。

那您就一定好好活着，不许再瞎说了啊。

反正疫情不走，我就好好活着，它不走我不死，为了追悼会我也要好好活着。

#100岁摔伤骨折，100天后自愈#

三伏天原本就酷暑难挨，可是这位百岁老兵却在看电视时，不经意回了一下头，就摔倒了，摔成了大腿骨折，而且没有任何手术的可能，只能是静养，这份疼痛达到10级。

看着一向自力更生的她那紧蹙的眉头和时不时倒吸一口凉气的样子，就能知道她的疼痛有多深。

她没有大声呼疼，只是拉着我的手悄悄地说：我疼哭了，疼哭了，这辈子第一次这么哭。白天我没哭，晚上哭的。

我忍不住眼泪，又不能让她看到。拉着她发烫的手，摸摸她的额头，她在发烧，是疼得发烧。

她对身边的英子交代：如果她真的疼死了，一定要把她做的那些小泥人分别送给不同的人,特别叮嘱给我留一个小老鼠。

她望着我说:能住下吗?

我说:能,能住下。

但是防控疫情有要求,我又真的不能住下。

临走时,她说:帮我把药吃了。

她说:不能吃止痛药啊,止痛药要留到晚上,疼得厉害时再吃。

唉,她太聪慧,太明白,可是她怎么就没想到,人老了,回头时要慢慢地转身呢。

就这么一回头就把她伤成这样,真的让人很心疼,很心疼。

令人兴奋的是,时隔百天,我和北京广播电视台《老年之友》记者小丹前去采访,她竟然自己站在房间门口。看着她不用拐杖不推轮椅,一步一步向我走来,我惊讶得不知道说什么好,紧紧地搂着她,抱着她。

我说:您怎么好这么快呀?

她说:因为我不想浪费时间。

#说起小爱人,满脸娇羞#

那年情人节,我逗她说:你看人家胡老师两口子手拉手去过节了,咱们怎么过?

她说:我不用手拉手,在我心里头我的小爱人那是世上绝无仅有的，只应天上有。

我说：您还拽诗呢！

她说：对，我那小爱人高高大大，白白净净，在我身边天天叫我小姐姐，我比他大一岁。

我们两个人每次去执行任务的时候都会说一句：好好地等着我。只要有这句话，他肯定能回来，只要他对我说这话，我就肯定能胜利完成任务。

我们结婚的那天，他对我说，小姐姐，我一定好好待你，我俩一起把日本鬼子赶出中国，然后我再用八台大轿给你补办一个婚礼。

十几天组织没给我们布置任务，生活看似很平静。我们也算度了一个现代人说的蜜月，其实不到一个月。

那年，那天，他说今天要去执行任务，我照旧说着：好好地回来，我等着你。

我比以前多了一个动作，因为我们正式结婚了，所以我就抱了他一下，他紧紧地抱着我不松手。

现在我经常想起他抱我的感受，真的印象太深了。这一抱就是永别，他再也没有回来，他可真狠呀，到今天也不来接我。

我静静地拥抱着她，半天我俩都没说一句话。

我问：这几十年您就没有再遇到过爱的人吗？

她说：没有。要有过真的爱，就不可能再爱别人。不瞒你说,她抿着小嘴对我笑眯眯地说:给我介绍对象的人多的是,新中国成立以后,还有部长给我介绍对象呢,我连一个都没见,我敢这么说。八十多年我没对一个男人产生过想法。

我说:什么想法?

她说:别瞎逗,别瞎说。嫁了人就得为他忠诚。

我知道姐姐这辈子不愿做体检,即使去做体检,也不做妇科的检查。她说那只属于他丈夫。

在病最重的那段时间,她已经不能自己走路,可她每天扶着椅子也要到洗手间去洗个澡。

我说:您干嘛?

她说:为了洗得干干净净,不论什么时候小爱人来接我,我都是干净的身子。她有一件毛蓝色的小衬衫,只要她一生病就穿上,因为她爱人认得这件衣服。

她这一辈子就从来没有脱衣服睡觉的习惯,当年是为了革命工作随叫随起,有任务就出发。新中国成立以后,特别是她住进养老机构以后,她觉得如果有点儿病痛,有点儿突发意外,必须衣帽整齐地去见小爱人,那也是一个干干净净的模样,所以她的头发永远梳得溜光的。

她的衣服永远那样干净,自己做了很多套袖,戴着套袖侍弄那些花草。她还给院里的老人做泥人儿,她手可巧了,做的泥人儿栩栩如生,做的十二生肖中,猴子身上还有一些皮毛,做的小猫还有猫须。

#怎么老不死？因为不怕死#

早上临出发我给她打电话，说我今天下午回家，千叮咛万嘱咐不许她出门接我。

结果她还是走出屋门，来到大厅，上来牵着我的手就把我拉回了家。

走进房间，一面鲜艳的锦旗书写着巾帼英雄的光荣，屋里干干净净，到处都是她自己做的泥人儿，今天是她的生日，我为她带来了一盆长寿花，她给我准备了一床新被褥、新床单，期盼着我能回家陪她住几天……

她19岁加入中国共产党，24岁成为烈士遗孀。孤儿寡母相依为命六十年后，独生女儿在短短的十分钟内与她阴阳两隔。她没有号啕大哭，只是默默地捏着泥人儿，按照约定完成了送给奥委会的礼品。

她默默地居住在养老机构，没有人知道她的身世，没有人知道她的光荣历史，直到有一天市政府送给她一面锦旗，上面书写着四个引人注目的大字：巾帼英雄。

她对此从来都是轻轻一笑，她认为这没什么。

她衣着朴素干净，永远是浅色上衣、深色裤子、自制布鞋，春夏秋冬都喜欢戴一顶小帽子。花白的头发永远那样清爽，脸上没有涂任何护肤品，却发着光亮。

她耳不聋、眼不花、牙不松，喜欢吃最硬的家乡饼。食堂做的糯米饼，她放在微波炉烤得嘎嘣脆再吃。

她敢于对任何人、任何事说不！

她说话永远是声音洪亮，从不会藏藏掖掖。有一次我给她带去两种硬饼，一种是她的家乡驻京办做的石磨饼，特别硬，摔在地上都不碎，还有一种是我精心为她烤制的芝麻烧饼。

她每种咬了一点点儿，然后说这个石磨饼我留下，烧饼你拿走。

我说：您都留下吧。

她说：我不爱吃，为什么还要留下。

她就是这样一个人，这种勇敢与在战场上不同，在现实生活中，她也敢于对别人说不，一般人做不到。

她的时间安排得非常满。

她每天都有很多事情要做，有做不完的事情。比如她要种菜、种花，要做泥人儿，要画画儿，要给那些小泥人儿穿上漂亮的衣服。

也不知道她从哪里找来那么多鲜艳的布头儿和丝线，她会为那些小泥人儿穿上漂亮的衣服，还会给小兔子插上柔软的兔毛尾巴，给孔雀戴上一顶小花帽。

她做了很多很多个笔筒、工具盒，还给很多很多小朋友做了小老虎鞋。

我在想，当她为别人的孩子做小衣服、小老虎鞋的时候，是不是也在怀念她的女儿？她从来不忌讳独生女儿离她远去的事情，她总是说，女儿走了，仿佛天都塌了，可这天塌不下来，我还得活着，因为我是老党员。

她的眼睛永远是那样炯炯有神，从不容一点儿沙子，她直言快语，对任何事情都会一针见血，她在楼道会随手关灯，在院里会随手捡起地上的枯枝。

她每天把自己的时间安排得满满的，她不是打发时间和打发寂寞，她想的是，活着就要做对别人有益的人，绝不能坐吃等死，这就是她生活的全部意义。

她的养生之道就是拍拍打打。

她挂在嘴边的话是：我怎么老不死？我不怕死。

她说在敌人的炮火面前，她都没想过怕死，现在更不怕死了。活着就不能被别人伺候着，坐着轮椅让别人喂吃喂喝，那不是我。共产党员是钢铁战士，活一天就要为别人做一天的好事。

她从来不用拐杖，不管有多大的病，她都会自己用土办法解决。她牙疼，医生怕她年纪大不给拔，她自己用毛巾使劲儿一拽就把牙拔了。

她每天要浑身上下拍拍打打近一个小时，我说她自虐，她说不对，人的肉皮发紧就会生病，就要时不时地拍拍打打。她每天要叩齿1000下，这些年从未间断。

2021年4月17日，她党龄整整81年。

她，此时此刻在医院输血。

死不了，开花了。

月季花

没有青梅竹马，没有情窦初开，
只有和你两鬓斑白

银龄书院
朗读者　薛晓萍

扫码听故事

那年，那月，那个火辣辣的夏天，北京二环马路中间绿化带中的月季花就像疯了一样，肆意在阳光下撒着欢儿，开着花。

同学聚会春晖园，为阿伦大病初愈压惊。阿伦带着他的爱妻出现在同学们面前，他隆重地介绍：这是我家最高领导月月！

月月身着牛仔辣裤、赤脚人字拖，黄色卡通T恤衫随意地裹住她那凹凸明显的身躯，真像是一朵盛开的黄月季花，是那么的美丽，甚至有一丝妩媚，立刻就深受我们的欢迎。

月月比我们小几岁，很是乖巧，一直对着同学们这个叫姐姐，那个叫哥哥，叫得大家很是开心。我立马到商品部淘了一款复古墨镜送给她，她大大方方欣然接受，甜甜地说了声：谢谢姐姐！

她随身带了些阿伦的瓶瓶罐罐，有药片、有针剂、有药水，还有擦拭伤口的酒精棉，非常细致，就像一个护士的医药包一样。

她还带了一篮洗过的、切了块的水果,有提子、香瓜、哈密瓜、苹果、樱桃,还带了果叉,真是个细致的小女人。

后来,她一个劲儿地向大家致谢,说阿伦手术后这是第一次为他洗了个囫囵澡。大家奇怪,什么叫囫囵澡?

月月微笑着说:因为他身上有多处伤口,每次给他洗澡都是一段一段地洗,说得大家哈哈大笑。

阿伦并没有什么顾忌,也是憨憨厚厚地笑着,深情地望着他的爱妻,任凭月月向大家诉说他的病情和他偶尔出现的窘态。

那神情就像欣赏一幅世界名画,对,还是《圣母加冕典礼》那幅画。

聚会结束,同学们都对阿伦的妻子月月有一个美好的印象,但同时也有一些人产生了质疑,这样一个漂亮妞儿会在病床前照顾他吗?

我特别坚定地说:能,你们男生就是以貌取人。其实越是外表干练的女人心地越是善良,心智越是细密,不信咱们走着瞧。

来年春天,阿伦的女儿出嫁,我们应邀参加了他女儿的婚礼。只见阿伦被月月收拾得比新郎官还新郎官,西装革履,尽管他大病初愈,还有些虚弱,在会场上月月还是推举了他代表女方家长讲话,毕竟阿伦是上市公司财务总监,也曾经代理过一县之长，在台上引经据典侃侃而谈，月月带头为他鼓掌，为他喝彩，引得月月那帮朋友都一起鼓掌，让阿伦在台上容光焕发、神采奕奕，讲了很长时间。台下被月月带动得一阵接一阵的掌声，让阿伦找到了重归职场的状态，很兴奋。

下台后，月月悄悄问：你不累吗？

阿伦说：我不累，你给我鼓掌我就不累。

大家都笑了。

月月这天穿了一件紫色的裙衫，有两个硕大的兜，就像蝴蝶的翅膀。

我说：你不冷吗？

她说：不冷，这件衣服兜大。

我说：干吗？

她咬着我的耳朵说：装红包啊！

看得出来，几十桌的来宾大多是她的亲朋好友，她的人缘极好，人气爆棚，左一个红包、右一个红包，一会儿她就像蝴蝶一样飞飞飘飘地到我身边：姐姐，打开拉链，帮我收着。一个特大号的手提包被她用红包塞得满满的。

我拎着这份信任，沉甸甸的。

她一会儿和长者们碰杯，一会儿又和小字辈儿喝酒，满场飞，让人感到她真的就像一只蝴蝶，纯真、大气、不做作。

女儿和女婿幸福地在台上相拥微笑，有这样一个能干的妈妈，也是女儿、女婿的福气。

不久传来阿伦再度入院的消息，而且直接进入ICU病房，而这一住就是154天。

154个日日夜夜，陪伴他的自始至终都是月月，尽管他有很多亲朋好友，尽管他们的女儿女婿也很孝顺，尽管我们这些同学们也都自告奋勇要去陪护。

可月月当仁不让，一切事情亲力亲为，不离不弃地陪护他154天。

我陡然想起那首歌：我立马天山外，听风唱着天籁。岁月已经更改，心胸依然自在。我放歌万里外，明月与我同在。远方为我等待心澎湃，我寻梦梦就在，未来为我盛开。我想爱爱就来，不要寂寞尘埃，心花开不败，才精彩。岁月已经更改，心胸依然自在，我放歌万里外，明月与我同在。

明月与我同在，不管是他如日中天还是日薄西山，月亮都围绕着太阳转。月月俨然一个指挥官，指挥着孩子们为爸爸选购上好牛肉，熬成肉汤，为他增加营养。

护士们忙不过来，她亲自为阿伦擦洗伤口、涂药。当有的小护士看到血淋淋的伤口不敢动手时，都是月月亲自护理，轻轻地清洗，柔柔地包扎。

在这154天的日子里，她陪伴着阿伦，经历了许许多多的生死考验。突然间，高烧不退；突然间，大出血，一面是输血管，滴滴答答地注入新的血液，一面是快速的血液流失。

阿伦面色苍白，没有一丝力气，但还是抓住月月的手，在她手心里写下了几个字：出血点找到了吗？救我。

月月用力握了握阿伦的手说：放心，有我在，你不会有事的。

阿伦眨了眨眼睛，就算点了点头。就这样，他们手牵着手又挨过了大出血那一关。

出血止住了，阿伦做的第一件事就是嘱咐月月：快，把我名下的房产处理掉，把女儿的房贷还清，一次结清，记住，一次结清！

父爱如山啊。月月照办了，阿伦很欣慰，对同学们说，我家领导真能干。

我们笑侃，你领导有方。

月月也说：你是我的领导，你指挥我向东，我不向西。

同学们一批接一批地来看望阿伦，月月安排阿伦的小学同桌单独进去看他，我们来到了大厅。

我知道，她太累了，心疼又无能为力。

她悄悄地说：姐姐，我要抽烟，可以吗？

她说：可以，可以，我高考的时候也会吸烟。

她问：来一支？

我说：不，不了。

尽管我现在很惧怕这种烟味，可我还是在她身边一直陪着她，望着她。

月月叼起一支细细的坤烟，深深地吸了一口，然后又轻轻地吐出一串串的白圈儿，很是潇洒，很令人痴迷的吸烟状态。

看得出她很疲惫,她身子向椅背上靠了靠,说了一句:又闯过了一关。

我说:是啊,能有这么一个小小的空间收留你们,你一定做出了很大努力。

我知道这漫长的154天,不说披荆斩棘,也是历经坎坷,终于给阿伦在ICU病房隔出了一个小小的空间,没有洗手间,只是一张抢救的床,而月月只有一张椅子。

昼夜在这里陪伴,寸步不离,没有片刻的休息,原本体形就很苗条的月月更加纤细,可那只大眼睛依旧神采奕奕,因为她有的时候不能和阿伦用语言交流,只能靠眼神,所以她的眼睛永远充满信心,永远是那样充满力量。

阿伦虚弱地睁开眼睛,看到爱妻那热烈、执着、坚定的目光就会点点头。

看着他们夫妻相视的瞬间,不禁让人动容。

爱的力量就是这样神奇,在爱的鼓舞下,尽管阿伦已经掉了将近一半的体重,可他还有坚强的意志,他要活下去,他要和病魔抗争。

偶尔有医生惊讶地问:你还在这儿?

言外之意大家都心知肚明,这时阿伦就会发出朗朗的笑声说:有我家领导在,我就在。

医生们都很敬佩月月的坚强和细心周到,周围的小护士们都很敬重这个月月姐,因为月月姐给她们力量,给她们鼓舞，还时不时地给她们送些惊喜。

ICU病房天天都是和死神打交道的人，大多是进得来出不去，而月月凭着她的耐心、她的毅力，凭着她的爱，愣是将阿伦再次接出院，回家过年了。

回家喽，回家喽！阿伦兴奋得说不出话，只是拉着月月的手使劲儿地、用力地摇了摇。

月月说：知道，知道，用不着你感谢我，嫁鸡随鸡，嫁给你就得爱着你，陪着你，伴着你。

阿伦曾经对我说过：为了月月，我就是爬着，也得跟着她去医院看病开药。

是呀，每周的星期三，月月都会拉着阿伦去中医院看病。

寒冬腊月的清晨，天还是漆黑的时候，月月就开着那辆小红汽车，拉着阿伦直奔中医院，下车后用轮椅推着去看病。

阿伦在月月的照顾下一天一天地好起来，各项指标趋于正常。真的，我们为他们祝福。

月月和阿伦的爱不善言表，也没有高谈阔论，他们的爱就像雨露洒在人间，让我们看到的人心头为之一震，爱，竟如此美丽。世上就有这种爱，而且是这种多情的爱，美丽的爱。这种爱让你不得不相信，事间万物皆有情，最有情莫过于夫妻。

爱情没有定义，婚姻也不是儿戏，看似平淡，但传奇每一天都在上演。爱，就是在一起。

有个同学曾经学着革命样板戏《沙家浜》中刁德一的口吻说月月：这个女人不寻常！

不寻常的女人却有一颗平常心，月月的爱，心细如丝；月月的爱，朴实多情，就像那满大街的月季花，既普通又那样的娇艳，向人间撒着满满的爱。

这多情的爱、浪漫的爱，别人看得到体会不到，只有她心爱的人才能够深深地体会到，这种爱是多么的珍贵，多么的稀世。

想从心底说一句：阿伦好福气，月月好美丽。

满大街的月季花盛开着。

苘麻花

有你，春天来不来没关系

银龄书院 朗读者 徐心红

扫码听故事

刚才大厅里还传来《八月桂花遍地开》的音乐声，一群长者载歌载舞在为国庆节准备着节目。谁知吃过晚饭，大院里就一片寂静，就连白天抢着盛开的苘麻花儿，都静悄悄地闭幕了。

原来今天是周末，很多长者都被子女接回家了。而许奶奶不知怎么了？既没有看到她的假条，也没有看到她人。

护工玲玲拉着我四处去找，走过了假山、小亭都没找到，最后我们在池塘边看到许奶奶坐在那里抹眼泪。

玲玲是一个善良的姑娘，最见不得老年人哭，一看哪个奶奶哭，她就急了：奶奶，奶奶不哭，奶奶不哭！可是奶奶们一般有什么心事也不愿和她说，她是一个不到20岁的小姑娘，奶奶还时不时要哄她呢。

玲玲对我说：您在这儿看着奶奶，我去找许三多。

许三多是这家养老院的厨师，做得一手南方好菜，胖胖乎乎的，不高的个子，其实人家本不姓许，可竟被这些长者叫成了"许三多"。

我走到了许奶奶的身旁没有吱声,她抬起头看了看我,我明显地看到她眼角含着泪。我走过去拉住她的手,一起坐在那里,什么也没有说。我知道说什么都是多余的,一定是今天她的儿子又没有接她回家,已经连续一个月了。

果然,许奶奶开口说了:你说,他怎么那么忙,就是总统也有和妈妈牵手散步的时候吧。而我这儿子,怎么就这么忙呢?说好了上周来接我,没接,今天又没来,眼看着就到中秋节了,这样下去中秋节恐怕也不接我了。

我说:不会的,不会的。您吃饭了吗?

没有,我根本吃不下去,都被儿子抛弃了,被遗忘的妈妈还有什么脸面吃饭呢?

我真的盼着许三多快点儿来,快点儿来,当时的一瞬间真的就像盼救星一样,因为我知道我无能为力。

我做义工这么多年,真的碰到过很多很多种状况,一般我都是听他们倾诉,真的怕劝不好,哪句又勾起了他们的伤心事。

所以我只能这样拉着她的手,轻轻地拍着她的后背,她渐渐地也平静下来,我俩一起看那湖里游弋的鲤鱼,红的、白的、金黄色的,游来游去。

这时听见许三多扯着嗓子嚷:姑,姑!

姑,您怎么在这儿呢?

许奶奶竟也真像见到了自己的亲侄儿一样，腾地一下站起来，晃了一下，她午饭和晚饭都没吃。

许三多赶紧抓出一把瓜子说：姑，你快吃点儿瓜子，我都剥好了。

原来他一边走，一边又嗑了一把瓜子，赶快放到了她亲姑的嘴里，她亲姑嚼着瓜子坐下来，说：三多呀，你姑被人抛弃了。

谁呀，谁呀？谁敢抛弃您，我跟谁玩儿命。

许三多特严肃地说。

许奶奶说：还有谁呀，我那不孝的儿子呀，这都好几个礼拜没来接我了，我死的心都有了，等我见着他非用拐杖打断他的腿不可。

我真的不知道怎么往下接话。

而许三多呢，突然一下坐到地上，双腿盘着，双手合十冲天仰着头，大声叫道：天老爷呀，真的谢天谢地呀，她也就是我姑啊，要是我妈，我早被打死了。

我和玲玲、许奶奶都愣了，问：怎么回事啊？

许三多装作哭腔地说：我的妈呀，我有个妈呀，生了我们兄妹两个，我妹妹在外面打工，我也在外面打工。我从当兵离开家，到现在在这儿打工，就是逢年过节有时候也赶不到我妈身旁，我妈总说，别惦记着，我好着呢，我没事儿，你好好工作，多挣钱，好好养你的孩子，妈不用你惦记。我妈总这么说。

那年春节本来打算回去，可是这儿有十几位奶奶没地儿去，得，院长又把我留下了。我妈一接到电话就说，没事儿，没事儿，陪谁不是陪呀，妈这儿有你妹妹回来就行了，你陪那些老人，陪你那些七大姑八大姨吧。

您想，我妈多好，我要是赶上您这样的妈，我早就活不到现在了。

许奶奶破涕为笑，捶打着许三多厚实的后背说：好你个三多，竟这么挤对我，你这不成心吗？

我哪能成心啊，您是我亲姑啊，我姓许，您也姓许呀，这院里就您是我亲姑，那些大姑、二姑、三姑都不是亲的，咱俩是亲姑侄。姑侄亲，砸了骨头连着筋，是不是啊！

许奶奶早就把儿子不接她回家的事儿忘了，笑呵呵地说：三多呀，姑还没吃饭呢！

想不想吃油酥火烧夹豆腐？

许奶奶立刻来了精神：想啊，想啊！

那您可别告诉我大姑、三姑、二姨啊，我只能悄悄给您一个人做，您过一会儿上食堂后门等我，不许声张，记得接头暗号啊！

记得，记得！好，别忘了放香菜。

知道，拉钩！

他们两个人拉钩，一百年不许说，还按了个手印。

许三多噔噔噔地跑走了，许奶奶也拍了拍手上的土说：走，先回去洗洗手，然后上食堂后院吃特贡点心去。

这时我听见许三多拨通手机：老婆，快点，拿两个油酥火烧夹豆腐，别忘了，放香菜，快、快、快！快点儿送过来。

这又是你哪个姑哪个姨，不想吃饭，有心事想吃特贡啊？

我亲姑，许奶奶。

好嘞，马上就到啊。

原来许三多的老婆就在养老院附近开了一家早点铺，卖些粥啊、豆浆啊、油饼啊，她做的那种油酥火烧外焦里嫩、非常酥脆，再夹上她亲自煎的油豆腐，撒上一点儿辣椒酱或者甜面酱，再放些许小香葱或是香菜，老年人非常喜欢吃。

所以许三多时不时地就给那些闹毛病的、闹心事的长者送几个。这些长者还以为是院里特贡呢，其实都是许三多自己家的。

关于许三多的故事，我听了很多很多。

其实人家本不姓许，可竟被这些长者叫成了"许三多"。为什么呢？因为他亲戚多，在这院里面，有他好多个姑姑、姨姨、舅舅，亲戚特别多，每一个都是半道认的。

还有就是他的老乡多，天南地北的都有。这个养老院是全国连锁养老机构，有很多外地老年人到这里度过冬天，有些是随军家属，有山东的、有广东的，他们随着老伴儿的离退休住到这里，没几天就跟他成了老乡。

还有一多，他的零食特别多，他的兜里总揣着零食，什么南瓜子呀、丝瓜子呀，甚至苦瓜子他都有，那桂花糖更不在话下。

每年秋天他就在院里那棵桂花树下铺一个白单子，等桂花落下的时候，他就收起来，烘干，等到做糯米藕的时候撒一层桂花。要是有哪个长者说今天嗓子疼、不舒服，他就会熬一碗藕汁，撒上一些桂花加红糖，老人们喝得特别爽口。

有的长者为了喝他这口桂花藕汤，竟然装病说，我嗓子不舒服呀，我要喝许三多的藕汤。他也不管真病假病，统统给送来。

食堂吃饭无论是南瓜、冬瓜、苦瓜，只要是带籽儿的，他都不让帮厨的扔掉，都把它洗干净晾到院子里，晒干之后他就像宝贝似的收起来。下班没事儿关了火，他就在灶台上把瓜子儿烘干。这种烘干以后的瓜子儿可香了，他随手装在兜里，看到哪个长者不开心了，他就走过去，抓一把给他们，一起唠唠磕儿。

如果看到来的是东北的客人，他就主动走上前去说：您是哪疙瘩的呀？

客人就会一惊说：啊，在南国还有我们老乡呀！

对呀，我是东北那疙瘩的，咱是老乡啊，咱们唠唠磕儿吧。

好，他就会给人家学唱两句二人转，这样那些南来北往候鸟似的长者，在这里都能感觉到像家乡一样温暖。

有一次来了一些宁夏的客人，他就主动过去说：我从小也是在祁连山长大的。

人家一听，那不是咱们宁夏，是六盘山还是祁连山啊？他也说不好了，就说：很小就出去当兵，我忘了咱们宁夏最好吃的是什么呀？

那几个长者说：臊子面呐！

他就上网查臊子面的做法，第二天就给他们做了臊子面。这些南来北往的长者真的高兴啊，说到这儿还有老乡，真好。

从此他这"许三多"就多了好多老乡。不管是哪儿的客人来，他都先给人攀攀老乡，了解了解当地的食品特色，他回到食堂就做。所以他在这个院里，受欢迎程度真的不亚于院长。很多长者都愿意和他攀亲，他那七大姑八大姨更多了去了。

许三多那些个七大姑八大姨都是他在这里认的，该他午休的时候，他就陪着这些有心病的长者去遛弯儿，他认识很多花花草草，摘点儿苘麻儿洗干净，做烧饼的时候盖个小花纹儿可好看了。

他还会用狗尾巴草编小狗狗，用喇叭花儿编个小花帽给长者戴上，比遮阳帽好看多了，为了得到一顶小花帽，长者们都排队呢。

许三多对我说：我没有多少文化，也没有多少本事，可是我退伍后就来到了这家养老院，就想拿自己工作以外的时间多和这些老人说说话。

我也观察了，他们真的不缺吃，不缺穿，就缺有人说说话。有些护工，半天也不跟老人说句话，我看着就生气，所以我就利用他们打饭的时候叫他们一声，你想想，大老远的一进了食堂，我就喊，姑来了，姨来了，来，我给您多盛点儿，他们心里多高兴啊！

　　有时候看到哪个长者不高兴了，特别是儿女没来看他们，我就抓把瓜子儿和他们一块儿聊聊天，说说话，他们就开心了。

　　您说，我这么做多余吗？

　　你看看那苘麻花儿，如果就一朵，好看吗？一大片，绿油油的叶子，金灿灿的小花，越多越好看。

玉兰花

孩子越优秀，妈妈越孤独，自选的礼物

银龄书院
朗读者 金艺琳
扫码听故事

赵妈妈为孙子办的满月酒正在火热进行中，五星级酒店一个中型大包厅。赵妈妈请了自己的老邻居，还有一些亲朋好友及儿子、儿媳的同事。大家推杯换盏，频频祝福。

邻家妈妈说：阿宝啊，你妈妈可真的不容易，你爸爸去世早，你妈妈拉扯你一个人，那可真是吃了很多苦啊，你们现在工作也好了，也有儿子了，要好好孝顺妈妈了。

阿宝说：是啊，是啊，我不会让我妈妈失望的，我会好好孝敬妈妈的。

邻家妈妈又转头对赵妈妈的儿媳说：你可真棒啊，你知道他们赵家是一脉单传，你给赵家添了这么胖乎一个大孙子，八斤八两哟，那可真是个大胖孙子，你是他赵家的大功臣啊！

赵家儿媳穿着一身华丽的礼服，笑脸绯红，有些特别自豪地说：就是啊，就是啊，说不上什么功臣，但是呀，反正八斤八两的大孙子抱在了我婆婆的怀里，婆婆已经奖励我们了。

邻居们都张望着她的脸说：奖励你们什么了，奖励你们什么了？

告诉你们吧，婆婆把这个小楼过户到她孙子的名下了。

大家吃了惊，邻家妈妈说：赵妈妈，赵妈妈，你把房子过户给孙子，你住哪里啊？

赵妈妈迟疑了一下，又微笑着说：我们还住一起啊，我为了给他们看孩子，不过是让他们住到宽敞的向阳间，我住小屋罢了。

儿媳着急地说：不是的，不是的，下个月我们就要装修了，我们要给孩子打一个婴儿房呢。还有啊，我妈妈要过来帮我们带孩子的。

儿子阿宝拽了拽儿媳的衣襟，儿媳恼火地说：拽什么拽，就是嘛，本来就说好的嘛，我妈妈过来带宝宝的，我妈妈是幼儿园老师，带宝宝有经验的。

赵妈妈还是一脸微笑地说：是啊，是啊，我和亲家一起照顾我这大孙子。

儿媳腾地一下站了起来：不是的，不是的，你不是和阿宝都去养老院办好入住手续了吗，你要去住养老院的。

此话一出，整个大包厅一片哗然。在老邻居们眼里，谁家的老人被送到养老院，一是子女不孝，二是太没面子了，所以很多老邻居纷纷站了起来，儿子的同事也都站起来，围拢到赵妈妈这一桌来。赵妈妈再也控制不住自己的感情，什么也没有说，抓起自己的小手包，走出饭店。阿宝在后面追，邻居也在后面追，但是不知道她哪里来的那股力量，径直地向前走去，走回她的家。

晚上回家，自然是一顿争吵，儿子和儿媳打得热火朝天，赵妈妈的房门紧闭不开，任谁来敲都是不开门。大家吓坏了，打了110，警察上来，赵妈妈平静地打开门对警察同志说：没事儿，只是一点儿家务事。然后又砰地一声，关上了房门。警察也无奈地对儿媳、儿子说：好好看着你妈妈，不要出什么事情，赵妈妈也是这一带非常有名的爱心妈妈，总是帮弄堂里面做一些事情，也是我们的优秀治保分子，要好好对你们的妈妈啊！

儿子一宿都没有睡，就坐在客厅盯着妈妈的房门，可是劳累了几天，就在他眯瞪一会儿那段时间，妈妈不知什么时候溜出了房门，径直坐车来到了郊区的养老院。

踏入养老院的大门，两棵硕大的玉兰树迎面而立，笔直的树干，深绿色的叶子，真的就像把巨伞，护佑着众多的长者。

大家都知道，玉兰花开时是没有绿叶陪伴的，只有花朵孤零零地矗立在枝头，只有花落才会有绿叶生长出来。这些年很多地方的玉兰能够花开三季，夏天在茂密的绿叶中也会钻出几朵白色的、紫色的、金黄色的玉兰花。

赵妈妈静静地站在玉兰树下，心情非常复杂，前些日子，她和儿子阿宝已经到这里考察，并且交了定金，也签订了入住协议。她和儿子分几次拿了一些简单的行李，就是怕邻居们知道，她和儿子商量好就说去外地亲戚家串门。

赵妈妈是一个非常爱面子的女人，她丈夫去世很早，她一个人拉扯着孩子，从来不求人。什么电工活儿、农工活儿、水管工活儿，她都自己干，就是怕别人说闲话。

她这一生真的是就活在了面子上。而昨天的满月酒，彻底撕掉了她所有的面子，儿媳当众说出她住养老院的秘密，令她非常难堪，非常痛心，非常失望，她真的有去死的念头，但是不能。

她想：我是一个共产党员，做事要光明磊落，这么好的国家，这么好的社会，要去死，那就是自绝于人民。不行，我要好好地活着，还要看我的孙子长大。所以，她把这里的入住手续都办好了，今天一早就赶来了。

玉兰树下，站着一个穿布鞋、着彩条T恤衫的男子，黑黢黢的脸庞，笑眯眯地对她说：赵妈妈，您来得好早啊！

院长好，刚才我出门也忘了给您打电话，我这么早打扰你们了吧？

没有，您儿子给我打电话了，一会儿您儿子就到，来，赵妈妈，我陪您去吃早点。

不用，您去吃吧，我自己去餐厅就好了。

赵妈妈，我每天和老人一起吃早点呢。

啊，您和我们一起吃早点？

是啊。

这时，院里很多起得早的老年人纷纷走过来，欢迎赵妈妈加入。大家对她说：您不知道啊，老姐姐，咱们的院长啊，是每天和咱们一块儿吃早点，咱们吃什么，他吃什么。而且啊，他的爸爸妈妈也住在咱们养老院。

赵妈妈心立刻就松了很多：是啊，能把自己爸妈放这儿，这儿肯定错不了。

大家说：是啊，走吧，咱们一起吃早点去吧。

院长陪着赵妈妈一起排队，领了一份早餐，赵妈妈望着早餐又想起了家里面爱睡懒觉的儿子，不知道他是不是能吃上早餐，儿媳是从来不早起的，现在有了孩子，更是不早起了。

院长什么也没劝，只是对赵妈妈说：您看现在我还能陪您一起吃早点，您知道我爸妈没有人陪的，他们自己吃早点，您说我不想陪他们吗？可是不行啊。有的时候，我们真的是力不从心，身不由己啊。

是的，虽然他把爸妈接到了养老院一起住，可是每天他都是忙得很晚才回去，还要很早就起来。他要和老人们利用早上遛弯时间聊聊天，征求意见，还要解决解决老人们的各类问题，所以对自己的爸妈照顾得很少，甚至一个月能有几次陪爸妈吃饭，那就很不错了。

院长说得很动情，赵妈妈听了也很感动，想想说：是啊，院长，不瞒您说，我儿子也是一个科长，也很忙的。

我知道。

世界上所有的爸妈对儿女犯的错都不会计较，都会很快就过去的，这一点他办养老院几十年深深地知道。

于是院长接着说：每天我在这里忙碌，有时候带着老人们一起出去旅游，看到车外我妈妈那眼巴巴的目光，我真的也很难受。可是我们每次不能带很多人，要分批分拨儿带长者们出去。所以您说我心里好受吗？我不是也硬着头皮带着大家去旅游吗，其实我心里也挺难受的。

赵妈妈真的是被触动到了最敏感的那根神经，竟然掉下眼泪说：是啊，我儿子也是这样。在我们来考察的时候，我儿子就一路掉眼泪，说不愿让我上养老院。可是我家就这么一套房子，儿媳的妈妈是幼儿教师，要来帮我带孙子，我不给腾位子，不给腾地儿，他们来了住哪儿呢。说是一个小楼，实际上就是个小阁楼，没有多少面积的。况且我们俩亲家住在一起，万一有个磕磕碰碰，儿子更难做人，所以我选择来这里。

院长说：您选择来这里，不管是对是错，我只能保证一点，我会替您的儿子对您尽孝。我有时候可能和我爸妈顶嘴，甚至不回家陪他们吃饭，但是只要我在院里，我就会陪这里的长者一起吃饭。

我能为院里的长者做这些，可是我对我爸妈能做的就很少。您的儿子在外面对工作也是很负责任的，不然他不可能坐到科长的位置。您说呢？

赵妈妈说：您说得对，我的儿子在外面工作也不容易，儿媳妇也是很要强的一个人，在单位也是一个小头头儿，这不，人家产假都能歇半年，她只歇三个月就要去上班，说工作离不开。是啊，他们也很要强，儿媳给我买丝巾，给我买包包，也对我很好的。行，我不会再怪他们了。

院长说：赵妈妈，我们把饭吃了吧，人是铁，饭是钢，不吃饭可不行啊，您还得看着孙子上大学呢。

赵妈妈破涕为笑说：好，我们一起吃早点。

院长接着又找到赵妈妈的儿子和儿媳，对他们讲了很多这里老年人的故事，老年人害怕孤独，害怕被遗忘。

他说：你们的妈妈下月生日，我们这里每个月都要办一场盛大的生日会，要请专业的演出团体为老人们表演节目，还要为老人们办盛大的酒席，有多层蛋糕，有美酒，有鲜花，还有水果和各种风味的美食，而且我们邀请老人的家人都一起来，不管来多少人，我们都是热烈欢迎，免费招待，愿意住下的，我们有客房，不愿意住下的，吃了饭，我们这里有班车送你们回去，我希望下月生日会，你们能赶来。

儿子、儿媳连声说：我们会的，我们会的，我们一定去看妈妈，一定去看妈妈。

院长对我说，院里每个月都要为老人们办一次生日会，老人们都盼着这盛大的生日会，因为每次生日会院长都会千方百计地请到他们的家人，不管来多少人，他都会免费招待，班车接送。他说：老人们住进了养老院，他们害怕孤寂，害怕被儿女遗忘。如果说只等到十一、春节，那么老年人会很不安，他们的生日是希望孩子们来的，所以这么多年，我一直坚持着为老人办这个生日宴。

在第二个月生日宴会上，赵妈妈的儿子、媳妇还有孩子的姥姥，抱着孩子一起来了。他们为赵妈妈带来了新衣服，为赵妈妈带来了新包包，还有新的头饰，赵妈妈开心极了。赵妈妈真的特别喜欢儿女给她送衣服，而不是吃的，她说：吃进去了，谁也不知道，戴出去多风光啊。

哎，年老了可能要的就是这点儿面子了。儿媳在生日宴会上主动要求发言，向妈妈鞠了一躬，并且说：我婆婆，是世上最好的妈妈，我谢谢妈妈对她儿子的养育之恩，谢谢妈妈对我的百般呵护，妈妈，如果我有做得不对的地方，请您原谅，妈妈，我爱你！

然后她真的是泪流满面，扑到赵妈妈的面前，赵妈妈的心融化了，整个人都已经陶醉在幸福之中。在那么多老人羡慕的目光下，她和儿媳紧紧地拥抱在一起。

赵妈妈开心了，开心地住在这里，已经拍照记录了六次玉兰花开，赵妈妈拍摄的早春二月玉兰花在干秃秃的枝头绽放，主题就是我孤单，不孤独。

矮牵牛

个子有点儿矮，却是你的靠山

穿过布满矮牵牛的花径小道，来到小礼堂。

看见台上大章引吭高歌，为他伴奏的是他侍奉的三位老爷，乔老爷拉手风琴、毕老爷吹口琴、关老爷敲着小锣，他们三个人陪伴着大章一起登上院里联欢晚会的舞台，唱起了他们都喜欢听的那首《木棉树花开火一样红》，台下爆发出雷鸣般的掌声。

大章，不长个儿，在养老院是出了名的人物，他对老年人的照顾真的是体贴入微，很多老年人都争着要做他的护理对象，可是他一直恪守对院里的承诺，只要接管了第一批老人，就一定要陪伴他们走到生命的尽头，所以几年了他一直没有换护理的对象，不管别的地方出多么高的价格，甚至有些民营养老机构曾经出高薪请他去做金牌护工，他都不去，他说大男人一诺千金，我不会去的。

他每天都这样忙碌，今天我一直跟在他后面，等到中午老人都睡觉了，看到他一个人静静地坐在走廊的休息台上读报纸，我悄悄地走了过去，我们细声细语地开始了这场谈话。

你问我为什么要当护工，如果我说大道理那就是为了尊老，为了爱老，那都不是真心话，我要说的真心话就是因为我要救赎我的灵魂。

大章讲话文绉绉的，他现在在和乔老爷学习书法，那几笔字练得也是小有模样了。

看我不解，他说：是的，我是在用自己的劳动来救赎我的灵魂。我年轻的时候被父亲送去当兵，当兵那是很光荣的事，我就想既然我当兵走出了大山，那么我就一定要做出个样子，一定要提干，为了提干，无论是操练还是实战演习我都是冲锋在前，就是在日常生活中我也是抢着给班里所有的战友洗衣服、打水，还会早上起来打扫院子。

那时候我真的没有时间给父亲和老妈回信，爸爸每次来信都嘱咐我好好干，我回答他们也是我一定好好干，我们一年有一次探亲机会，轮到我，可是我为了提干就把这个机会让给了别的同志，后来我如愿提干。

提干以后我就更想往上提升，提升了一级我还想再提升，我更加努力没日没夜地勤学苦练，在部队立了三等功，几年过去了，我从没有探过家。

其实有的时候我也很想念家里的爸妈，这些年我一门心思就是提干、提干再提干，忽略了对爸妈的关心和照料，几次探家机会我都让给了别人，后来有一天我收到一封电报说我爸得了重病让我赶回去。我为了参加全军的实战演习没有回家，等到演习结束我立了三等功，可是等我到家爸爸已经去世了。

　　我那个悔呀，真是把肠子都悔青了，看到我妈满头白发，想起我走的时候我妈还是青丝满头，还给我做鞋，给我做了很多吃的让我路上带着，可如今看我妈已经腰弯背驼了，眼睛也哭得半瞎了，满头的白发像枯草一样，我心碎，我决心要转业回来照顾我妈，回到部队我就提交了转业申请，这些年我学了外语，学了救护知识，只要有军地两用人才培训班我都参加都学习，找工作不成问题。

　　我转业回到家乡后和大家一起致富，慢慢地，我家里也盖了房子，我的弟弟、妹妹也都到学校上学。

　　后来我媳妇生孩子住院的时候，我在医院看到一个刚才还在照顾女儿的老人出门摔了一跤，然后就没了，我觉得老年人的生命太脆弱了，真的不知道哪会儿就随风而去，我想我一定要好好照顾我妈妈。可是突然有一天我妈真的就是一个跟头摔下去就没有醒过来，我寸步不离地守着我妈也没有守住，看来人的生命真的太脆弱了。

　　老妈没了，老爹走了，我和老婆商量着一起去养老院专门照顾老人，这也是对我自己的一种赎罪。我老婆真是个好媳妇，特别听我的，她说行，反正咱们就一个孩子，咱们孩子到了北京还可以找一个好点儿的学校读书，我说是的，就把家里的地卖了，房子也卖了，反正我弟弟和妹妹大学毕业了，都在省城成家立业了，我们也无牵无挂，就揣着爸妈的照片来到了北京。

凭着在部队学的一点儿医护知识和我这五大三粗的好身体，非常顺利我就被这家养老院雇用了，然后我老婆也凭着她的巧手会做针线活儿，帮老人缝衣服，拆洗衣服，而且还会裁剪衣服，特别是我老婆会唱好多歌特别会哄老人开心，也被录取了，我们俩同时进了这家养老院。我专门做男人的护工，我老婆专门照顾女人，而且我老婆被安排在老年痴呆病房，因为我爱人脾气特别好，特别能哄老人开心。

我一来就分配给我三个老人，据说这三个老人都是很有学问的人，毕老爷、关老爷、乔老爷，他们真的都是各自领域里面的佼佼者，乔老爷是书法家，字画都相当棒；毕老爷是一个地质科学家，他攒的那些活化石标本，好多学生都跟他要，还有他的那些拓片真的特别珍贵；关老爷是一个军人，应该是将军级的，转业以后在一个企业当党委书记，老伴走了，他就被儿女送到这儿来了。

我对他们属于一对三的护理，就是把时间平均分配照顾他们三个人，我对他们真的是尽心尽力，每天我早早地就来，反正宿舍就在院子里，我早早起来，先跑步锻炼身体，然后就给他们擦洗、打水和打扫卫生，可这样他们并不满意。院领导说以前照顾他们的护工最长的时间是一周，他们三个人几乎是特别默契，会同时对一个护工发难，这三个老人很挑剔，所以他们的护工总是在换。

不是自吹，我在这儿照顾他们都已经将近五年了，您信吗？

我说：我信。

您知道为什么吗？

不知道。

我现在把他们护理得身体好不说，精神面貌也好了，真的，而且再跟您说一句不夸张的话，我现在是他们的头儿，他们对我是百依百顺，真的。

平时跟大章很熟悉，我就不客气地说：你吹，一会儿乔老爷醒了给你告状，让他扇你。

哎呦，你知道他那个扇就是拿扇子扇，他的口头语就是我扇你。他扇谁也不会扇我，他疼我还来不及呢。不是跟您吹，很多人都想要他的画儿，他女婿来了说要评职称想送领导一幅画儿，他就是不给。

我要说送我一幅画儿，他肯定给我，不信一会儿我跟他说，给您画一幅，他准保听我的话立马就给您画。

我说：别别别，千万别，我不接受长者的任何礼物。你跟我说说你有什么诀窍，让这几个倔强的长者能和你团成一个团儿，而且你们还能上台演出。

那是，我干嘛他们干嘛，我说春节文娱晚会我想唱歌，他们就帮我选择，我们一致同意选吕文科的《木棉花开》。我又说，我自己唱谁给我伴奏，我不愿意使伴奏带，你拉手风琴，他吹口琴，你敲小锣，我们就上去了。牛吧？

我跟您说，第一天我来，他们可刁难我了，一会儿说桌子没有擦干净，一会儿说你给他打了半天的水，在我这儿才待几分钟，我这掐着表呢，我们三个时间应该是平均分配。你们工作不是8小时，是10个小时，我们三个人应该平均分配，每个人分配的时间必须是3.33333小时。您说有这么古怪的老人吗？

我说行，我每天照顾你们，咱们这样，10个小时恐怕你们也不好分匀了，我照顾你们12个小时，一个人4个小时，行吗？

行行行，他们就跟小孩儿似的拍手说行，我们就看你这12小时怎么照顾我们。我帮他们打水，帮他们洗衣服，帮他们打饭，推着他们遛弯儿，就这个推着他们下去遛弯儿可费劲了。

我说：怎么费劲？

他们三个都有轮椅，有的可以勉强自己推着走，有的真的不行，比如说乔老爷必须坐轮椅，他坐着轮椅特有派头，腰杆挺得笔直，见到谁就跟谁握手，而且他还总爱戴一副墨镜。我可以把我的时间给他们12个小时，带他们下去遛弯儿，可是太阳的时间不能均分呀，所以谁先享受第一缕阳光，用他们的话说，这个必须分配均匀，我发愁了，这个怎么办？

后来我说，咱们不能固定先推谁，要是固定了先推毕老爷，关老爷不高兴，乔老爷也不高兴，咱们每天轮换。

他们说，怎么轮换，一三五、二四六？

我说不用那么死板，咱们每天玩儿一个游戏。

他们都凑过来问玩儿什么？

我说玩儿猜丁壳，谁赢了谁第一个出去，好不好？

好好好。

就这样，每天这楼道就瞧我这儿热闹，每天伺候他们吃完早点和水果，我们就从10点开始下去遛弯儿，我摇一个小铃铛，他们就自己手摇轮椅向我靠拢过来了，我说猜丁壳谁赢了我就推着谁先下去遛弯儿，我们会遛半个小时，然后再推下一个。

下午又该遛弯儿了，怎么办，我们还是玩儿游戏，但是不能玩儿猜丁壳了，换一样，就玩儿石头剪子布。

就这样每天换着花样玩儿，他们可高兴了，彻底解决了以前护工的老大难问题，就是同时照顾三个人，谁先下去晒太阳的问题，这个问题被我智慧地解决了。

我真的想给他鼓掌，可是老人们都在休息，我忍住了，竖起了一个大拇指给他点赞，他说这还不算什么，我还有更高的招儿。

我说：还有什么高招儿，快说说，将来让那些护工都学学，省得护工整天挨呲，长者也不开心。

他神秘地说，您好好看看矮牵牛，就知道了。

矮牵牛，挨着点儿，矮着点儿，爱着点儿。

朗读者 薛晓萍
银龄书院

扫码听故事

君子兰

青春一分钟一分钟地过去，
我们一天天一天天地变老

  秋雨，秋雨，无昼无夜，滴滴霏霏，几回邀约雁来时。

  来啦，来啦，来啦！大家从四面八方赶来了，来到武汉和战友们相聚。

  48年前，有一群血气方刚的年轻人，他们没有去破"四旧"，也没有去打砸抢，而是穿上绿军装，坐着绿皮火车来到了武汉，来到了某军事基地，至今他们都不打听那个地名，只知道是山坡机场警卫连。

  当年这些警卫连的战士，年仅十几岁，他们在这里站岗放哨拼刺刀，他们在这里养猪养鸭种水稻。他们在山坡机场当兵，三年、五年，甚至十年。

  这里，有他们的青春印记，有他们的深情记忆，这里是他们魂牵梦萦的地方。

  分别近半个世纪，在很多老同志的齐心努力下，战友们又联系在一起，他们相约明天在武汉聚会，一起去看看他们的山坡机场，一起去看看他们的营房。

来啦，来啦，他们有的人自驾车，提前几天就出了京城，穿越太行山游览大中原，风尘仆仆地来到武汉。

当年的老连长和他的老伴儿由孝顺的儿子一路陪同，早早地等候在空旷的候车大厅，他们心急呀，他们盼着和几十年未见的战友早日重逢。

几个小时的高铁行程，他们刚下火车就看见了接站的战友，他们相拥，相拥，此时无声胜有声。

最让人担心的是这位战友，他半年前做了腰椎脊椎手术，手术时间长达十几个小时，但为了这次聚会，他坚持要求前往，可他不能开车，只能平躺在后车座，由两个战友驾车，为他保驾护航前来聚会。

他们这一路那真的是风雨无阻，好在他们随时和大家沟通信息，出河北了，过黄河了，到武昌路口了，今晚就能和大家相聚啦！

更多的战友已经收拾好行囊，准备着明天出发，一路向南约聚武汉，战友会面。

经过军旅生涯的洗礼，他们的纯真，他们的真情，他们的青春，足以让岁月却步。

时光荏苒，48 年。

当年他们个个都是朝气蓬勃的帅小伙儿，如今都是两鬓斑白满头霜，大多战友疾病缠身，但他们还是从祖国的四面八方涌向这里，这里是他们的老家，是他们贡献青春的地方。

他们期盼着在这里重逢，他们的故事、他们的战友情都将在这里激情重现。

我将全程跟进山坡机场警卫连约聚在武汉的聚会，欢迎各位战友向我讲述你们的故事，讲述你们的心声，我将全力以赴地为你们这次聚会做最全面的报道。

记录爱，传播爱，初心不改。我的电话保证 24 小时为你开机。你问我住哪儿？黄鹤楼中吹玉笛，江城五月落梅花。猜猜看，是哪家酒店？

＃老兵，都是当年的小兵＃

几天的武汉之行，我看到了战友的深情厚谊，特别是当他们重返自己营房的时候，那份激动，那份热情，真的是感天动地，无奈遵守有关规定，只能压缩报道。

清晨，淅淅沥沥的秋雨逐渐停了，太阳出来了，因为老天知道，从四面八方赶来的战友就要在今天报到。战友们背着行囊，陆续出现在武汉紫阳湖宾馆，大家相聚的瞬间，有的热泪盈眶，有的相拥无语，是啊，多少年了，多少年了，将近半个世纪的分别，如今他们重逢了，重逢了。

很多战友携妻儿一同前来，有的战友年事已高，孝顺的儿女不放心，请假陪同他们一同参加战友聚会。

大家相聚一堂，举杯相邀，邀请战友到自己的家乡去看看，酒席间，酒喝得很少，要说的话太多，太多。

说不完的话，道不完的情，战友重逢，那份激动的心情，真的除了镜头再也没有其他办法记录。很多场面比较热烈，时不时就有人闯入镜头，大家顾不得客套，顾不到谦让，都要相拥在一起，拥抱，拥抱，两双手紧紧地握在一起，在一起久久不愿分开，不愿分开。

晚上的联谊会上，一面鲜艳的五星红旗悬挂在会场正中央。

主席台上一排君子兰，昂首挺立，深绿色的叶子犹如剑出鞘，橘黄色的花朵昂扬向上。

大家在听历任连长、指导员致辞，当年的小兵如今已经过了花甲之年，他们随着台上的指挥，情不自禁地站立起来，齐声高唱《打靶归来》。最后他们和老连长约定，十年后的今天再相聚，一个都不能少，一个都不能少。

这是生死约定，一个都不能少，一个都不能少，凝聚了战友们的心声，大家站立起来，鼓掌欢呼，有的人已经是泪流满面。

当年他们在军营就有过生死之约，如今，他们又做了这庄重的生死约定，十年后的今天，再相逢，再相聚。

第二天，他们更是神情激动，因为今天他们要冒雨重返自己战斗过的军营，当现代化的军营呈现在他们面前的时候，他们激动得丢掉雨伞，就像孩子回到母亲的怀抱，疾步涌入了自己的军营，在各个角落寻找当年的印迹和记忆，他们指着还存在的食堂说：这就是当年我们吃饭的地方。

军营，那是多少年轻人向往的地方，他们的青春都在这里燃烧，重新回到这里，他们的激动溢于言表。我穿梭在他们中间，用相机拍下了许多感人的场面。他们当年在这里挥洒青春，今天在这里流下热泪，青春易逝，激情还在，只是，廉颇老矣！

相见时难别亦难，聚会，总是匆匆。就要分别了，几天来，他们朝夕相处，他们有说不完的话，道不完的情，可此时即将分别，无语，无语，唯有这紧紧的相拥，相拥。

想到还有两位战友因为重病缠身，不能前来相聚，他们自发分兵两路继续南下，一路到浏阳，去看望重病的战友，一路到广州，去看望每天透析的战友。他们要代表全体战友，向这两位重病的战友送去温暖，送去祝福。

他们对病中的战友说：只要你坚持，只要你努力，全体战友都和你一起准备着，十年后我们再相聚，十年后我们再相聚。

君子之交淡如水，君子之约重如泰山。

阔别四十五载，你的美人痣呢？

深秋，京城突然降温，裹着厚厚的羽绒服，一路向北，向北。原本以为那里一定是冰天雪地，谁知，蓝蓝的天、白白的云、灿灿的稻田，让人顿时心旷神怡。

兵尘万里，家书三月，几许光阴，几回欢聚。手机铃响，东北战友提前3个小时就已经在火车站等候了，就要重逢了！阔别四十五载，今日重逢，那该是怎样的情形？

没有相拥，没有言语，只见北京兵伸出粗糙的大手，轻轻地抚摸着战友那被岁月雕刻成沟壑的脸庞说：你脸上的美人痣呢？哪儿去了？哪儿去了？

此情此景由不得低吟：不见生公四十秋，中间多少别离愁。重逢宁用伤头白，难得相看尽白头。

东北兵竟无语凝噎，只是用双眼深情地望着北京兵同样是布满褶皱的脸庞，就这样四目相对，谁也舍不得离开对方的眼睛。

最是人间留不住，朱颜辞镜花辞树。

还是爽快的军嫂快人快语：快别傻站着了，快走，家去，家去。这时东北兵才笑声朗朗地说：你问我脸上的美人痣哪去了，让我家老娘们儿给激光掉了。

什么？看着大家不解的眼神，他说：你们不知道我家老娘们儿，那可是小有名气的妇产科医生。有一年暴风雪的夜晚，山上有孕妇难产，我骑着摩托车带着她就直奔山里，风雪都挡不住，人命关天啊！到了地方，我用一个大号手电筒照明，她顺利接生，人家母子平安，我俩到家快冻成冰棍儿了，你说我家老娘们儿厉害不？

厉害！真厉害！

走进他们的诊所，窗明几净，几盆君子兰郁郁葱葱。

院里一棵枣树上缀着红彤彤熟透的大枣，原定9月中旬来，因故耽搁一个月，可他愣是不让家人摘一颗枣，都给战友留着，一树枣子满满的牵挂。

战友们纷纷在枣树下合影，已然晌午时分，天空却还挂着一弯月，好像在诉说：人隔三州只自知，月明千里是相思。

他家的儿媳妇既是医生，又是厨艺高超的掌勺人，那满桌子的饭菜色香味俱全，他家儿孙满堂，其乐融融，真可谓一饭何曾忘却时。

此次北上还有一个重要目的，那就是白医生要为战友医治中风后遗症，并且要将治疗手法详细地教给他家的老娘们儿医生，只见白医生在这寒冷的冬日挥汗如雨。虽不是妙手回春，但也是立竿见影，顿时，战友的病腿就觉得轻松了许多许多。

久别思见面，重逢反成悲，相持问年纪，各在桑榆时。阔别45年，相逢总是匆匆。离别的这天，他们夫妇早早就来到了酒店，一双双大手紧紧地握着，谁也不愿松开。

时间催促着、催促着，阅尽天涯离别苦，不道归来，零落花如许。当年十几岁的小兵朝夕相处，如今都已年近古稀，这一别又不知何年再会，大家心照不宣。

唯有这份情,这份意,将久久驻扎心底。战友的音容笑貌不用想起,不用回忆,因为从没有忘记,永远不会忘记。

他日再重逢,清风动天地。

谁让岁月却步

2018年2月17日是一个再普通不过的日子,他们却对这个日子刻骨铭心。

那是50年前的今天,北京有18位学生,他们远离"文革"的喧嚣,远离自己的爹娘,坐上的货运火车,可能是刚刚运输过牛群,到处充斥着饲料和牛粪的味道。

他们风华正茂,一路高歌,经过两天两夜的颠簸来到了湖北参军入伍。

然而,岁月并不如歌,他们的军旅生涯云很淡,风很轻,任星辰浮浮沉沉。他们吃过的苦、受过的累,早已化作生命的底色。不问扬起过多少烟尘,不枉内心一直追求的安顿。他们回来了,他们又回到首都北京、又回到父母身边。

出发时他们恰同学少年,而今他们乡音未改鬓毛衰。

50年,穿越半个世纪的聚会,刚刚步入大厅就看到赫然光彩的大屏幕上跳跃着他们的心声——北京18棵青松参军入伍50周年纪念日,50年再聚首。

餐桌上的君子兰,含苞欲放。千山万水相聚的一瞬,千语万言就在一个眼神。虽然生活是个复杂的剧本，他们不是主角，也许只是路人甲，但生活不改变生命的单纯，不管走过多远的旅程，感动不一定流泪，感情还一样率真。

他带着重病的妻子，一口一口地喂饭，大家亲切地称她军嫂。

他腰部做了手术，饭前还要打针，可依然是笑容满面。

他不顾刚做过化疗的身体，去十字街头迎接战友。

他拖着残手为战友从云南带来了石斛。

他从旅途赶回来，却错过了陪伴妻子回娘家。

他是当年的指导员，今天依旧是大家的主心骨。

他们没有过度的喧闹，也没有过多的回忆，有的只是互相的询问和祝福，他们相约十年后还要在此时此地相聚。有人轻声说了一句，十年太长了，还是五年吧。话中的意思大家心知肚明。

最后大家一致决定：每年此时此刻要相聚、相聚、相聚。

他们的沉稳，他们的睿智感动了旁边餐桌的一个年轻人，他走过来说：我也是当兵的，我参加过国庆50年的大阅兵仪式，来向老兵致敬。

君子兰花开，向老兵致敬。

牡丹花

别担心雨雪会来，我把你紧紧搂在怀

银龄书院朗读者 刘清

扫码听故事

那年，一路向南，走进杭州，走进阳光家园。

满园的牡丹花在阳光下肆意绽放，有红色的、黄色的、白色的、粉色的，还有绿色的，绿牡丹，实在是少见。其实绿牡丹也不过就是本色而已。本色最本真。

晨练，遇到两位长者，妻子91岁，丈夫102岁，妻子每天推着老伴在院里遛弯儿，已坚持很多年。

妻子笑眯眯地对我说：年轻时他总照顾我，现在他老啦，我该照顾他了。

我故意打趣说：姐姐，他年轻时怎么照顾您啊？

妻子有点儿不好意思地小声说：他总背我，还总给我戴花。

然后又爽朗地说：我现在就想再多推他几年，最少再推他十年吧。

听着91岁妻子的心愿，再看看坐在轮椅上102岁的丈夫，真的不知道说什么好。

想起爱尔兰著名诗人叶芝的诗：当你老了，头发花白，睡意沉沉，倦坐在炉边……惟独一人爱你那朝圣者的心，爱你哀戚的脸上岁月的留痕。

爱就是陪伴，陪伴。

＃小女子为他遮风挡雨＃

苏东坡说过一句话：到苏州不游虎丘，乃憾事也。于是虎丘著名景点虎丘塔、剑池、断梁殿、拥翠山庄、试剑石、二仙亭、憨憨泉永远人满为患。

然而让人们口口相传的并不是这些景点，而是唐伯虎点秋香的爱情故事。爱情是文学永恒的主题，更是人类赖以生存的根基。现代人天天哭着喊着寻找爱，寻找情，殊不知爱情就在我们身边。

这天傍晚暮色苍茫，渐渐沉寂下来的虎丘景区人渐稀少。突然，不知哪路神圣搅起一阵狂风卷着尘沙扑面而来，我陡然看见了感人的一幕。

一对老夫妻，丈夫拄着拐杖，晃悠悠地靠绿化墙站立，老态龙钟的样子让人顿生怜惜。而他的妻子虽然也是满头白发，但精神矍铄，只见这个妻子随着狂风，神话一般护在了丈夫的身前，用她瘦弱的身体给丈夫挡住风，用双手快速为丈夫系上了外衣扣。

任狂风吹乱她那花白的头发，任风沙全部撒落在她身上，岿然不动就像一面实实在在的墙，夯实在丈夫前面……

此时此刻，此情此景，我心动心疼心暖，从心底想起林徽因这句话：你是爱，是暖，是希望，你是人间四月天。

爱，暖暖。

她在那边等着呢

经过一夜暴风骤雨的洗礼，京城的天空湛蓝湛蓝的。

花甲义工和养老机构的老年人在一对一工作人员的陪护下，来到花卉大观园游览。

我们见面照样是一个大大的拥抱，可是一个大男生见到我却嗔怪说：薛老师，您不是说女人比男人寿命长吗？这么多女人都活着，怎么我的老伴儿就走我前边了呢？她在的时候总管你叫闺女，闺女，你说我怎么这么命苦呢？说着说着，两行清泪悄无声息地流了下来，他掩面无声的哭泣让人心疼。

心疼极了。

我对他说：那年您去超市买东西，路上堵车回来晚了，老伴儿就在大门口坐在轮椅上等，等到天黑您回来，老伴儿心疼地问寒问暖，一句责备的话都舍不得说。

她说过，她的心愿就是在您的照护下悄悄地离去，但她不希望您哭，她多次对我说过，她走后一定要好好劝您，不许您生病，不许您哭泣，她在那边等着您，不管等多少年她都等着您。

看看您今天这个样子，她能高兴吗？她在天上看着呢。

大男生抬头看了看天，强忍着把泪水吞了回去，然后和大家一起在花园中游览。

#矫情有点儿爱#

昔日的职场强人，如今依旧是飒飒英姿，谈未来，谈理想，谈祸福，她都是那么慷慨激昂。要活得有尊严，要走得有尊严，不要任何器官的破坏，要带着完美的自己，走向天国，走向天堂，这就是她的豪言壮语。

可谁能想到，她竟还有一个小脾气，那就是只要女儿不陪，她就不下楼散步。多么执拗的请求，多么可爱的请求。

这天傍晚，天边的晚霞分外灿烂，在大门口与她女儿相遇，当她女儿看到院里有那么多的长者在散步，就给妈妈打电话：妈妈，你下来散散步吧。

不，你走了我就不下来。

女儿说：你下来吧，我先不走，我陪你。

不一会儿就见她穿了一件漂亮的手绘长衫，飘飘洒洒地走了出来，她与女儿说说笑笑地并肩散步，天边的那一抹夕阳，正浓。

#他们好会玩儿#

春眠不觉晓，处处闻啼鸟。夜来风雨声，花落知多少？不知是谁在高声吟诵这首诗。一群美女叽叽喳喳地寻了过来，谁说不知道花落知多少？我就知道。

你知道什么呀？

你知道花儿落在哪儿？

我告诉你们吧！就在咱家的池塘边。

池塘边？不信。

不信我带你去看。

一群美女身着花衬衣，说说笑笑地走到池塘边。

哇噻！真的是桃花朵朵开哎！

果然，清澈的湖面竟然落英点点。美女们兴高采烈地拿出手机拍照。这时，一个帅哥点着拐杖走了过来，他故意引人注目地大叫一声：不好啦，这里有青蛙呀！

美女都惊讶地看着他，在哪儿？在哪儿？

帅哥用手中的拐杖指了指水面那簇桃花，青蛙呀就在那儿！这是青蛙王子，你看这么一大群美女有桃花公主、有铁扇公主、还有梨花公主，都在簇拥着青蛙王子呢。他都不知道该向谁示爱了。

什么青蛙呀？那是癞蛤蟆。

什么示爱呀？那是癞蛤蟆想吃天鹅肉。

美女们哈哈哈，笑成一片。

帅哥一点儿都不恼火，不紧不慢地说：你们仔细看看这青蛙是三道条纹，它叫的声音特别有规律。

你说怎么叫啊？你学给我们听听，美女们起哄。

帅哥真的亮亮嗓子呱呱呱地叫了几声，大家又一通哄笑。

这时，其中一个别发卡的美女扭头走了，走到一片郁金香前驻足，郁金香早已过了花期垂头耷脑。

老帅哥又点着拐杖追到美女面前：看吧！花无百日红，爱要趁年轻。

什么爱呀？年轻啊，一边待着去。

你明明白白知道我心里有你，为什么就不肯给我一个机会呢，我们还有多少次的夕阳红呢？

美女说：我儿子不同意。我明明白白知道你的心，就是臣妾做不到啊！

池塘边的美女紧追不舍，追到了这对斗嘴的老小孩儿身边。

去去去，人家不喜欢你，你还死缠烂打。

你这是羡慕妒忌恨。

就你，还什么羡慕妒忌恨，追我的老头儿都排到杏石口了。

没你们这样的啊，你们都是花儿，苔花如米小，也学牡丹开。这好花儿要成人之美，别学这刺玫挡道啊！

帅哥有点儿生气了，指着刺玫说：真是不长眼力见儿，不知道那椅子在等人吗？

你不知道我在等你吗？

美女们竟然齐声合唱：对面的男孩儿看过来，左看右看，上看下看，怎么看你不简单。

帅哥寡不敌众，点着拐杖气呼呼地扭头走了，这些美女不依不饶又唱起来：帝国主义夹着尾巴逃跑了，我们走在大路上，意气风发斗志昂扬。

哈哈哈哈哈。

＃傻呵呵的好可爱＃

年过八旬耳不聋，眼不花，就是有时有点儿傻。

只要门铃响，他就开门，让几个不速之客进来推销产品，老伴儿从卧室走出来说：你们快走吧，我儿子就是工商局的，回来撞见该说你们了。

他愣愣地看着老伴儿说：咱儿子不是在财政局吗，什么时候调工商局了？

老伴儿哭笑不得。

又一次门铃响，他让几个年轻人进来免费检修煤气灶，老伴儿说，不用啦，我儿子刚来电话，一会儿带着孙子和媳妇回来，乱糟糟的，改天再说吧！

他又愣愣地对老伴儿说：没听见电话响啊。

老伴儿说：给我发微信说的。

那咱俩不是一个微信号吗？我怎么没看见啊？

老伴嗔怪说他就是一个大傻子。

每天和老伴儿出去遛弯儿，都会遇到一些发放小广告的，他总是来者不拒，还要说一声谢谢！然后把这些传单都整整齐齐地放在随手拎的书包里，回家再放进小区分类垃圾桶。

他说，如果我们大家都不接着，到晚上他们随手扔在街上，不就会破坏环境卫生嘛，我们做的就是举手之劳而已。

他总对家人说：不要对别人存有那么大的戒心和防备，人和人之间需要有一定的信任度，对那些上门来推销的年轻人，也不要那么冷漠，甚至恶语相加。其实那样容易给他们造成对社会的不满和仇视，这种负面情绪积累久了就会爆发，也许就真的会危害社会呢。

我们能做的就是要给别人温暖和信任，让大家相信，这个世界是美好的，相信别人，快乐自己，何乐而不为呢？！

连翘花

爱到极致，只能和你眉来眼去

春寒料峭，北京雨夹雪，雪粒被风雨裹挟着像那尖锐的小石子，铺天盖地砸了下来。

养老院的大院空旷如野，只有楼前这一大片连翘，已经孕育了出嫩绿的小芽儿，相信这场春雪过后就会开出金灿灿的小喇叭花。连翘和迎春本是姊妹，但它不像迎春那样张扬，总是默默地等着和绿叶一起相伴相拥着来报春。

就在这时，一把橙黄色的小雨伞，从大厅的门口游走出来。不用说，那是阿莲姐姐。她要去城南的疗养院看望她那已经成为植物人的丈夫。

我撑着一把花雨伞走出来，对她说：阿莲姐姐，我开车送您去吧。

不用，别说下这点儿雨了，就是下刀子，我顶着炒锅也得去。

那我陪您。

我搀扶着阿莲姐姐一起走向胡同外的公交车站，我们坐了三站公交车，下了车又走了五六分钟，进入地铁站。

二号线地铁永远拥挤，可是阿莲姐姐选这个时候还不错，中午时分上班人都在吃中饭，所以相对来说人不是很多，上车还有一个座位，我把阿莲姐姐扶到座位上。

她告诉我，一定要数着第七站，我们下车去换四号线。

我说：好。

到了第七站我们走出车厢，绕到站台的那一边又换到了四号线，再坐十七站就到了，出了站台，没有公交车，只有黑摩的。

我说：雨天太滑，坐摩的很危险，不如我们俩慢慢走吧，我扶着您。

阿莲姐姐说：行，我有时候坐，有时候也不坐，不是为了省钱，也是不愿意有这种不安全的因素，再发生点儿什么意外，就不能来看我老伴儿了。

我说：是的。

我搀扶着姐姐，在雨夹雪的泥泞路上，一步一步走向这家疗养院。

走进病房，她快步走到丈夫的床边，然后又向后退了一步说：不不不，我身上太凉，一身的凉气，建国，你等会儿，我告诉你，我来了，我先去洗洗手，暖和一会儿再过来。

病床上，她的丈夫浑身插满了导管，用氧气、鼻饲维持着生命。他曾经是一位建筑学学者，发表过很多论文，特别是近些年对老年住所的改造和养老机构的设置有一些独特的见解。

当年他思维敏捷，曾用流利的英语在老年国际博览会上演讲，我记忆犹新。可是因一场突如其来的车祸，他就倒下了，已经三年零两个月了。阿莲姐姐在三年零两个月当中，没有一天离开过他。总是利用中午人少的时候出来换三次车，赶两个小时、有时候要三个小时的路程来看他。

阿莲姐姐坚信自己的爱能够感动天地，能够挽救丈夫的生命，因为丈夫是她今生唯一的伴儿，没了父母，没有孩子，只有老伴儿。

在战争年月，他们俩曾经在一个部队南征北战，后来丈夫被保送到清华大学，学了建筑学，而她则学了新闻学。战争年代的枪伤使他们失去了做父母的权利，但他们两个人还是和和睦睦生活着。

退休以后，他们做了社区志愿者，后来他们又一起进到养老院，在养老院做志愿者。她丈夫教大家画画儿，丈夫的工笔画那是很有功力的。她则教老人们学习英语、学习弹琴，她弹琴那真是非常的娴熟和动听。

这时阿莲姐姐洗干净手过来了，她站在丈夫的面前说：看看我今天漂亮不漂亮？

我知道阿莲姐姐每次去见老伴儿之前，都会精心梳洗打扮一番。她说哭也是一天，笑也是一天，哭坏了身体，老伴儿见不到我会更着急，我开心为他而活着，他活着我就有奔头儿。所以她每天都化了淡淡的妆，真的很漂亮。

然后阿莲姐姐说：薛老师，你看看，你看看，谁说植物人没有感情，没有感觉。你看着啊。

她亲吻了一下老伴儿的额头，老伴儿就立刻眨了眨眼睛，那意思就是说：你好，我知道你来了。

真的是这样，当她轻轻地亲吻了丈夫的额头，丈夫真的眨了眨眼睛。

阿莲姐姐说：你看着，我再告诉他，老伴儿，我和薛老师来看你了，你眨眨眼睛，表示对客人的欢迎。她老伴儿真的又眨了眨眼睛。

我走上前，轻声地说：您好，大哥，您给了阿莲姐姐那么多的幸福，您快快好起来吧，只要您好起来，阿莲姐姐就会特别的开心。

大哥这次没有眨眼睛，只是眼角慢慢地聚集了一颗泪珠，这颗泪珠晶莹地在那里挂着，他没有力气让它流下来。但是他心底一定明白，他估计是不能陪阿莲姐姐走到人生的尽头了，所以这珠眼泪就一直挂在那里。

我的眼泪夺眶而出，但是我又不能让阿莲姐姐看到，就扭过身，走出了房门，身后传来阿莲姐姐爽朗的笑声：你看看你，老伴儿，哪那么多伤感啊？这么坏的天我们都过来了，还有什么。嘿，今天开始我们的功课，我们游览到哪儿了？对，我们游览到河南了。

当年阿莲姐姐和丈夫退休以后，就有一个设想，那就是到世界各地去旅游观光。虽然年轻时也利用出差的机会去过一些地方，但远不如两个人一起自由自在，他们在爱琴海的照片真的很浪漫，他们在瑞士联合国机构的大楼前弹钢琴的照片还被刊登在国外的一张报纸上，那银发红妆，是那样的夺目，那样的耀眼。

讲述他们的旅游景点就是每天的功课，这三年零的个月，她都是这样。每天拿出和老伴儿旅游的照片给老伴儿讲，一定要讲满三个小时，然后再离开。

今天阿莲姐姐讲的是他们在中原旅游。首先看到的是他们两个在黄河的照片，阿莲姐姐一脸笑容依偎在丈夫的旁边，身后是那一望无际的黄河水，最引人注目的还是他们那身情侣装扮。阿莲姐姐的装扮是白色裤子、黄色的T恤、小白帽，而她的丈夫却是土黄色裤子、白色T恤、顶着一个小黄帽，这画面真的特别清新靓丽。

我站在阿莲姐姐身旁，听着阿莲姐姐就像对学生讲课那样，讲得是津津有味儿，而我注意观察她的丈夫，躺在那一动不动，一声不吭，但是我发现他的眼睛有的时候会眨动。

阿莲姐姐说，知道，这就是在和她互动呢，说她吃黄河大鲤鱼的时候，竟然让鱼刺卡住了，把她丈夫吓得还把她送到了医院去拔刺儿。

说到这儿，阿莲姐姐也笑了，她丈夫又眨了眨眼睛。哎呀，我真觉得他们这种筹备幸福记忆方式太好了，趁着年轻时把爱留在失忆前，一起旅游，一起拍照，回忆时该多美好啊!

阿莲姐姐又继续讲述在少林寺的故事,说到他们两个作了一个特别出奇的决定,说都剃了光头,一起在这里做和尚。当然最后没有这样做,只见她的丈夫又连着眨了两下眼睛。

阿莲姐姐勾着他的鼻子说:你呀,净出这些馊主意,让我剃个光头,你剃个光头,那咱怎么回北京啊?人家还以为咱们俩是哪儿来的神经病呢。

说着阿莲姐姐俯下身亲吻了他的额头,哈哈大笑起来。我想象着,如果这时候他的丈夫能够抱住她,该多幸福啊!

此时此刻真正体会到无声胜有声,情浓。

当阿莲姐姐要离开的时候,她就会拉住老伴儿的手,先亲吻他的手,然后再亲吻他的脸颊,最后再亲吻他的额头,这个程序这些年从来不变。只要先亲吻他的手,再亲吻他的脸颊,最后亲吻他的额头,老伴儿就知道她这是要回去了,要回养老院了。当年他们是这样约定的,在他还有神志的时候就这样约定好的。

尽管她老伴儿有那么多的不舍,但他心里明明白白,几十里路程,七十五岁高龄要倒三次车,站在拥挤的车厢里,他最挚爱的她,该遭受多大的辛劳啊!

如果回去晚了,就会错过饭点,饭菜就凉了,她就要拿到微波炉去热,热完以后再吃,那对她的胃不好。

如果回去晚了,天就要黑了。

如果回去晚了，就会起风。

如果回去晚了，就会更加寒冷。

如果回去晚了，也许就会生病。

不行，不行，我必须让她赶快走。

阿莲姐姐坚信老伴儿就是这样想的，所以每天当她亲吻了老伴儿的脸颊之后，老伴儿就不再有任何的反应。任她说什么就是不眨眼睛，意思就是让她赶快回去，赶快回去吃晚饭，赶快回去。坐在那儿弹琴，弹那首他最爱听的《牧羊曲》。

回到院里，雪停了。

连翘露出了春的笑脸。

夏辑

——荷笠带斜阳，青山独归远

《贺新郎》

宋·苏轼

乳燕飞华屋，

悄无人、桐阴转午，晚凉新浴。

手弄生绡白团扇，扇手一时似玉。

渐困倚、孤眠清熟。

帘外谁来推绣户？枉教人梦断瑶台曲。

又却是、风敲竹。

石榴半吐红巾蹙，

待浮花浪蕊都尽，伴君幽独。

秾艳一枝细看取，芳心千重似束。

又恐被、秋风惊绿。

若待得君来向此，花前对酒不忍触。

共粉泪、两簌簌。

蒲公英

有阳光有鲜花的日子，往前走吧

银龄书院
朗读者　虹露
扫码听故事

　　这家养老机构坐落在郊区，倚山而建。院里到处散落着小野花儿，蒲公英、二月兰、地黄随处可见。

　　提起蒲公英，很多人都会想到自己美好的童年。

　　小时候我们在后海、太平湖的草地上随意地奔跑，看到一棵蒲公英，一个圆圆的、毛茸茸的小精灵，我们会把它摘下来，然后用嘴"扑"地一吹，这个毛球就变成一支一支小小的降落伞随风飘荡，它们飞得非常非常高，飘得非常非常远。

　　过去我们还觉得这童年的游戏也许会对蒲公英带来损伤，其实大可不必这样想，蒲公英就是靠着我们这些孩子在草丛里吹它来帮它飞向远方，飞向天空，飞向大地，飞向非常美好的地方，在那里，它再生根、发芽、开花。

　　今天是八一建军节，养老机构和当地部队一起开军民联欢会，英姐姐和她的伙伴们身着白衬衫，戴着红领巾，胳膊上还戴着大队长的袖章，举着一个小蒲公英，在台上高声演

夏辑——荷笠带斜阳，青山独归远

唱了歌曲《时间都去哪儿了》，"生儿养女一辈子，满脑子都是孩子哭了、笑了，还没好好感受年轻就老了，转眼就只剩下满脸的皱纹了。"

歌声是那样的深沉，那样的打动人心，台上的英姐姐却微笑着歌唱着，台下很多没有经历过生儿育女的年轻人都被打动了，就连那些小女兵们都悄悄地抹起了眼泪。

看着这一情景，他们仿佛又回到了童年，是啊，童年的记忆大多离不开蒲公英，其实，蒲公英不光是我们童年最喜欢玩儿的游戏的道具，它还是一种药材。

英姐姐和蒲公英有着千丝万缕的联系，这么说一点儿也不矫情，也不牵强，因为英姐姐从事的工作就是配药师，配药师常年要和药材打交道，说起蒲公英的药性，英姐姐如数家珍，说得头头是道，大家听得津津有味。

英姐姐十五岁就加入了中国共产党，在敌后抗日组织的领导下，和日本鬼子进行着斗争。那时有很多伤员被送到后方的村里来养伤，可是特别贫穷的老百姓家里没有多余的粮食，也没有那么好的地方，于是这些伤员就被送到那些有革命倾向、有良心的中富农家里，可是组织又怕他们对我们的战士有什么不好，所以就动员一些学生党员走街串巷随时去巡逻，去寻访，发现什么敌情立刻向部队报告，同时也跟着医生们学习一些救护知识。

英姐姐的救护知识就是在那时打下了基础，那时既要小心鬼子的炮火突袭，又要防备着坏人做出什么伤害八路军战士的事情，所以他们的精神是高度紧张的，他们的斗志是很旺盛的，不知道苦，不知道累。

就这样，在冀中这块抗日沃土上茁壮成长到了十七岁，她再也按捺不住要当兵上前线的欲望，就虚报年龄参加了八路军，随着部队南下离开了家乡。

说到这里，英姐姐低声说了一句，其实人到老了，最想的就是家乡。

八十五岁的英姐姐平时总是笑容满面，从没有看她皱过眉头，可是说起家乡，她还是陷入了深深的沉思之中，不知有多少女战士很小的时候就离开家乡、离开爸妈，投身到革命队伍中，到老年时，他们的思乡之情愈发的浓烈。

又是一个艳阳天，蔚蓝色的天空中高悬着一朵朵的云彩，无论是成年人还是儿童，在这童话般的天空下，都充满了幻想，充满了欢乐，接连几天，京城的交通事故都少了，大家心情都很舒畅，一路畅通，心情格外的好。

早早地来到了养老院，看到三三两两的长者已经在院子里面散步。英姐姐张开双臂，我也张开双臂迎了上去，我们深深地拥抱，然后会意地微笑。

我说：姐姐，上次您说新中国成立以后最想做的事情就是读书，这个梦想实现了吗？

告诉你，实现了，实现了！走，咱们一边散步，一边听我继续跟您说。

新中国成立后，英姐姐和丈夫所在的部队调到了北京，说到他的丈夫，英姐姐脸上露出特别特别幸福的笑容说，我丈夫也是个老军人，我们在一个部队，他比我大七岁，但是我们相处得很好，我一直是特别和蔼可亲的医护工作者，他也是医护战线上的一个指挥员，所以我们无论是在家里还是在工作上，配合都很默契，我们养育了四个孩子，可不是我不计划生育，那时国家号召多生孩子，我们想的是，多生孩子，让他们长大了以后继续打鬼子，现在想想，哪能等到他们长大再打鬼子啊，我们这一代就把鬼子彻底消灭了。

我们随着部队进驻了北京，那时候就开始授衔了，因为我在部队一直表现比较突出，真的不是我自夸，无论是政治学习，还是技术水平，我都是走在前列，没有西药给战士们治伤，我就想尽办法，用中草药为战士们疗伤，为了战士们能够早日康复，我不光给他们喂药、喂饭，还想尽办法和他们一起聊天，用精神疗法治愈他们的伤痛。

那时候麻药很有限，很多伤员真的就是在打了一点点儿麻药，甚至没有麻药的情况下，让医生把子弹生生地取出来，这绝不是电视剧中的桥段，而是现实生活中真实发生的。战士们受了重伤，不把子弹取出来，他们就会高烧不退，怎么办？那就给他嘴里放一条毛巾，让他死死地咬住，不用麻药硬生生地把子弹取出来，再缝合。

我就想尽办法给战士们讲故事，讲什么啊，那时候我们村里老人说的故事，就是什么从前有座山，山里有个庙，庙里有个和尚讲故事，还有什么小白菜啊，反正那些歌谣、民谣我都唱给他们听，这样能减少他们的痛苦，能让他们伤口更快地愈合，他们能够更快地站起来，走向战场，重新投入消灭日本鬼子的战斗。

我真的就是这么想的，所以我的工作根本没有时间的概念，像现在八小时工作制、五天工作制是没有的，那就是黑白天连轴转的，目的就是让战士们尽快康复起来，康复以后更快地回到前线去消灭日本鬼子，在这个目标的指引下，我就尽我自己所有的力量，不要说献血，有时候真想拿我的命去换一个前线战士的命。

后来我调到了空军卫生部，组织上对我说，现在要授军衔了，你的名字已经报上去了，你还是想去上学吗？

那时候新中国需要一大批知识分子，所以很多高级干部培训学校都要招收我们部队学员，当时我也有点儿犹豫，心想，我十几岁就开始当兵打仗，现在新中国成立了，我也该佩戴军衔了，多威武的女军官，多让人羡慕啊，可是我更向往的还是那时候在战地医院立下的志向，就是要多读书，多医治更多的战士，所以我下定决心对部长说，我要去上学，我不后悔，军衔、职称、工资对我来说都不重要，重要的是我要去读书，我要去学习。

部长说那要经过考试，我就努力复习功课，在很短的时间内，一次就通过了文化考试，考上了北京的医学院，一下子学了九年啊，从本科到临床，就上了九年学，学的是公共卫生，我是想把我的医药知识用在广大劳动人民身上，所以我坚持读了九年的医学院，毕业以后就分配到了北京市卫生系统工作。

我的几个孩子也相继长大了，他们都已经成家立业很有出息，我真的很省心，我真的感觉到了幸福。什么叫幸福，就是自己的理想实现了，我上了学，读了书，把日本鬼子打跑了，我们的幸福生活开始了。

谁知就在这时候，和我在战场上出生入死的战友、我的丈夫去世了。他去世后十多年，我一个人居住在挺大的房子里，既浪费国家的资源又整天没人说说话，于是我就想住到养老院来。

我在北京找了很多家养老机构，就想找一处依山傍水的地方，就像我们当年南征北战、打鬼子、打游击战的时候那样，天天能见到山山水水，特别自然，特别亲切。而且这里的公共卫生设施特别完善，医护人员、护理人员都特别和蔼可亲，居住在这里的老人多是一些退伍老兵，我觉得特别符合我的心思，我就来了。

刚开始儿女们都反对，天天来磨我，让我回家和他们住。我不，我已经坚持在这儿待了五年了。我不想给儿女们添麻烦，我觉得儿女们都已经成家立业，他们有自己的生活，有自己的事业，我愿他们事业有成，家庭幸福，不想拖累他们，所以我一直坚持自己居住在这个养老院。

我们俩说着走着，聊着天儿。

草坪上，一个长者揪起了地上的一棵蒲公英，把它吹散，然后看着蒲公英的小降落伞飘向天空，再纷纷扬扬地飘落下来，他拍着手哈哈大笑。

蒲公英，最疗伤。

朗读者 冯晓霞
银龄书院

扫码听故事

迎春花
脚步里还偷偷藏着初恋时的深情

  无论是南方还是北方，满大街都有那黄灿灿的迎春花。在南方，冬天它也绽放，而在北方，只要开春儿，它就急不可待地绽放出金黄色的小花朵，在阳光的照耀下，金灿灿的，十分耀眼。

  只不过我们已经司空见惯，没有太留意，其实停下来看看，迎春花很美。

  最普通的塑料凉鞋、裸露着脚趾，右手拄着拐杖，左手给老伴儿当拐杖，浑身上下没有一丝关乎幸福的特质。然而，这一路，我对他们跟踪盯梢，却发现他们是世上最幸福的夫妻。

  他们在路上基本没有说话，也没有东张西望，只是互相搀扶着，步履竟是那样神奇的一致，他出左脚，她也出左脚，他抬高右脚，她也抬高右脚，他微微停顿时，她也就停了下来。没有人喊着"一、二、三"的口号，也没有尺子丈量，但他们的步伐却是那样的齐整，那样的和谐，让我忍不住走上前聊聊。

原来他们是一对走过金婚的老夫妻，在漫长的半个世纪的生活当中，有风风雨雨，也有磕磕绊绊，用他们的话说，还有那大声的争吵，甚至摔盆摔碗。

但是他们从没有想要放弃对方的打算，他们说就是吵死也不能分开，就是老天爷也不能把他们分开，虽不是同年同月同日生，肯定会同年同月同日死，因为他们彼此太熟悉，太般配，早已成为了一体。

说得真好，很小的时候，就比较烦那句诗：两情若是久长时，又岂在朝朝暮暮？不朝朝暮暮在一起，哪里来的感情，哪里来的爱？十年八年见一面，那会有爱吗？

爱就是日常生活中的点点滴滴，爱就要在一起。虽然左手拉右手没什么感觉，但心是相通的，少年夫妻老来伴儿，老了，老了，最大的幸福就是有个伴儿。

只看一眼，心暖

人生就是这样一场旅行，有人待在原地，有人飞来飞去，把酸甜苦辣当成必需的一种体验，去品尝丰厚的余味。

从图书馆出来在街头看到一个长者，穿着很艳丽，步履很蹒跚，我默默地跟在长者身后，看到了她迈上两级台阶是多么的艰难，她先将左腿抬高，把左脚缓慢地放到第一级台阶上，然后用右手撑着拐杖，再把左手放到膝盖上按摩数分钟，待左脚站稳后，再用右手拄着拐杖，将右脚移到第一级台阶上，等双脚落地站稳之后，再歇息几分钟。

然后她再向第二级台阶迈出左脚，同样是等左脚放平稳之后，用右手撑着拐杖，再用左手轻轻地按摩膝盖三分钟，再用右手拄着拐杖，将右脚抬到第二级台阶。等双脚都平稳落地之后，再歇息几分钟，然后再慢慢地前行。

短短的2米路程，仅仅两级台阶，长者用了12分钟。她谢绝了大家的帮助，笑呵呵地说：人老了，就要学会自立，老伴儿也不能天天在身边，儿女要工作，更不能天天守着咱，好心人也不是天天能碰见。所以，老了难，再难也要自己扛，只要自立自强就不难。

作为助老义工，见多了老年人自强自立的美好形象，可不知道为什么今天我却很难过，国家养老政策很好，各家子女孝顺很好，社会关爱老人很好，可是这么多好也不如自己身体好。

身体好就是千好万好一切都好，如果没有好身体，老了就太难了。为了老年的自己，从现在起，好好善待身体，好好善待自己。

再看一眼，赋能

那年，那个秋日的黄昏，秋风肆无忌惮，落叶纷纷。

我和一个长者手牵手漫步在银杏树下，享受着夕阳无限好的寂静时光，突然，一阵歌声打乱这静默的黄昏。只见随着歌声飘来一辆轮椅，自动掌控的轮椅。车轮飞转，车速很快，我不禁想要上前帮助她，她停下歌声哈哈大笑地说：不用，不用，我习惯了开快车。

接着她又开始放声高歌——鸿雁天空上，对对排成行，江水长，秋草黄，草原上琴声忧伤。鸿雁向南方，飞过芦苇荡，天苍茫雁何往，心中是北方家乡。鸿雁北归还，带上我的思念，歌声远，琴声颤，草原上春意暖。鸿雁向苍天，天空有多遥远。

此后，我们就渐渐地熟悉起来。这些日子在银龄书院讲课，每次读书会开场前，她都早早地开着轮椅进入会场，每次到来她都用热辣辣的眼神盯着我手中的话筒，我知道她想放歌，她的歌声很优美，她的歌声很洪亮，于是我把话筒调好，躬身双手捧到她的跟前，她就会非常欢快地接过话筒，然后就是那首《鸿雁》歌声绕梁。

陆陆续续走进银龄书院的长者和院领导，都被她的歌声所打动，都会给她报以热烈的掌声。就这样，每次读书会开场前她都会引吭高歌。在我们读书会进行当中，当我领读梭罗的《种子的信仰》时，大家自然会联想到小时候自己的信仰，就会情不自禁地唱起那首《我们是共产主义接班人》，而她则是领唱者。

自从我认识她，每次她都会唱起《鸿雁》，我有些不解其意，关键是我从没认认真真听过这首歌。

今日闲，坐在书房静静地、一遍又一遍地反复听着这首《鸿雁》，优美深沉的旋律使人陶醉，歌词也是意境深远，渐渐地，我懂了。

我知道，她年轻时能歌善舞，曾经获得市级舞蹈冠军和流行歌手冠军，一场突如其来的疾病，其实就是很普通的颈椎病，就让她坐上了轮椅，她也曾四处求医，也吃过很多很多苦药，受过很多很多微创，迄今没有多少疗效，她只好开着定制的电动轮椅边走边唱，让歌声随着轮椅的飞转传遍院内的各个角落。

天高任鸟飞，折翅的鸟儿虽然飞不上蓝天，但她的歌声可以四处飘荡，她的歌声可以让心重回那璀璨的金光大道。

听懂一首歌，需要用心，读懂一个人，更需要走心。用心倾听别人的心声，用心记录下来，传播给更多的人，那就是一种爱的力量，记录爱，传播爱，痴心不改。

#看不够，多美的风景#

在街上看到一个长者，穿着很整齐，很干净利落。只见她慢慢地拄着拐杖，走到一辆停放的自行车跟前，对，是自行车，不是那种共享小黄车啊。

她用手轻轻抚摸着车把，然后又摸了摸车座，又摸了摸后车架，她伫立在那里，左看右看，边说边看。

她的古怪行为引起了大厦保安的注意，保安走过来挺和气地对她说：阿姨，这是您的自行车吗？

长者说：不是。

保安接着说：阿姨，您别围着这辆车转了，不然别人该以为您是想偷车呢。

长者发怒了：什么，我想偷车？我是偷车的人吗？我想偷也没力气偷啊。

眼看着长者生气了，我赶忙走上前对保安说：小伙子，你要理解，想当年自行车对我们不只是一种出行工具，更是一种生活方式，这自行车承载着她年轻时候的梦想和幸福，甚至还有她的爱情。

保安小伙子频频点头说：代沟，代沟！

而这个长者笑呵呵地拉住我的手：你说得真好，说得真好，我就是这么想的，我就是这么想的。

是啊，想当年凭票购置自行车的时候，一个单位几十口人，就一张自行车票，需要抓阄儿，谁抓到了谁才有资格去购买一辆自行车，而这辆自行车就是全家乃至全院的一辆大的固定资产。

这辆自行车会带着自己的女朋友走街串巷，那是相当的潇洒。结婚以后前面带着孩子，后面带着老婆，那是一家人最幸福的时光。家里的老人谁有个头疼脑热，那也是用自行车推着去医院。

小小一辆自行车，承载了我们这代人对美好幸福生活的回忆，而那幸福却是如此的简单。小小一辆自行车，展现了我们的青春与芳华。

难怪这个长者见到这样一辆自行车会驻足观看浮想联翩，小伙子不懂，我懂。

谁都有过自行车，谁都有过风华正茂。

#看看自己的双腿#

感谢爸妈把我们带到这个美好的世界，还给了我们女孩子美妙的玉腿。童年的夏天，我们在护城河游泳，游累了，就坐在河边，伸出两条玉腿，噼里啪啦地敲打着河面，溅起的水花弄湿了我们的花衣裳，不怕，顶着用柳条编制的小草帽，在小树林粘知了、捉蜻蜓，直玩儿到太阳西下衣服干了，才趿拉着趿拉板儿噼噼啪啪地回家。

夏天，我们女孩子都会用指甲草加白矾捣烂染指甲，别的女孩儿都是涂手指甲，我不，我偏偏要涂染脚趾甲，而且就涂一个大脚趾，穿着露趾的趿拉板儿，那真的是很扎眼。这还不够，还要采摘那些小野花儿编成脚链套在脚踝，甚至把野花直接夹在脚趾间。那时候的快乐，就是能在夏天捉住一只蝉。

童年养成的习惯至今不改，每到夏天还是要涂抹一个红色的脚趾甲，还是喜欢脚链、脚环，特别是带有铃铛的脚链，更是喜欢。

人老了，说起童年就刹不住车，老话说人老先老腿，看看这些姐姐们，她们也曾经拥有这样的玉腿，可是疾病、衰老使她们步履蹒跚。

见到这样的姐姐，千万不要主动上前搀扶，她们都很坚强，她们不想麻烦别人，你只需要对她微笑，打个招呼，如果她有需要，自然就会请你帮忙，尊重胜过同情。

生活会让他们重新迈步。

＃多看几眼，心暖＃

早春，还是有些许凉意，北京街头的迎春花翠绿与金黄相间，在阳光照耀下甚是好看。

我在国家图书馆门口看到很多人在驻足围观，原来是一对老夫妻，骑着双人自行车悠闲地在大街上行驶。他们的脚踏步是那么的和谐，神情是那么的悠然。

趁着他们等红灯的时候，我走上前。

原来他们是一对退休教师，有驾驶证、有汽车，但他们就是不开车，也不乘坐公交、地铁，他们说不和上班族抢资源，抢时间。

不管多远的路途，就骑着这辆双人自行车，不慌不忙慢慢走，看到美好的风景就会停下来掏出手机，咔咔照几张发到朋友圈。

遇到有老大哥老大姐过马路，他们就会停下来说一声：您慢慢走，不急。

如果看到小孩子或者是急行的自行车、快递车，他们也会停下来说：你们有事，让你们先走。

路人纷纷上前，除了送去祝福还很好奇的疑问：你们两个一起骑车，能一起拐弯儿吗？

没问题，我骑了一辈子自行车，拐个弯儿算什么呀？要不是在主道上我们还可以给你表演一个杂技似的拐弯儿、上坡、刹车、前进呢。

大家哈哈大笑，有个小姑娘说：爷爷，您干吗在左边儿呢？

这还用问吗？把危险留给自己，把安全留给老伴儿。

老伴儿望着老伴儿，双目相视会心地微微一笑，真的很倾城，周围的人都被他们的爱所感染，觉得身上像洒了阳光一样暖融融的。

看着这对老夫妻渐行渐远的背影，在金色阳光照耀下，他们那件黄绿帽衫是那样的和谐，仔细分辨，哦，原来是情侣装搭配。

他们悠闲自得，全然不知自己已是一道美丽的风景。

生命春天，自有你看不见的斑斓。

刺玫花

没关系,谁都会做错选择,
都会莫名其妙刺疼自己

银龄书院 朗读者 安玉静

扫码听故事

一阵特殊的电话铃声响起,赶忙接通:姐姐好!

我不好。

怎么呢?

我犯错误了。

您会犯什么错误呢?

我昨天犯错了,特大特大的错,我真的知道错了。

为什么犯错啊?

昨天养老院来了一群志愿者给我们打扫屋子、表演节目,可是我因为心里有气,就对他们冷言冷语,甚至把他们轰走了。

为什么呀?

因为儿子原来说好十一期间接我回家的,可是他们全家要去山西旅游,就没接我,就把我一人扔在这荒郊野外了。你知道的,十一期间养老院的老人大部分都被孩子接回家了,我没有被接回家,别的老人就笑话我,说你天天说儿子孝顺,他怎么不接你回家呀!你知道我承受了多少压力,我心里有多别扭吗？可是我又没地儿撒气，就把气撒到这些志愿者孩子的身上了。我对他们说，什么都不用，我不看你们表演节目，不用跟我聊天说话。反正是没好气，可这几个学生并没有生气，还笑呵呵地说，奶奶，看我给你变魔术吧！我还是说，不看不看，你走吧，这些孩子出门时还跟我说，奶奶再见。

可我做的这叫什么事儿啊？人家孩子招我惹我了，过节没陪自己的奶奶，跑出来陪我，我还跟人家发脾气，你说我做得多差劲呢。我还是不是人啦？

哎哟！姐姐千万别这么说，您是大好人。

什么好人呐？好人能跟孩子发脾气。

那是因为您心里有气，发出来了，就没事儿了，而且对您身体有好处的。

得了，薛老师别哄我了，你说那些孩子该多难受啊！我这心里头更难受，这会儿一早就给你打电话，其实我也想让你多睡会儿，可是我真是心里别扭得很啊！

没事儿，我不是说过吗？二十四小时为您开机，随时都可以打电话的。

我想和他们当面道歉，你说我怎么找到他们呢？

不用，不用，真的，好姐姐，这些志愿者用您以前说的话，就是特殊材料制成的，他们经得起磨难，受得了委屈。相信他们不会和您计较，也不会真的往心里去。

您想，他们有时候在家里也和自己的奶奶发脾气啊，那么今天您这个奶奶和他们发脾气，他们也不会计较的。

是吗，会这样吗？

会的，你放心吧！有机会我见到他们会转达您的歉意。

不，不是歉意，是检讨，我真的真的知道我错了，我真的错了。我今天罚自己不吃早点行吗？

别，您不吃早点，是不是想吃我做的笑脸鸡蛋饼啦！没关系，我马上做好给您送去。

我不要，不要，我没事儿，那我去吃早点啦。

放下电话，我心里在想：多可爱的老小孩儿啊！他们有犯错的时候，他们那不是犯错，那是想撒娇。

宝贝们，你们昨天受累受委屈，我都知道。今天老奶奶就主动向你们道歉了，你们心里也不会真的计较吧。

宝贝，知道你们在助老的路上是很辛苦的，有风有雨，这些你们都不怕，最怕的是老人对你们的冷落，没关系的，那是老人撒娇呢，很快他们就会后悔，就会心疼你们的，我也是很心疼你们，来，到外婆这儿来，抱抱，抱抱吧！

＃老小孩儿老气人＃

小老师让吴奶奶气哭了，这消息很快就传遍了各个教室。我一点儿也不奇怪，一点儿也不惊慌，我相信那个小老师就是教电脑的明明老师，她一定会调整好自己的。

大家都知道，老年人学电脑有一个最大的困难，就是记不住。而这个吴奶奶一直强调自己当年是"革新能手"，是

"三八红旗手",不相信自己记不住,而且越学她越觉得自己怎么可能这样笨呢?她不相信自己的记忆力已经衰退了,所以就只好向小老师发火,她对小老师说:就是你教得不好,这段你就没讲清楚。

明明说:奶奶,我教了,我讲了。我再给您讲一遍。

明明又耐着性子俯下身,半蹲着为吴奶奶反复演示着电脑的开机、关机和搜索。吴奶奶学得很认真,眼看着头上都冒出了汗珠,可是刚开了机就不知道怎么关机了,刚拿起鼠标点了一下,啪地又摁到了关机上。吴奶奶心里急,就不由自主地埋怨起明明,你这个老师就是不行,别人教我一遍就学会,你教我这么多遍也学不会。

明明笑着说:奶奶,没关系,我们再学一遍,我们再学一遍,行吗?

吴奶奶急了,不学了,不学了,什么老师啊?

明明委屈地哭了,旁边的爷爷奶奶都来劝慰。这些日子明明一直奔波在各个社区和养老机构,教老年人学上网,教老年人学电脑,可真的不容易。

自己可以付出时间、精力和耐心,关键是老年人学不会之后,他们自己会烦燥,会自己责怪自己。责怪老师还算是好的,怕就怕奶奶责怪自己,那将会严重影响她的身心健康。

明明抽抽泣泣地说出的这番话,真的让我们大家感到震惊,明明也是个"80后",也是家里的娇宝贝,在教爷爷奶奶的过程中她是那样的耐心,想尽了各种办法,还采用了奖励机制，什么每人发一朵小红花呀，每人发一块糖啊。可是这些爷爷奶奶毕竟年龄大了，他们的记忆力远远不如从前，所以给他们授课真的很费劲。就在她受了这么多委屈的时候，她竟然能想到奶奶把怨恨撒出来是对的，不能让她憋在心里，影响她的健康。

看到这个小老师竟有这样的胸怀，真的很开心。我走上前把她拥在怀里，拍了拍她的背说，乖，不哭，一会儿带你去吃麦当劳。小老师笑了，接着又去课堂上课。

中午，她利用吃午饭的时间，又带着电脑到吴奶奶的房间，和吴奶奶练了起来，就这样，最后吴奶奶学会了开机、关机，学会了搜索，现在正在学习发微博呢！

老小孩儿老玩儿闹

这天，我和一个志愿者带着几箱子服饰来到这里为大家讲解服饰搭配，很多长者现场就让老师搭配，效果真的不一样。他们本来穿的是一件灰色的上衣，被老师搭上了一条淡粉色的丝巾后，顿时脸上就有了光彩。他们欢呼着，好啊，好，原来我们老来俏是这么打扮出来的。可是墙角有一个长者说了一句，别瞎跟着呛呛，一会儿就该卖了，就让你买她的东西了。

小志愿者不愿意听到这样的言论，可能是没有经验，也可能是心里真难受，她大声地说：各位爷爷奶奶，大家不要担心，这些都是我老师的衣服，不会卖给大家的，但是如果大家喜欢可以送给大家。

奶奶说，谁信啊，这话听多了，送完就该收费了。

不收费的，真不收费的。

哎呀，行了吧。先前在这儿给我们免费化妆的，完了都是推销化妆品，谁不知道这些呀。

小志愿者的心像被马蜂蜇了一下，真的很痛。这些年她跟着我一起在各个社区和养老机构从事助老义工活动，每次她都要准备得非常充足，而且还要带上拍即得相机，只要给长者拍了照片，她就会当时递给长者已经成像的图片，因为她知道，很多长者喜欢拍照，但是更盼望的是别人给他们送回照片，很多志愿者给长者拍完照片以后就没有了回音，根本就没有再回来，所以长者对拍照已经有些拒绝了。

为了打消长者的顾虑，我们特意买了一架拍立得，当时拍照，当时出照片。虽然成本很高，每一张照片都将近五元钱，可是我和学生乐此不疲，他们宁可自己少买一件新衣服，也要带着这架相机为长者拍照。

因为我们知道，有一个老志愿者曾经后悔地说过，他曾为长者拍了几组照片，后来出差去外地，等回到北京再拿着照片找到这个长者的家时，这个长者已经离开了人世。他后悔至极，觉得真是应该当日事当日毕，绝不可以拖。树欲静而风不止，子欲养而亲不待，那将是人最痛的痛点，我们不能留有这种遗憾。

所以小志愿者和我一起，在讲解服饰搭配的过程中，还要为搭配好的长者拍一张照片，而且把照片亲手递给他们。他们都很惊恐地问，要钱吗？要钱吗？

小志愿者说：不要，不要！

有的长者就非要给钱，说不行，不行，不能让你们花钱，小志愿者和我都坚决地拒绝。

长者们现在只有退休金，所以我们尽力为长者做一点儿事情，不能接受他们的任何馈赠和金钱。

就这样，她们一起继续为长者讲解完了赤橙黄绿青蓝紫七色光的服饰搭配，讲完以后有长者问，你刚才说的要送给我们的话算数不算数儿？

算数儿。开始还有几个长者有些拘泥，不愿意上前，只有刚才用那条粉丝巾搭配了灰毛衫的长者紧紧地抓住了那条丝巾，小志愿者笑眯眯地对她说，拿去吧，这是送给您的，希望您喜欢。

这时长者们都上来了，四箱子服装，有外衣、有羊绒衫、有裙子，还有风衣、墨镜，以及很多条丝巾，被长者们挑选一空。当然，她们并没有混乱，而是互相说着你穿这件好，哎，你穿这件好。她们这样挑着选着，最后剩下空空的四只箱子，干脆送给模特队装道具。

小志愿者和我看到这些长者把送她们的衣服马上穿戴起来，漂漂亮亮地走向了院子，院子里盛开着一簇簇的刺玫，搭上这五颜六色的服饰，那真是一道亮丽的风景。

朗读者 刘桂云
银龄书院

扫码听故事

郁金香

任何人都会遇到自以为是，成长永远进行时

  春节去看望一位老知识分子，花白的头发，挺直的腰板，夫妻俩每天关心国内外时事，和我们交流的话题大多是国际形势，反腐败、打老虎、拍苍蝇，他们说得头头是道。他们还喜欢养那种水培植物，桌上瓶瓶罐罐里养的都是郁金香，因为她老伴儿喜欢热闹，郁金香就是这个习性。

  但是饭桌上他的几个儿女都微笑着心疼地嗔怪着他们：看看我妈和我爸，每天去听讲座，您看他们拿回来的鸡蛋，领回来的保健品，看看这个海参能吃吗？我接过来看了看什么也没有说，包装非常精美，但"三无"。

  长者把我叫到了一边说：我的孩子都很优秀，我不是吹的，都是高学历、高职务，但是他们少了许多爱心，你是助老义工，我跟你实话实说，我知道有一些东西我不需要，我也可以不买，但是你不知道，授课的都是残疾人，人家每次都说，爷爷、奶奶你们千万要想好了再买，不要乱花钱，你们的钱也不是大风刮来的。你看人家说得多好。

  一个没有双腿的小伙子给我们讲了他小时候的故事，

说因为家里穷没有钱治病，他的双腿腐烂以后就截肢了，他的爸爸妈妈为此都用木棒把自己的腿敲肿了，悔恨当初在他发高烧的时候没有及时带他治疗，所以他眼含热泪地对我们说：现在看到你们我真的特别特别内疚，因为我没有给我爸妈提供更好的住宿环境，我爸妈冬天要去鱼塘里挖藕到市场去卖，手脚都冻裂了。当时我戴着棉手套，我真的毫不犹豫地就说，孩子，把我这手套拿回去给你妈戴。

然后还有几个老姐妹解下了自己的围巾，说，孩子，把这围巾送给你妈妈。那个年轻人掉着泪说：谢谢爷爷奶奶，我知道你们都有爱心，你们的爱心我心领了，但我不能要，外面天气很冷，您戴上吧，我要用我自己的努力，给我爸妈买手套，给我爸买羊剪绒的帽子。

当时我老伴儿就把自己的皮帽脱下来说：孩子，这帽子拿回去给你爸爸戴，我家里还有呢。

那孩子说什么都不要，真的，我们现场有一些老人把衣服拿过来，甚至有的说我们给你捐钱给你爸妈买一个，他说不用的，我坚决不要你们老人的钱，我怎么能忍心坑你们呢，我只是想告诉你们一定要好好地健康地活着，要知道我们做儿女的心愿就是你们健康长寿，为了爷爷、奶奶的健康长寿，你们试试我们公司研发的这款保健品，你们试一试。因为你们健康长寿，孩子得多开心，多幸福。

你说说人家孩子句句都说到了大家的心坎儿上，什么叫作心灵共鸣，什么叫作情感沟通，他说到我心里了，我心服口服,我一定要买,本来我和老伴儿想先买一瓶试试,一看人家孩子这么苦,用一个板凳支撑着往前走,双腿都没有了,农村家里还有那样的老妈、老爸,你说我们不支持他支持谁?我们毫不犹豫买了两瓶。

这时长者的孩子走过来说,那都是骗您的。

长者说:你们就没有受骗吗?你们就没有上当吗?你们上次转发的微信说一个乞丐怎么样怎么样,结果呢,那个乞丐团伙被公安局连锅端了,是一个骗子团伙。

儿女们面面相觑,无言可对。

我真的敬佩长者的智慧,也欣赏他的敏感,也很赞同他的爱心,但是这些长者对所谓弱者的同情已经超出了理智。

人类都有一个共同的特性就是同情弱者,我真的不怀疑这些年轻人所说的,听他们的口音真的是外地人,从他们的衣着打扮和他们的言谈话语当中真能感觉到他们确实是家在农村,而他们到城市来向爷爷奶奶讲自己的经历,也许是一种营销手段,也许是他们的真情流露,不管怎么说,他们和奶奶这种沟通达到了互动程度,所以这些老年人心甘情愿掏出自己的退休金来买他们的产品,这些年轻人也很受长者的喜爱。

我亲眼看到一场讲座散会以后,有几个人买,而其他大部分人都走了出去,其中有一个行动不太方便的长者什么也没有买,就一步一步往前走,小姑娘追上来说:奶奶,我搀您到车站。

长者赶快说：不用，谢谢你！

奶奶我看您前两天还挺好的，怎么这几天腿脚都不利落了呢？

哎，我的腿碰了一下，孩子带我到医院去看了，没有骨折，也没有扭伤，但是不知怎么就那么不得劲，可能就是磕青了一块。

就是的，人家都说伤筋动骨一百天，您且慢慢养着，腿别在吃力了，您扶着我的肩膀，我给您送上车。

我一路跟着他们，她真的把老奶奶一直送到车站，等车来了把奶奶送到车上她才跳下来，还一个劲儿地站在那儿跟奶奶挥手，并不是把奶奶送上车扭头就走，她原地站着一直和奶奶挥手，直到车子远去，她才往回走。

不用往下说大家也猜得到，这个奶奶以后一定是他们的忠实听众和购买者。

这些年轻人对老年人那种亲热的招呼我觉得不全是作假，也不全是作秀，因为他们也知道顾客是上帝，这一理念是销售人员最需要学习的，他们能够把它融在自己的一言一行当中，不像有一些商店的售货员，他们横幅写的是"顾客是上帝"，可是你走进去连问几声他们都没有回音。

我们去过一些老国有饭店，那里的服务员是不叫不吱声，没有热情，而那些小饭馆、小作坊里的服务员真的对你很热情，就让你心情很舒畅。

同样的道理，这些年轻人能对爷爷奶奶无微不至地关怀，他们不是用口头上的表述，而是用心在观察。

有一个长者来参加讲座，可能是出来匆忙没有带老年证，他就坐立不安，这时授课的小伙子过来说：爷爷，您别着急，听完了课我送您回家，替您刷卡，我一定给您送回家。

长者说：来的时候下车的人多我就跟着下来了，可是我回去时都过了上下班时间，车会很空的，人家要跟我要票怎么办呢？

小伙子说：没有关系的，下课我送您回家，真的，我一定能送您回家。

你这么忙，行吗？

没事，我没有什么忙的，照顾您是我的义务，您走进了我们的课堂就是我们的学员，是我们的学员就是我们的上帝，您就是我爷爷，我一定送您。

这个小伙子长得挺机灵的，发型也很时尚，我就想，他是不是哄长者呢？

下了课我就一直在他们后面看，这个小伙子果然搀着长者走到了公交车站，他真的跳上车，用自己的一卡通刷了一下，然后对司机说这个爷爷有老年证今天忘带了，我替他刷了让他上去，给他找个座儿，然后又快速跳下来，车上的售票员赶紧给老爷爷找了个座儿，还直对小伙子说谢谢你，车上的人看得出来都很赞赏小伙子的这种行为。小伙子跟上一次的小姑娘一样站在原地不动，一直等车开了还向长者招手呢。

　　老年人对关爱他们的人、对让他们感觉到是弱势的人会给予极大的同情，而他们表达同情和回报唯一的做法就是掏出自己的钱包来买他们的产品，认为这也是一种报恩，这也是一种回赠，他们愿意这样，他们不愿意白拿人家的鸡蛋、水，还有一些小东西，领了第一次，第二次就不忍心了，他们会说，看这些年轻人也不容易，这些东西怎么能不要钱呢，老白拿人家的心里真不落忍。

　　一位长者曾经领了人家几次鸡蛋，节前那个年轻人上课时说：爷爷、奶奶，要过节了，我们这次讲座就是给爷爷奶奶拜年的，希望爷爷奶奶过个平平安安的快乐年。

　　会场很多爷爷奶奶主动说：孩子，你怎么不回家，是不是没有攒够钱？

　　没有，票价那么贵，我们回去一次要花很多钱，我想留着钱再攒攒给我爸妈寄回去。

　　这个时候长者再也坐不住了，掏出2800元买了一床保健被，问道：孩子，我们买一床被，你能提多少钱？

　　奶奶，我们能提好几十块钱呢。

　　好，我们都买，都买。给年轻人凑回家的路费。

　　谢谢奶奶，谢谢奶奶！那个孩子也真的很感动。

　　长者对我说：你看，过年了我要给我的孙子、孙女发压岁钱，这些孩子们整天叫我奶奶，我不给他们发压岁钱，我买他们一件产品，不就是对他们最好的祝福和感谢吗！

长者问我：你说我这样做对吗？

我不知道。

您开心吗？

开心啊。

开心就好。

这些年水培植物特受追捧，水仙、郁金香、绿萝、白薯都可以泡在水里生根发芽，也挺好看的，各有各的喜好吧。

石榴花

我可以对全世界说晚安，唯独对你说喜欢

银龄书院
朗读者 薛晓萍
扫码听故事

这天天蒙蒙亮，养老院的老人们就已经出来散步了，我和大家一起说说笑笑地走在石榴园的甬道上，有的数着石榴花，一朵、两朵、三朵，有的猜着这棵石榴树今年会不会结100个石榴，还有的在做石榴诗词的接龙，什么五月榴花照眼明，什么榴花忽已繁。一个接一个地，好开心。

迎面看到了石榴姐姐，她穿了一件白色的衬衫，部队发的那种老款式，外面罩了一件粉红色马甲，非常靓丽。

她说：我有个东西想让你看，你看吗？

您让我看什么我都看。

我的日记《二人世界内参》，我儿子他们都想看，不给他们看。你是第一个看到这些文字的人，因为我觉得你很理解我。

我真的受宠若惊，姐姐，好姐姐，谢谢你对我的厚爱，谢谢你对我的信任。

好啊，到我房间我都给你看。

好，我先不拿那么多，先拿一本。就在咱们院里看。

长者的物品，特别是他们记载的日记，真的比他们的命还重要，绝不能有任何闪失。

这本日记有着粉红色的封面，上面印着一个天使，也就是伊甸园的天使娃娃，不知道是亚当还是夏娃。翻开引人注目的封面，一行娟秀的小字"二人世界内参"。

再往下翻，竟然是姐姐写的她和丈夫所有的甜蜜往事，从他们相识相恋相爱，一直到婚后幸福生活的往事记载。

姐姐，我就拿走这一本，回去看，明天一定还给您。

我真的是如获至宝，抱着这个写满快乐和辛酸的日记本回到了自己的房间，翻开一页，竟然翻到那篇失子之痛，真的很意外，觉得怎么让我看到的第一篇就是她写的失子之痛呢？她写道：人生就是一场梦，奔波劳累死拼命，天有不测的风云，生死之别难料定，老来失子痛断肠，接受现实独凄凉。既然没有回天力，还应节哀再坚强，受高孕育先失子，辩证唯物属正常，未惜子姚自保住，免遭血上再加霜，心急伙伴情谊长，如有闪失难承受，二老遭遇多不幸，人间无味难形容。彼此理解心欲碎，和谐相伴永相连，夕阳征程有多远，鼓起勇气永向前。这是写她自己失去两个儿子和知道后老伴儿也失去一儿一女之后所写的。

看到她这篇日记，我的心也痛，一直在痛，痛了好久好久，不能自拔。

不知过了多少时辰，窗外一群麻雀叽叽喳喳地叫个不停，花园里还有一些小猫在"喵喵"地叫着、嬉闹着。窗外不时传来老人们的歌声，还有个老人放着《青松岭》的歌曲，在跳着广场舞。

我合上日记本沉思着，在这本日记里只有这一篇是写石榴姐姐的伤心之痛，其余的全部是充满快乐、充满正能量的诗篇。

有歌颂新中国、歌颂人民群众的诗篇，写的真是发自肺腑的心声，还有描写老年生活的诗篇，详细地记载着她和丈夫那段难忘的黄昏之恋。

我把这些诗篇看了一遍又一遍，在傍晚吃晚饭的时候我捧着这本日记，捧着石榴姐姐对我的信任，用一条红领巾系住，送到了姐姐的手上。

首先我谢谢石榴姐姐给我这么大的信任。

姐姐说：没什么，我要信得着的人哪，给她什么我都舍得，命给她我都舍得。

快别这样说，姐姐，我承受不起呀！

不，我就是这样的人，我这双眼虽然有点儿近视，但是我特别会看人。

好，您看我是好人，那我们就好好交往吧。

就是的，来，我再给你几本。接着又捧出了一摞她的《闲居》，她的新婚日记，她的数来宝，还有她的悄悄话儿，好几本。

你都拿去看吧。我就想让你做我的第一读者，一定要看。

日记日记，心中秘密，翻开吧，心灵的钥匙埋在这里。

她说，我也是这么想的。

我说：我也有记日记的习惯，已经记了几十年。

我也是啊。

我们俩说着，两个大拇指摁在了一起，摁了一个重重的手印，互相承诺一定要坚持把日记写下去。

门外传来护理员的喊声，爷爷、奶奶，开饭了，快点儿，今天吃枣糕啊！石榴姐姐又恢复了往日的欢乐，拉着我说，快快快，去我们食堂吃枣糕，我就爱去食堂。

因为已经看了她的日记，我知道食堂是她的初恋之地。

她说：不，不，是我人生的福地。

我们一起在食堂用餐，用餐结束，我说：咱们去散步？

当然了，饭后百步走，能活九十九。

不对，九十九算什么，您要活到一百二十岁。

然后呢？然后还能干吗？

然后，您再生五个孩子呀。

懂你幸福

多少年来，多少人都认为莫泊桑的短篇小说《项链》中的妻子是一个爱慕虚荣的女子，其实她才是世界上真真正正最幸福的女人。

她的丈夫没有给她金山银山，没有给她豪宅豪车，却给了她很多人想了一辈子也得不到的——懂你。

除夕，在养老院，环姐姐很晚来敲我房门，我知道她丈夫离世不足百天。她怀里抱着一个枕头，系着一张便签，上面写着一首小诗：别情多情去后香留枕，好梦回时冷透衾，闷愁山重海来深。独自寝，夜雨百年心。

她说不解其意，来问我。当我细细道来之后，她泪流满面，抽抽泣泣地说：我和他过这一辈子，总怨他不会哄我，不会帮我，你也知道这些年我们一直在吵架，其实是我和他在吵架，光他给我写的检查就一大摞了，你说这么好的男人我怎么就不知道珍惜，怎么就不懂他呢？

我无语。

生活中的男人看似铮铮铁骨，从不会对女人和颜悦色，阿谀奉承，但他们骨子里对自己爱的女人就是牺牲性命也在所不惜。只不过他们的爱、他们的情，大多埋在心底，大多不愿说出来。

多情不在分明，绣窗日日花阴午。依依云絮，溶溶香雪，觑他寻路。一滴东风，怎生消得，翠苞红栩。被疏钟敲断，流莺唤起，但长记、弓弯舞，定是相思入骨。到如今、月痕同醉。教人枉了，若还真个，匆匆如此。算从前、总是无凭，待说与、如何寄。

"50后"大都喜欢日本影星高仓健,特别是在电影《幸福的黄手绢》中他和妻子相逢那一刻,没有拥抱、没有流泪、没有言语,只是默默地四目相对,那份深情表现得淋漓尽致,感动了无数男人女人。

爱有时不是表白,爱有时、大多时,是默默。

情到深处无语。

恋爱中人

夜宿黄浦江畔,听着外滩钟声,照旧是早睡。

微信铃声响,心中一惊,因为已通告圈内的老大哥老大姐们,我在上海开会,他们没有特殊情况是不会找我的。

翻身起床,打开手机一看,一行李清照的小诗跃然屏上:谁伴明窗独坐,我共影儿两个。灯尽欲眠时,影也把人抛躲。无那,无那,好个凄凉的我。

坏了,九儿姐姐出事了。

这个九儿姐姐,是"50后"的职场精英,退休后先是丈夫因病去世,后来跟随女儿在国外居住带外孙,谁知女儿生了一个又一个,第三个宝儿还想让她带,她实在受不了,尽管外语很好,可她还是觉得心里空落落的,毅然回国住进了养老院。

在这里她组织大家读书、跳舞、走模特儿,天天是欢声笑语,阳光灿烂。

从她一走进养老院，就有一双深情的眼睛在注视着她，就像小太阳一样把她照得暖暖的。

他是一个老军人，相当的魁梧，话不多甚至有点儿闷，但是论助人为乐他可是院里的模范，自从九儿姐姐一进院，他就一改往日作风，主动接近九儿姐姐。

走模特儿原本他最反对，但是为了九儿姐姐，他毅然报名且走得相当认真，尽管在T台上他时不时地就甩出正步走。

傍晚九儿姐姐在哪儿散步，他就不离左右地转悠。周围的人都看出来了，都对他们的结合表示赞同，甚至有些羡慕，他们那真是郎才女貌，特别般配的一对儿。

好在他们的儿女也都支持，虽然不允许他们领证办婚礼，但还是同意他们在一起的。

这才几天不见，怎么了？

赶快微信询问，九儿姐姐怎么了？

九儿姐姐语音回复，抽抽泣泣、断断续续，我终于听清原来是他有事回家了。

我说：人家有事就让人回家，怎么了？

九儿姐姐说：关键是失联，好多天都没有晚上的微信问候和早上的微信早安。

我说：我一共才出来三天，怎么会好多天呢？

九儿姐姐说：一日三秋，三天就相当于三年了。

好个矫情的九儿姐姐。

其实不管是老年人还是年轻人，既然是谈恋爱，就不要那么黏，每个人都需要自己的空间，虽说是心心相印，但也不可能朝朝暮暮手牵手。

毕竟每个人的时间、空间都会受到各种因素的制约，古代人相思苦，现代人通信设备如此发达，手指轻按就会立刻视频，大可不必再自寻相思之苦。

诚然，恋爱中的女子，无论年龄大小都会饱受相思之苦，因为她爱得深、要得多，她要的可不是金钱，而是他的时间。

殊不知，生命诚可贵，爱情价更高，若为自由故，二者皆可抛。

我的傻姐姐，可爱的九儿姐姐，接着睡吧，这才凌晨4点呀，告诉你个秘密，日有所思夜有所梦，和你的他梦里见吧，祝梦见。

九儿姐姐回复一个不好意思的表情包。

我接着读李清照的词：窗前谁种芭蕉树，阴满中庭。阴满中庭。叶叶心心，舒卷有馀清。伤心枕上三更雨，点滴霖霪。点滴霖霪。愁损北人，不惯起来听。

窗外，萱草石榴偏眼明。

含羞草

你慢点儿老，我愿给你世上所有的美好

银龄书院　朗读者　张建华

扫码听故事

每年的护士节都有文艺团体来为养老院、医院的护士们表演节目，按说这一天护士们应该享受最隆重的待遇。可是没有，她们照样要推着长者，把他们推到前面，把长者一一安顿好，而她们齐刷刷地站成一排。

我在后面看到她们挺直的背影，像青春靓丽的含羞草一样，默默地立在后面。她们身着深蓝色的小毛衫、粉色的工作服，她们的眼睛很少看舞台上，而是盯着自己负责的这一排老年人。

哪个老人咳嗽一声，就有护士噔噔噔地跑过去，"奶奶，喝点儿水吧"，随后递上一杯不冷不热的温水，她们出来都给老人带上水，旁边的饮水机也是可以调节冷热温度的。她们不光在长者看节目的时候心思在长者身上，在夜晚值班的时候，她们更是尽心尽意。

养老院的夜晚很寂静，老人大多睡得很早。这天，小张值夜班，她穿着软底的护士鞋在楼道里巡视，门缝中传出一

夏辑——荷笠带斜阳，青山独归远

声声熟睡的鼾声，这些长者每天也很累的，他们要练习唱歌、读报，还有的要练习走模特儿、跳舞，或者到图书馆看书。看他们这样安详地睡熟，她也很开心。

可是走到楼道尽头，却发现一缕昏暗的灯光从房间映出来，她赶忙敲了敲门，轻轻推门进去，平时她都以为是奶奶们睡觉忘了关灯，因为院里有规定，门是不许上锁的，护士们随时能够打开看看长者的情况。

这个房间里住的是一个孤老，没有儿女，老伴儿也走了，生活条件也不是很好，所以她生活比较拮据。小张经常来这屋里跟她聊天，有的时候妈妈给她带好吃的，她就悄悄地拿过来给这个张奶奶吃。

张奶奶虽然没有儿女，但是她有一颗特别博爱的心，她是一名小学教师，见着像小张护士这样的孩子，就很喜欢，总是和她们拉拉家常，时不时提醒她们：天凉了，要加衣服了，现在你们年轻扛冻，老了就会得病了。

小张跟奶奶很熟，就蹑手蹑脚地走了进去，原来在昏暗而又柔和的灯光下，奶奶正在那里织毛裤，像是用围巾拆了洗过，还打着曲曲的一团毛线在织毛裤。

奶奶说：天冷了，我这个关节炎又该犯了，以前的毛裤都旧了，我就把围巾拆了，加了些厚线，织一条厚一点儿的毛裤，到外面买都很贵的。

小张当时就觉得非常非常难过，她说：奶奶，您不要再织了，天晚了，灯光又很暗，您赶紧休息，明天我来帮您织好吗？

不用，我自己来吧，你工作那么忙。

没事儿，我值班的时候也可以织。

不行，我知道，你不要哄我，院里有规定，值班的时候不许织毛活儿，只能巡视，而且还要盯着那个仪器的，我知道的。

奶奶，您就放心吧，您千万别再织了，您如果想用这个打发时光，您就没事儿织两针。但是您要织毛裤就不要这么赶了，啊，我来帮您做。

下班以后，小张就去市场买了几斤好的羊毛线，当时真的花了几百元，她想，她应该为张奶奶做点儿事儿，奶奶太可怜了。她把自己的想法和妈妈说了，妈妈说，行，我来教你，咱俩一起织。

就这样，她和妈妈抓紧时间分头织毛裤，其实她根本不会织，现在的年轻人特别是"90后"，都是被父母宠着、疼着长大的，哪里会自己织毛衣呢？她坚决不让妈妈一个人织，妈妈教了她，她就开始学着织，她妈妈也是下班吃了饭就坐那儿织。就这样，仅仅用了一周的时间，就为张奶奶织了一条软软和和、厚厚实实的新毛裤。

这天，又是她值班，我看见她又是蹑手蹑脚地走到了楼道的尽头，进了张奶奶的房间。我知道，她要把这条毛裤送给张奶奶了，果然，不一会儿房间里就传出了张奶奶抽泣的声音。

护士站和张奶奶房间离得不远,大家都知道小张又为张奶奶做了事情,张奶奶感动得哭了。小张把毛裤放到张奶奶的身边,张奶奶抚摸着这柔软的毛裤,把小张揽过来,脸贴着脸对小张说:好孩子,好孩子!

小张什么也说不出来,就叫着:奶奶,奶奶不哭,奶奶不哭,我陪着你,奶奶不哭,奶奶不哭。

后来听护士们讲,张奶奶一直都是白天穿着这条毛裤,晚上就把它放在枕边,甚至抱着它睡觉。直到后来她快离开人世的时候,还叮嘱护士:一定要给我穿上小张织的这条毛裤。

后来在小张的带动下,这里的护士经常帮着老人织毛线帽、毛手套,这些"90后"说,能够为老人服务,真的很好,同时也展现了自己的才能。她们把自己织的毛手套、毛线帽晒到微博上、微信上,得到了无数个点赞。

这天,一个衣着打扮时尚的女子走进了社工科,刚好我在那里,她说要找领导,社工科真的就怕有人找领导,有些长者的子女把自己的爹妈送到了这里,自己尽不了多少孝心,还时时挑剔这里的护士。当然我这样说也不全面,所以我态度特别温和,真怕她投诉哪个护工或是小护士。

我说:来,您请坐,您有什么事可以和我说说。

我要找院领导。

我是院里的总监，您和我说吧。

我要提出表扬。

哎呀，我一听"表扬"俩字，心里一块石头落了地，赶快给她倒了杯水，特别特别开心地说：那您跟我说说吧。

我就打开了录音笔，也拿出了本和笔。

她说：我父亲在这里住，经常有一个护士照顾他，他不是我家指定的护工，她是一名护士，可是她做的事儿真的让我们特别感动。我父亲患有前列腺肥大症，经常尿裤子，说实话，我都觉得很难堪，不想帮老人洗裤子。

这个小护士每次看到我爸爸这样，特别是我爸爸有时候忘记了系文明扣就出来，她只要在楼道里看见，就帮他系好裤子，从来不嫌脏，而且帮他穿戴整齐，还帮他按摩肩膀，哄得我爸特别高兴，你说这样的护士对她自己亲爹亲妈又能怎样呢？

这可是我亲爹呀，可是我真做不到给我爸爸接尿，再给他穿衣服，再给他系文明扣，我可做不到。可是我来几回都看到，她对我爸这样，所以我真的想提出表扬。

哦，你说的是她呀，是小李。小李是这里的优秀护士，在这个圈内都很有名，她不光是对你爸爸一个人好，对所有由她负责的长者，她都是尽心尽力。

我跟您说的还不只是她，我妈也在这儿，我这个妈呀……

等会儿。您喝口水，我记下来，您再说说是谁。

我这个妈呀，有一个特别特别大的毛病，就是便秘。其实我妈是个很文明的人，不愿意麻烦别人，在我们家的时候，她多难，多痛苦，都不和我们说。当然，你说让我去帮她处理，我还真做不来。我可以给孩子接屎接尿从不嫌脏，每天孩子解了大便我还要看一看什么颜色呀，稀不稀呀，我都不嫌脏，可是对我亲妈，我还真的没这样做过。

有一次我来这里，就听我妈说，她有一周没上洗手间了，那天实在是难受，结果护士小李，也姓李，他们管她叫大李，就过去帮助用手掏，而且不带医用手套。她说本来老年人皮肤就干燥，虽然抹了那些干油，但是戴手套有时候会让老人出血的，她就用手去掏。把我妈感动得呀，我妈就说呀，这样的护士上哪儿找去呀。

后来我又听我爸跟我说了几回，说隔三岔五她就会进来，问问奶奶您好吗，我妈知道她问的是什么，我妈就摇摇头，虽然我妈每天也吃一些白薯，我们也给她买一些香蕉来吃，但是她不知道是身体机能哪方面出了问题，总是便秘。蜂蜜我一买就买一箱，就是不行。

这几个月每三五天就是这个大李过来帮她掏，我听说以后都觉得心里特别特别……

最触动我的，是前一阵，哎，我看您也这么大岁数了，不怕不好意思跟您说，我妇科出了点儿毛病，医生让我用那种直肠给药，我洗了手戴上手套，然后直肠给药。等我把手套摘下的时候，哇，那个味道简直是刺鼻。

我在想，我这么一个年轻人，而且是什么病都没有，自己为自己送药，戴手套都这么大的味儿，洗都洗不掉，你想想这一个护士要是隔三岔五给我的老妈这样掏大便，我妈那是积攒了多少日子的宿便，你说那得多么多么的味儿啊，她可怎么受啊！

所以啊，我真心实意向院领导提出，给她一个表扬，同时我要给她发奖金，我不知道该怎么做，是我自己悄悄给她好呢，还是通过院里边给她好，我也犯了难。

我说：据我所知，这里的护士可不是一个两个这样做，她们帮助子女照护老年人，喂饭、喂药，而且帮他们处理大小便，别人觉得特别难堪的事她们都做。她们不图什么回报，也不图什么金钱奖励，她们图的就是一个安心，她们要对得起自己白衣天使的称号，真的，这是她们对我说的。

不要说给她们钱，您就是表扬她们几句，她们都会脸红，害羞呢。

小护士，个个都是含羞草。

朗读者 杜晓梅
银龄书院
扫码听故事

马蔺花
年老的事很重要，我的苦不想要你尝

世间万物皆生命，亦有情。七情六欲最看重的就是尊重。

有只小蜜蜂飞在花丛中，看似那么的美好、那么的轻柔，可当一群顽童用竹竿搅乱了它们的蜂巢，它们就会变成战斗机倾巢而出俯冲下来，直至把顽童的脸上、身上叮满了大大小小的红包，它们才肯离去。

吉祥物大象一直和人们和睦相处，甚至可以让孩子骑在它的背上。可是当有人将一根类似香蕉的木棍喂给它，它卷呀卷怎么也啃不动时，它就愤怒了，它的自尊受到了伤害，它就会疯狂地报复人们。

这些生灵都有自己的尊严，更何况人类呢？人，都要面子，老话说：树活一张皮，人活一张脸。所谓的面子就是尊严。

健康时，不管你在职场是春风得意，还是马失前蹄，最起码的尊严是有的。然而当你老了，生病了，那尊严就会随着你身体的衰弱，渐渐地消失，消失得无影无踪。不信，给你看看。

突如其来的腰痛，让我夜不能寐，举步维艰。清晨6点钟就一路向北去医院。虽然是电话预约挂号，但要本人用身份证取号。到那刚刚6点半，于是我排第一位。

虽然有拐杖支撑着不听使唤的身子，疼痛还是一阵阵袭来，真的尝到了直不起腰的滋味，无奈就趴在了挂号窗口冰冷的台面上，就在那里趴着等待7点15分取号。

平时如果遇到什么登机、参观、缴费排队的时候，我都是拿出一本图书翻阅，在周遭都是看手机的茫茫人海中，姐这捧着纸质图书阅读的身影总是招来赞扬的目光，还被人偷拍过。

可今天我佝偻着身子，趴在冰冷的挂号窗口，翘首企盼，何时开启这个窗口啊，度日如年也就这样吧，疼痛分分钟地袭来，虽然没有呻吟出来，但我那痛苦的身姿还是引起了周围人的同情，就连一个号贩子都悄悄地过来说：大姐，别排了，我卖你一个专家号便宜点儿。

为了什么什么，我摇了摇头，还是尽量坚持在那里等待。好不容易盼到7点15分，窗口打开，我第一个取了挂号条，一寸一寸地挪到大厅。大厅里人来人往，特别是那些排明天号的队伍，绕了一圈儿又一圈儿。

真的是疼痛难忍，我浑身开始疼得发抖，就想着拐弯儿去急诊吧，佝偻着身子一寸一寸挪动，刚刚挪到急诊楼道口，就看见过道地上躺满了病人，大部分是老年人。他们呻吟着叫喊着，有的就直接躺在那冰冷的地面上输液，观察室早已人满为患。

看到这种情形，我不由得说了一句：一丝气尚存就不能躺地上，走吧。

这样顺着大厅进入急诊室又从北门仓皇逃了出来，还是老老实实地到候诊大厅等着排队叫号吧。

找一个角落坐下来，免得发抖的样子影响别人情绪。

等啊，等啊！不一会儿来了个孕妇，周围所有座位全部坐满了病人，哎呀！起来让给她吧。

时间像静止了一般，电视叫号屏幕迟迟没有滚动。我扶着拐杖依墙站立，又是一阵阵的剧痛袭来。楼梯口的邪风就像锐利的针，还是三棱针，直刺腰椎底端，我疼痛难挨，心慌气短，用尽全身气力支撑着拐杖，还是不行，手发抖、腿发软、头冒汗，真的是疼痛，钻心的疼痛，真想顺着墙体慢慢地滑下来席地而坐。

如果就这样滑下去，那情形、那姿势，那还有什么尊严，简直是颜面扫地。就在我行将支持不住，顾不得什么颜面，什么尊严，就要出溜儿到地上的时候，一个坐在那里打歇的清洁工走上前把我扶到了他的座位上。

我强忍着疼痛抬起头，扬起脸，对他说：谢谢！

他说：没关系，人都有老的时候。

不知道为什么？想着想着，自己竟掉下了眼泪。眼泪，从我妈走后，十年不曾流过的眼泪，扑簌簌地奔涌，吓得人家直叫大夫。

病痛可以消耗我们的身体，更能够将我们的尊严一扫而光。今天姐是真真切切体会到了。

当你老了，病了，纵你有多么自尊，多么好强，也通通都被病魔一起掳走。当我在大厅、在电梯间、在西药房受到大家照顾的时候，心里的滋味是暖，但更多的是心酸，是无奈。

迄今为止，自己平生第一次从助老义工转换成老年病号，时时处处受到别人的帮助，那滋味不好受。

老话说：有什么，别有病，没什么，别没钱。我说没钱不可怕，有这么多至爱亲朋，有那么多我曾资助过的亲朋好友，最可怕的是生病。病来如山倒，特别是疼痛会将你的面子、里子、自尊统统撕扯下来，缓缓地摔到地上。

很小的时候，毛主席就让我们学雷锋做好事，成年以后更是以扶老携幼为己任。如今自己老了，病了，拄着拐杖一寸一寸往前挪，尽量学黄花鱼贴边走，不想给别人带来麻烦，被别人照顾的感觉是很温暖，但终归不如自己昂首挺胸，穿着高跟鞋嗒嗒嗒地走在金融街上，那是怎样的情形、怎样的自信与自尊。

趁，此身未老，趁，此身未病，健康的时候一定要有尊严、有自信地好好活着。每天把自己打扮得漂漂亮亮、开开心心地活着吧！

没病的日子，好啊！

大家都说老了难，老了难，老了到底什么最难？要我说：老了最难的是看病。

年逾花甲，再棒的身体也会有各种各样的不适，不要说疾病缠身，就是小打小闹的伤风感冒也要去医院。

其实我们已经把去医院的频率降到了最低最低，可是医院有规定，一般的常用药只开两周的，要长期服用的常用药特别是中药，必须要两周去一次。

每一次去医院看病，那真的是如临大敌，5点起床不吃不喝立即出发一路向北。夏天还好，冬天那真是天黑漆漆的一片，推门就是冷风扑面，从心底就打了个寒战。

还好，驶上高速就看到车水马龙，大家都在为生存为生命为家人奔波在黑夜中。

这个时候想得最多的就是换房，换房，把房子换到离医院近一些的地方，不管什么东南西北，哪怕老到挂着拐杖，也可以一步一挪地走到医院啊。

来到医院排队挂号，一排排冷冰冰的自助挂号机摆在那里少有人问津，因为它太智能经常跳跃式地逗你玩儿。

挂好号就坐在长廊里等吧，也许一个小时也许两个小时，等了100分钟进门看医生特别是专家，也最多给你5分钟的时间，接着就是排队交费、排队取药、排队等着，等着，等到拿齐了药再回家，又是一场漫长的旅程。

看病难，看病难，老了最难的就是看病。

天渐渐亮了。

我想太阳出来就好了，太阳会出来，生活会一天比一天好。

《人民日报》报道：70岁的儿子用手推车推着90岁的母亲去县城看病，往返40多里路。这条报道在寒冷的冬日温暖了许多人的心。可是作为相关机构，有没有想到老有所医到底怎样实现？老年人看病难的问题什么时候能够解决呢？

假设这个70岁的儿子自己也病了，推不动老母亲了，那怎么办呢？假设这个老母亲，不能够自主地坐在这个手推车上，需要躺着怎么办呢？

不要说这些远离县城的老年人看病难，就是我们居住在京城的老年人看病，那也是相当的艰难。

比如今天早上我5点钟起床，6点前开车出发去三甲医院挂号看病，只有7点钟之前到达挂号处才能够保证挂上号。

当然，网上也可以预约，但是要等很久，诸多不便阻挡了老有所医的实现。

老年人最大的需求、最大的愿望其实不是免费乘车、免费逛公园，老年人最想要的是老有所医，去医院挂号看病要方便、方便、再方便。那该有多好啊！

出发，天还没亮，马蔺花还没开。

玉簪瓣

到岁数了，回忆多得像云，飘过来飘过去

银龄书院朗读者 罗文章

扫码听故事

昨夜狂风，吹来了一片湛蓝的天空，天干冷。

几个同学聚会，坐在餐厅六层落地窗前，阳光毫不吝啬地洒在我们每个人的身上。特别是红，她身着女儿送她的红色羊绒衫，在阳光照耀下格外耀眼；还有娜，那一缕红色的羊绒围巾衬得她的脸庞竟有了些许红润；燕的及腰长发随意披散着，让我们羡慕不已。

我们没有开手机，也没有对着美味佳肴拍照，只是不停地说，不停地说。

不停地说又怕影响周边的年轻人，所以我们就小声叽叽喳喳，就仿佛小时候老师在课堂上讲课，我们在下面悄悄说话时的情景一模一样。说到开心处，我们会手拉下手，或者突然无语默默相视。这情景被旁边两个年轻女孩儿看在眼里，她们说：真的羡慕你们，几十年的同学还能够聚在一起，帮我们拍照之后一个劲儿地对我们说：祝阿姨天天快乐，祝阿姨天天快乐！

我们说起红的心灵手巧，当年我妈妈托人从上海带来

夏辑——荷笠带斜阳，青山独归远

127

一斤开司米豆青色的毛线，妈妈为我织了一个特别时髦的帽子，让我自己织手套，这样就是套装了。可是我怕自己织不好就请红帮忙，红为我织了一副手套，手背上全是双扭麻花的图案，非常细致典雅，把我的手衬托得更加纤细，当时这副手套被老师同学们传看，都说像工艺品一样，我一直珍藏着。

我和娜是邻居，几乎每天都在她家度过晚上的时光。她家有姐妹几个，我特别愿意和姊妹多的人家交往，这样就减少了作为独生女的孤独，我们相处几十年，恋爱、结婚、工作，我们之间所有的喜怒哀乐都能互相倾诉。

燕上学时就是生活委员，我发现虽然她负责发电影票，可每次看电影她都坐在最边上的位置。我就用思想汇报的形式向团组织做了汇报，被政治老师拿到会上提出了表扬。当年政治老师对我说：你能够细致观察这些小事并记下来，将来也许做不了大官，但你能当个作家。

说起来还真是这么回事，注意观察人的最细微处，体味人家的好，永远记住别人对我的好，这是妈妈教我的一贯的生活态度和价值观，已经融在血液里不容改变。永远记住别人对我的好，特别是这些同学的好，那也是一种福气，也是人生的一大财富。

这次聚会最令人振奋的是红突然提出到她家去玩儿。啊，我们开心啊！我们四个人横穿过西直门立交桥，曲曲折折的立交桥，当年是北京一大标志性建筑。那时候放了学我们把书包往地上一放就在桥下玩耍，而今我们四个人搀扶着、互相搀扶着小心翼翼地穿过立交桥。当我们走进被楼房包围却依然熟悉的胡同时，我们真的很兴奋。

当年我们放学以后就在这些胡同里玩耍，这棵当年没人注意的小树苗，如今已经长成了参天大树。尽管被铁栅栏围着，但它竟然用自己的身体与坚硬的铁栅栏抗衡，不惜把身体融进去，饱尝肉体的伤痛也要向上长。它靠着这顽强的精神长成了如今的大树，就像我们儿时的友谊永远不会改变一样，根深蒂固。

走进红的家，温馨整洁的房间让我们看到了她当年的风采，干净利落，一盆翠绿的水仙给房间带来了勃勃生机。我们在这里聊着、吃着、喝着，忘记了时光，忘记了年龄，只有一股股的暖流在心中流淌。

天寒地冻唯同学情浓，唯同学情浓。

＃同学情纯粹＃

傍晚，接到红的电话，心中很是欢喜，以为她是通知我们四叶草聚会的时间。没想到她说：告诉你一个坏消息，军走了。

握着手机的手已经有些发抖。浮云一别后，流水十年间。欢笑情如旧，萧疏鬓已斑。

我知道，军和病魔抗争可不是一天两天了。几年前我先后和燕、平、虹、伦、良等很多个同学去肿瘤医院看望她，正在询问她的病房号时,就听到她那独特爽朗的笑声,哈哈,哈哈,非常具有感染力和穿透力。我们循声走进病房,她正在和几个同学嬉戏打闹,根本看不出疾病缠身的样子。

那时我们的心放下了,亲爱的,没事。从我们13岁相识,她就永远是那样笑呵呵的,没有什么困难能够打倒她,我坚信。

做完手术,她吞咽非常困难,只能靠绿豆汤维持。我当即跑到农副产品特优专卖店,挑选了一箱最优质的绿豆送到她的床头,又为她选购了好几顶帽子。她出院后的第一时间,就用沙哑的声音给我打电话表示感谢。

我说:有什么可谢的?我们是同学啊!就像燕说的:我们已经相识了近半个世纪。

半个世纪是多么的遥远而又近在眼前。

记得那是我们上高一的暑假,我和燕、慧、军、平、平、燕去颐和园游玩。在我们拍照的时候,军和平把一片树叶放进我衣服里,痒得我咯咯地笑。

照片上的慧一言不发,微笑着目视远方,永远的领导范儿;

我和平、军早已笑成一团,永远的没心没肺、嘻嘻哈哈样儿;

燕虽然看到了她俩的恶作剧,仍然优雅地望着我们,永远的美丽优雅;

平个子高，站在最后面，她不知道军做了这些小动作，她依旧认真专注地盯着摄影师燕，平做人做事永远的认真；

燕虽然在照片外，但我们谁也不会忘记她永远的歌者风范。

今夜端详着这张泛黄的照片，心情久久难以平复。

深院静，小庭空，断续寒砧断续风。无奈夜长人不寐，数声和月到帘栊。

军永远是笑声朗朗，对我们同学都像火一样的热情。秋风瑟瑟，这一团火骤然从你身边消失，你说大家怎能受得了？！

海外游子、旅途中人、男生、女生，大家纷纷追思怀念我们的好同学——军。

我记住了红那句话：我们都来送送她，让她走得不那么孤单。是啊，我们都已是花甲之年，我们送别她，也是提醒大家，多多保重，不管哪个同学有一点点儿风吹草动，大家都心疼。真的，心疼。

飒飒秋风生，愁人怨离别。这是怎么了？接连的坏消息，把人撞了个趔趄。早早地去花市捧来一大堆没有修饰的鲜花，有白玫瑰，纯白色的玫瑰，有玉簪，纯净的淡淡的暗香袭人，还有粉色的康乃馨，粉嘟嘟的。

送别军，我们老泪纵横，泣不成声。她帮我擦去泪水、他为她递上纸巾，男生主动将女生护在身后，他们知道小女生胆小害怕。

逝者远去，生者坚强。我们一起来到酒店喝茶，女生会考虑到他血糖高，男生会提醒我：天凉了，别点冰激凌。此时此刻那份同学情，愈发地化解不开。

生老病死是自然规律，活着就有爱恨情愁，谁也不能真正摆脱，早晚都要走，何不潇洒走一回。

做不到生若夏花般绚烂，但可以与爱同在，不管生活怎样对你，你可以爱这个世界，爱自己身边的每一个人，爱它没商量，你就会心花怒放。

当你真正开始爱上山山水水、花花草草的时候，会不经意地发现，原来自己是幸福的。那曾经的伤痛只不过是一段凄美的记忆，也是自己人生的一个印记。

谁的人生都不会只如初见那般美好，一生漫长而又短暂，相陪走过一生的其实只有那份爱。

爱国、爱家、爱人、爱你我他，爱，让我们经历了世间所有的情感，血浓于水的父母亲情、纯真美好的同学友情、相濡以沫或许是磕磕绊绊的爱情，无论有过多少的无奈缱绻，我们都拥有过那份情感。

问世间情为何物？爱，无物似情浓。

#哪有什么来日方长#

一般人在旅途中都是走走停停，惬意得很，要赶回来，赶回北京，这个赶字就带了些许匆忙。

傍晚到家，第二天清晨6点半，外面还是一片漆黑。

狂风裹着落叶劈头盖脸地砸过来，陡然想起那句词：西风烈……马蹄声碎，喇叭声咽。

大家聚在一起默默无语，看到那肃穆的灵堂、洁白的鲜花和黑色的纱，不禁想起我们同班同学当年胡同里的发小儿阿伦这辈子。

他上学时很淘气，经常被老师请家长，他的妈妈胖胖的，看起来和蔼可亲，她骑着自行车来到学校，一个劲儿地向老师致歉，不知道他妈妈回到家对他进行了怎样的处罚，只看到一连几天阿伦都很老实。

其实阿伦学习成绩很优秀，平常在班里不声不响，有时候会做一些蔫儿淘的小事。

毕业以后大家各奔东西，忙着拼文凭、忙着拼事业、忙着拼家庭，很多年没有往来。

中年以后大家不约而同地恢复了同学聚会，开始了频繁的相聚。那时阿伦已经是上市公司财务总监，工作兢兢业业，常驻外地，让大家印象深刻的是，每一次聚会他都会给大家带来一些小惊喜。

让我记忆深刻的则是他不止一次地说：等我退休以后，我就带着我们家领导月月，去周游世界。

等我退休以后，我就天天陪着女儿去游乐场玩儿。

等我退休以后，我就约上咱们同学天天去唱歌、吃饭、聚会……

等我退休以后，等我退休以后，等我退休以后……

N多个等我退休以后的计划没有实现，在退休前一年，他突患重病，倒在工作岗位上，倒在异地他乡。

他的妻子月月也是职场精英，干活儿走路一阵风，她果断地用救护车将阿伦从外地接回北京，安排住进了北京医院，这一住就是几个月，她日夜陪护，不让任何人帮忙。

阿伦转危为安回家静养，又是月月精心策划安排了女儿的婚礼。女儿女婿相亲相爱，一家人仿佛又回到了平静温馨的日子。

积劳成疾，真的不只是一句成语，事实就是如此，我们这代人经历过几个重大历史时刻，或多或少都有内伤，阿伦再次病危入院。

月月这些年放弃一切外聘，放弃所有亲朋好友的聚会，一心一意照顾着阿伦，用她的话说就像照顾婴儿一般，有时她也嗔怪：5年了，就是个娃娃，也该上幼儿园了。

这时候阿伦就会坚强地甩着步子走起来，一边走一边说：会的，不光会上幼儿园，我还要上小学、中学、大学，读研究生、博士后。同学们都是听得哈哈大笑。

哀乐声起，我们女生被男生护着并排向阿伦默哀，我们与阿伦相识超过半个世纪，当然要送送他，为了不让月月更伤心，我们说好不哭，不哭。

可是当我想到他经常挂在嘴边的那句话：等我退休以后，等我退休以后，真的心很痛，忍不住大声对他说：阿伦，你的小学同学、中学同学、高中同学都来送你了……痛哭失声。

我们总以为来日方长，我们总会说：等我退休以后，等孩子长大以后，等孩子结婚以后……等，等，等，等来等去，我们已是满头白发，年逾花甲。

来日并不方长，我们已然步入生命的秋天，容不得我们再等待，不要等，不要想，认认真真过好自己的后半辈子，只做自己喜欢做的事情，只去自己喜欢去的地方，只和自己喜欢的人相亲相爱相聚。

年逾花甲，无欲则刚，随心所欲也无妨。因为我们都有一个道德底线，那就是爱国爱家爱他和她，爱，就是我们的生命线，爱，就是我们生活快乐的源泉。

阿伦与月月给我们做出了爱的榜样，今后我们爱国爱家更爱自己。

月月，你家玉簪开花了吧。

朗读者 陆庆宏
银龄书院

扫码听故事（上） 扫码听故事（下）

美人蕉

日子艰辛且美好，是我们心底藏着真诚和善良

　　那年夏天，不知道怎么那么热，知了在树上不停地乱叫，新建小区改造之后院里有一个快要干枯的池塘，里面铺满了美人蕉，绿油油的叶子，舒舒服服地伸展着，花穗已经成形，不久就会绽放。

　　池塘里的青蛙呱呱呱地叫，大人孩子都在池塘边乘凉，虽然没有一丝风，可是大家拿着蒲扇在那里打扑克、聊天还是觉得有那么一丝凉意。

　　老妈发烧住院两个星期了，我在那儿日夜陪护，退烧了，我推着老妈刚从医院回来。往常走到院子里大家都会热情地和我打招呼，在这片小区我也是出了名的热心人，想当年我在附近的副食店工作，那些粉丝头儿、点心渣儿、豆腐渣儿，那些个边角余料我都给拿回来，谁家孩子坐月子我就给她多留几个硌窝鸡蛋，那些硌窝鸡蛋就是碰破了但是也没碎，不要手续就可以给她们多弄点儿吃。

　　谁知今天，我推着我老妈回来，没人理我。我冲着乘凉的张婶说：张婶，在这儿凉快呢？

张婶低着头"嗯"了一声把脸扭过去了,要搁往常张婶保准过来问长问短的。

那帮孩子们也让我觉得奇怪,别看我没孩子,但我特喜欢孩子,只要我看见这些孩子,就会去小卖部给他们买些什么,我老妈有退休金,我也有退休金,就我们娘俩过,我那些哥姐在外地的、在部队的都离得远,可是隔三岔五都给我们汇钱来,我和我妈日子过得美着呢,所以我就常带着这些孩子买吃的。今儿个怎么了?

我说:紫轩过来,你怎么不叫奶奶啊?

我妈不让我叫。

怎么了?我招你们惹你们了?

你们家是坏人。

谁是坏人?你们家才是坏人呢!

我和他们呛呛着,真是神了,今儿都吃错药了吧?我推着老妈进了单元门,进了家门我就赶紧打开手机,平时在朋友圈里我叫金花,其实我叫金美丽,他们管我叫金花,说我热心,说我像那个养殖场的金花,大嗓门,所以叫我金花。

我看这朋友圈里怎么那么静?没人说话?我急了就发了一个卡通形象,说哥们儿姐们儿好,我回来了,老妈出院了,上家来,今儿个炖肘子。平时我妈喜欢热闹,我也喜欢热闹,所以我们家有点儿什么好吃的我就招呼那些"狐朋狗友"都来吃,大家最喜欢吃我炖的肘子,可是半天没有人回声。

我又说：你们都哑巴了，怎么都不吱声？

还是小六子，我那个小徒弟回了一句：师姐，你不知道啊？你们家出事了！

我说：我们家出什么事了？我哥天天打电话问候我妈，我姐退休了正准备赶明儿带孩子到北京来玩儿呢，谁出事了？

你们家！

我们家还有谁啊？我爸早死了。

你们家，你们家老吴。

我们家老吴？

就是你们家老吴，"双规"了被抓走了。

哎呦喂，我都跟他离婚快30年了，还我们家老吴，你行了吧？！

真的，说他是大贪污犯正审呢。

审他跟我有什么关系？

怎么没关系，你是他前妻啊。

前妻还有关系，都离婚快30年了。

怎么没关系？这院里谁不知道，逢年过节他司机就大包小包地给你们家送东西，那是不是赃物啊？

哎呦，什么赃物啊，就一点儿什么破鱼破虾、破鸡蛋，谁稀罕呢！单位分的，他们两口子没有孩子，他媳妇外地的，他不往我这儿送往哪儿送啊？再说了，他也不是给我的，那是给我妈的，不知道我妈从小带他啊！

得了，我跟您说的都是实话，您也别再嚷嚷，别再问，您老老实实看着老妈得了。姐们儿跟你说句掏心窝子的话，如果师姐你真进去吃牢饭了，姐们儿一定给你送饭去，送猪蹄。

去你个小蹄子，我摔了手机坐那儿发呆。

金姐姐跟我诉说的一幕，顿时让我觉得心里凉飕飕的。

金姐姐接着说：从那天起，我上楼下楼，街坊四邻就跟躲病毒似的躲着我，叫谁谁也不理我，他们在后面指指点点，您知道什么叫指指点点吗？那滋味就像在被戳脊梁骨。

嘿，就她呀，丈夫被抓进去了。

嘿，今年春节我还看她丈夫来给她送大包小包呢，你说是不是赃物。

你看她那个傻妈是不是被吓的，知道他们要出事吓成傻子了。

您说这指指点点让您难过不难过？给我气得，我在群里发了消息，行，你们也别指指点点的了，我明儿个就上派出所自首去，我看看我到底有没有问题。

第二天我还真去了，我推着我这傻妈进了派出所说：我是老吴的前妻，他被抓进去了，你们审审我，审不审？

派出所所长亲自出来说：大姐，您是否有问题，现在不知道，如果说纪委找您，您就积极配合，如果不找您，那您就没事，反正现在派出所没有对您立案，也没有调查，您也没有可自首的,您要真有问题您就上纪委。

我有什么问题啊!我一个根红苗正的老工人的后代,干了一辈子工人,在这儿十里八乡谁不知道我什么人啊!

对,对对对,那您回去吧,也别影响我们这儿的工作。

我推着我傻妈回来了,一边走一边嚷:我去派出所了,派出所说我没问题。也没有人理我。

你说我这心里窝火、憋气,这日子怎么过,我和我哥我姐说,他们都说,不做亏心事不怕鬼叫门,走自己的路让别人说去吧!

你说可气不可气,他们倒是给我说句贴心话啊,跟我玩儿官腔,一赌气我打听这边有个养老院,就带着我妈住养老院了,住这儿好,没人知道,天天推着我傻妈遛弯儿,吃完饭连碗都不用刷,吃饱喝足就遛弯儿,这日子挺好吧?

什么叫天有不测风云啊,这日子不是那么好过的,这日子就比那个树叶还密呢,一天一天难挨着呢。

正在这时,护工小玲喊道:薛老师,那边李阿姨找您呢,您快去吧。

我说:金姐姐,咱们今晚上得工夫再聊,花园那儿等您啊。

什么叫天有不测风云,我带着我傻妈在养老院里过得挺惬意、挺舒服,可有一天在读报小组听见大家在那儿读,某某局吴某某被判无期,这跟一声炸雷炸在我心里似的。

这天傍晚我如约来到花园玉兰树下的长椅上等着金姐姐，她见面就对我说了上面这段话。

我说：你们都离婚30年了，你还那么在意他的死活吗？

您这叫什么话啊？知不知道北京有一句老话，一日夫妻百日恩，您知道我们怎么结的婚吗？

好，老妈，你好好待着，今个儿我跟薛老师好好叨唠叨唠，憋死我了，这不到一年的工夫快把我憋死了。您看我这白头发，以前跟黑缎子似的，现在全是白头发，憋得慌，这人心怎么这样，您说我这离了婚的前妻还受株连。

别瞎说，谁株连您了，哪个机构找您了？你们单位扣您钱了吗？把您拘进去了吗？没有吧，什么株连，乱用词。

对，对，对，我乱用词。行，那我就跟您从头说起，想当年我们家和他们家，包括这里边好多人都是一个村的村民，因为农村改造我们都农转非了，都进了工厂或者进了服务行业。

他们家爹妈死得早，他跟着他哥嫂，后来他哥嫂到南方发财去了，他那时候才十来岁，他们家跟我们家挨着，我妈就负责管起了他吃饭的事。我们俩那时候在一个学校，虽然男生女生来往不太多，可是都是村里的人，大家也不计较，我们一起上了中学，后来又一块儿去插队，就在村里回乡务农，在一个生产大队里干活儿，干了没些日子就赶上改造农村，我们就都转成了城市户口，他被分到了建筑队，公社的建筑队，现在叫什么镇什么区建筑公司了，我被分到了副食店当售货员。

他干他的，我干我的，干得也都挺好，后来就觉得鱼找鱼，虾找虾，我妈说没有公公婆婆你少受气，也没有小姑子大姑子多舒服，也不算倒插门，他们家也有房，我们家也有房，我们俩就结婚了，我妈就跟着我们一块儿过，结婚两三年了，我这肚子老没动静。我妈就说：你是不是不会生啊？

我说：你才不会生呢。

我妈说：我不会生，我生了三个呢，你生一个让我瞧瞧。

我们娘俩呛呛了好多日子，我们家老吴倒没说什么，规规矩矩地上班下班，他干的是那种扛大包的活儿，扛水泥、推小车运砖，那都是力气活儿。我呢，在副食店有这点儿便利，经常弄点儿肉、排骨，也不叫排骨，那时候没有排骨，大骨棒，熬一锅汤，放点儿豆腐渣儿，就那卖豆腐一屉一屉的豆腐剩下的渣儿，我拣回来够给他炖点儿吃，倒把他养得红光满面，可是你说这三年了还不见动静，我估计是悬了。

我妈就劝我说，你呀，开笼放鸟吧，人家家里是单传，爹妈都没了，他要再没个孩子，你说他老了怎么弄？你呢，有我，还有这么多兄弟姐妹，你不管领养哪个侄子都行，他可怎么办啊！

我想也是，我也不想整天被人家说什么铁公鸡，我也听烦了。我说行，离就离了吧。

我就跟他说：咱们离了，你再找一个会生孩子的。可我们家老吴特有情有义，死活不离，去了法院两回他都不进门，死活不进，坚决不离。他说：没孩子就没孩子吧，赶明儿上福利院认领一个孩子不就完了。

我说那不一样，你得有自己的孩子。

他说：那咱好好治治。

我说不能瞧，咱俩就离了吧，反正咱好离好散，离了也不远，你再娶一个，娶一个能给你生的。

那时候他就开始当小头头儿了，先是当组长，后来就当了个小队长，我说你现在官运也挺好，再赶紧找一个给你生个白白胖胖的大小子，我和我老妈还能帮你带呢。

如果哪天我真老了，我再找一个带孩子的，就这么软磨硬泡，后来我就想跟他打架，我一想不行，我也不能跟他打架，那多伤心，我就跟他软磨硬泡说，你将来有孩子了，我没孩子，你能让你的孩子也照顾照顾我，就认我当姑妈行吗？以后我就管你叫大哥。这么说好后，我们俩是手拉手进的法院，当离婚证那大章一盖上的时候，我哭了，他也哭了。

我们家老吴一表人才，一米八大个儿，谁舍得跟他离啊！他哭了，我也哭了，他拉着我的手说，咱俩先分开，你有合适的你找，我不找。

我说：不，不，不，你得找，你要找了赶紧生个孩子，生俩，生了给我一个，如果生一个你让他认我做姑妈，咱俩从小就是街坊没有人说什么，等我老了也有指望。

他说行。

就这样我们俩悄没声地离了婚，我从他那儿搬回了我妈这儿，就说我妈病了照顾我妈，街坊四邻也没说什么，可是这人要走了狗屎运啊，天上都掉馅饼，我们家老吴不知是跟我离婚离的还是怎么着，升得特别快，从队长升到了公司项目经理，然后又副总，最后老总。嘿，他来了劲儿了，特别是遇上改制，一改制，好，他一下子就飞黄腾达了，有钱了，开着奥迪车，有专职司机，还有女秘书。

得，后来就就跟他的秘书搞上了，一外地大学生，有一天，他给我妈送药，对我说：嘿，我恋爱了。

我一听就来气：你恋爱跟我说得着吗？我又不是你妈。

他也不生气，嘿嘿一笑说：你就是我心里头的妈。

您说气人不。

后来他们结婚了，结了婚，也不知道怎么了，是她不旺夫还是我旺夫，反正老吴跟我在一起的时候，总是往上走，跟她在一起后就停滞不前了，也没生个孩子，过得也是磕磕绊绊，小媳妇老跟他吵架。

虽然他们早就不在我们这边住了，可这房子钥匙还在我这儿，我就给他看着那个房，时不时还得替他打扫打扫。他们搬到了特别高档的小区，两口子一人一辆车，出双入对地，挺好，我也不羡慕也不妒嫉更没恨，都是发小儿一起长大的，他发达了对我也没有什么坏处，逢年过节给我妈拿点儿鸡鸭鱼肉，我们家不用买年货都他给送。

有一次我推着我傻妈逛商场，天热没地儿去，上公园也热，在大商厦逛着凉快，还有很多卖吃的地儿，随便吃点儿也省得回家开火做饭，我推着我妈在那儿逛呢，就看见他们两口子，一边走一边吵吵。

老吴看见我们赶紧站住了，叫了声妈，他媳妇问，谁啊？

我妈。

我妈平时傻乎乎的吧，可这时候她不傻，人家叫她妈，她答应了，哎！

我赶快说：大哥，你们逛街呢。

他对媳妇说：给你介绍介绍，这是你嫂子，叫嫂子。

小媳妇说：是妹妹啊，那房子听说你们还给看着呢，辛苦了，走，我请你们娘俩儿喝杯咖啡去。

我说：不，不，不，我还得推我妈遛弯儿呢，走了，大哥、大嫂再见！

就这么见过一面，没什么好印象，也没什么坏印象，我这人大大咧咧、稀里糊涂地就回来了，我跟他就这点儿事，您说怎么现在他进去了就非扯到我呢？

结果那天一看报纸说他被判无期，我这个心那个疼那个痛，晚上蒙着被子哭了半宿，我就反思啊，他如今走上这不归路，我说得对吗？是不是叫不归路？

对。

我也有责任。

您有什么责任？

想当年他刚当小组长的时候，有个外地打工的想换个工种，不想干那个推砖的活儿，想去学个上架子抹工瓦工，就给他拿了几盒烟，我记得特别清楚，"大前门"烟。平时他都抽那特差的最便宜的，"大前门"拿回来以后，他说：今儿一个工友给我拿了几盒烟。

干吗？

有事求我。

求你干吗？

求我给他调个工种。

好调吗？

没问题。

他会吗？

那有什么会不会的，有线比着呢，上跟线，下跟棱，跟着走就行了。

他干吗给你烟？

他怕不给他调呗。

你调了吗？

我抽完烟了还不给人家调，调了。

行，你小子会自己挣烟钱了，这回我能省下给你买烟的钱，咱们包顿饺子吃。

您知道那时候我们挣的工资都不多，几十块钱，可是我知道他干的工作累还必须给他抽口烟解乏，人家都这么说。

得了吧，这都是谬论，什么抽烟解乏，抽烟有害身体健康。

行了，那时候谁说这个，我就说，哎哟，这回这几盒烟够你抽俩礼拜的，省下烟钱咱买点儿肉包饺子吃，买好肉，买那个五花肉给你包饺子，不，给你炖肉。

我们俩过日子，老吴的钱都交给我，我首先得分出一份买粮食、买柴米油盐的钱，然后还要留出一份烟钱，干这么重的活儿自己的男人自己不疼啊！他要真的倒下了，他工资比我高，我们这家不就完了吗？所以让他抽烟解乏，我们家这个老吴有一样挺好，不喝酒，他说喝酒这玩意儿乱性，乱了性不定干出什么出格的事，现在想想他挺自律的哈。

我以前管这叫自觉，后来我看报纸说那叫自律，他挺自律的。这么自律一个好男人他怎么会就成了贪污犯呢？我现在琢磨，就是那几盒"大前门"烟成了他犯罪的前科，不叫前科，叫什么啊，就是引子。

您说当时我怎么就不知道说别接人家的烟，别要呢，可是后来我还是觉得抽人家烟不合适，我还真的从副食店弄了几个硌窝鸡蛋，煎了煎，让他拿了五个给那工友送去，他说那工友特感动，那时候他们哪吃得到鸡蛋，还是煎鸡蛋，我们家猪油还是有的。

说到这儿，金姐姐有些伤感，她说：我就想，我到底对他做了什么，纵容他一步一步走向了犯罪的深渊呢。

我又想起一件事，他当了小队长的时候，我们的日子就好过多了，我就说，咱俩结婚的时候你什么都没有给我买，铺盖卷儿放一块儿就结婚了，那次咱俩出去，我说戒指好看，你就用那个狗尾巴草给我缠了个绿草戒指，我还觉得挺美挺好看，你笑我傻丫头，狗尾巴草当戒指还觉得挺美，等哥有钱了给你打一个大金镯子戴。

我就这么跟他开玩笑一说，第二天他真给我买了一个金戒指，上面刻着"9999"纯金啊。那金戒指你说是不是赃物啊？

那是什么时候的事？

那是没离婚之前，离婚都快三十年了。

说不好。

哎呦，那你这么一说，那时候他就开始贪污了啊？

说不好。

您别说不好，告诉我怎么办？

有人找您吗？

没有。

纪委相关部门找您了吗？

没有。

您单位找您了吗？

没有。

那就留着吧。

我哪敢留着，他这一出事我就给扔到他们家老屋里去了，我就想，人家要来抓我，我就说就得过他一个金戒指，在他屋里呢。

就这样说着聊着天渐渐地黑了，叽叽喳喳的小麻雀都回巢了。她妈也有点儿坐不住了，哼哼唧唧地在那儿直扭着身子。

我说：金姐，咱今天就说到这儿，您赶快回去，老妈可能要回去喝水，再伺候她洗洗刷刷早点儿休息，明天有空儿咱们再聊。

我这故事还长着呢，您可别走，您住这儿吗？

我住这儿。

您别走，我跟您说，我不愿意跟熟人聊，什么朋友圈，哪个是朋友啊？还不是我出事，就我的前夫出事，他们都这么抛弃我，您说我还要朋友圈有用吗？关了，现在这手机就是接打电话，我买了一个老年手机，150块钱，就接个我哥我姐的电话。

行，那咱们明天接着聊。

好，再见！

笃笃笃，有人敲门，我一般是早睡早起，被人家叫醒的时候真的不多，我问：谁？

是我，金美丽。

我赶快把门打开请她进来，她说：您躺着，我就坐这儿，老太太还没醒，我也没事，我想跟您再说说我和他的事，您就躺着，您听我说就行了。

别，别，别，我起来洗漱。

别，您一起来洗漱又耽误半天工夫。我这时间可紧了，我那傻妈一会儿也离不开人，现在她熟睡着呢，不到8点吃饭她不醒。

我披了一件毛衫坐在床沿儿，让她坐到我床边说。

她非常激动，开头第一句话就说：我见着他了。

您怎么见到他的？

我天天关注着消息，网上说判了无期就可以去探望了，所以我就找了个律师去咨询了一下，人家说是的，只要你知道他具体地址，就可以去探望，于是我又请律师帮忙打听，我把我的情况说了，律师一听挺感动，说一般前妻能够这样做的不多，我一定帮你打听打听。律师帮我打听到他住在哪个监狱的时候我都准备好了。

您准备什么？

我准备好了，第一见面不许哭，因为他在我心里一直有个位置，这人不管是大老粗还是知识分子他都知道感情的分量，不管是爱情还是亲情他都是有一定分量的，这份沉甸甸的情感是让人难以忘怀的，这么多年我一直为他，可以说是为他坚守着，也不全是，主要是我总担心自己不会生孩子，嫁给谁都是早晚得离，所以我就一直陪着我这傻妈，过得也挺好，所以我准备好了第一见面不哭。

第二见面不要问他的案情，律师交待了不许问。

第三也不用指责他，事已至此说什么都没有用，通过那天晚上跟您谈完以后的反思，我知道他的堕落和他的犯罪真的是由我开始的。我如果见到那几盒烟坚决不要，也许他就不会走到今天。

冰冻三尺非一日之寒，不要过多地谴责自己啊。

我懂，我懂。

我想给他带条烟，我也不知道他后来抽什么牌子的烟了，但是我还是千方百计买到了一条"大前门"，我因为这几盒"大前门"烟才纵容他，所以我要让他知道我已经反省了，也让他再回到过去的日子，不要再抽什么洋烟了，我也不知道他抽什么，这些年一般我们也不见面，也不聊天。

那你后来去了吗？

去了，那天我让我哥的孩子来照顾我妈，我就去了，倒了好几次车才到了那里，拿身份证登记，登记完又盘问完，我说我是他的前妻，那个狱警都笑我说，现妻不来看望，前妻来看。

我说一日夫妻百日恩嘛，他说，我们理解，然后检查完我带去的东西，就让我们见面了。

开始隔着铁窗听不见他的声音，只看见他很激动，他两眼就像放了光一样直勾勾地盯着我，不知道他说了什么，我听不见，因为他没有戴上耳机，我用手指了指电话耳机，示意他拿起来我们才能说话，他还苦笑了一下。

然后我说：你好！

他竟然抽泣起来，在这种特殊的环境下，他的抽泣无疑就像刀子一样扎到我的心。我知道他后悔了。他不是一个坏人，他是一个农民出身的孩子，虽然已经"农转非"，但他骨子里还有着农民的朴实，我不相信这是真的，可是他确实是犯罪了，所以我什么也没说，我也哭了，原来我想好不哭的，一见他抽泣我也哭了。

旁边的狱警指了指墙上的时钟示意我们抓紧时间，是呀，只有十五分钟的会面时间，我赶紧说：你好吗？

他点了点头：好，好，咱妈好吗？

我心里这个恨呀，还咱妈，都跟你离婚三十年了，要不是因为你，我能和我妈背井离乡跑到这犄角旮旯的养老院吗，还不是你造成的，就拜你所赐，但是我没有表露出来。

我说：我妈还好。

妈知道我的事吗？

我妈早就痴呆了，不知道。

你没受什么影响吧？

没有，我跟你八杆子都打不着，受什么影响？

那就好，那就好。

你需要什么？

不需要，这里面生活很好，不需要。

给你带烟了。

检查了吗？

检查了，一会儿可能就拿给你。

什么烟？

"大前门"。

我以前最想抽的就是"大前门"。

是啊，要不是那几盒"大前门"，你也不至于走到今天。

哪几盒？

看来他都不记得自己是怎样走上犯罪道路的，我必须对他实行革命教育。

我说：那年那月那天你刚当上小工头儿小组长，有个工友给了你几盒"大前门"让你给调换工作，你拿回家我特别高兴，说有了这几盒烟就可以省下烟钱买肉吃包饺子了，记得吗？

他拍了拍脑门儿说：有这么回事，我记得了，记得了！

这些天我反思了，你之所以走到今天，和我当年纵容你收下这几盒烟有关系。

他又笑了说：没有，跟你没有关系，跟你没有关系，不敢乱说，跟你没关系。

我说：不，一是一，二是二，是我的罪我担，是你的罪你就要自己受。

我知道，我认罪我服法我改造，知道吗，我从死缓变为无期了，我知道，要不是无期还不许我看你呢。

时间不知道怎么在这里就那么快，就说了这几句话，就快到十五分钟了。

你还需要什么？

我有个不情之请。

你别跟我这儿咬文嚼字。

你要能查到我爱人在哪儿，你去看看她，她好干净，南方人，你看看给她送几件换洗的衣服。

行，我知道了，知道了。

谢谢你，你以后别来了，我不想见任何人。

你想见的人多了，有人来吗？只有我，我这骨头贱才来看你。

不，不，不，我真的不想见任何人，最近也有媒体来采访我，我不想见，我没有什么可说的，我认罪我服法我改造。

好，好好，那我走了，你自己多保重，再见！

走出高墙，我的心不知道为什么既没有激动，也没有感动，什么都没有，就像逛了一趟集市一样觉得很平静，我想这可能就是人想开了的缘故。

人如果一旦想开了，就什么事都可以放下，他今日的犯罪和服法那是他应得的，而我作为和他在这一生中有过关联的人，我有这个责任有这份情感去看看他，只是看看他，仅此而已。

回到养老院，我和我妈照样每天吃饱了遛弯儿，遛完了睡觉，就这样平静地生活着，可是我心里总惦记他说这个事情，我再一次找到当年帮我查出他地址的律师，告诉了他爱人的姓名，他又帮我查到了，他说，哎呀，我见过那么多的委托人，他们都是为自己的亲人，而你这是为谁？为情敌？

我说：不不不，人家不是我的情敌，我跟他离婚两三年后他才娶的她，跟我没关系，我只是受人之托去看看她。

他说好，我去问一下，经过查询那个女的被判了几年，关在离他不远的一个监狱。

经过申请核查同意后我就去看她了，填关系的时候我说是她嫂子。

又一次来到这铁窗隔着的会客室，她不像当年我见她那样青春靓丽，显得很憔悴，但是精神还好，见面她就认出了我，可能我这人没心没肺相貌没多大改变。

她就说：大嫂好！

这回她也不管我叫妹妹了。这一声大嫂叫得我心里头甜丝丝的，我想，我这辈子没了大哥，现在还闹出个大嫂，还好，还有人叫我一声大嫂。

我说：你好，我受你家先生的托付来看看你。

她急切地想抓住我的手，但隔着窗户她抓不到，她说：他好吗？他好吗？

看得出来，他们还是挺有感情的，我说：他挺好。

她说：他死不了了？

我点点头。我知道这里面的纪律，所以我只是点点头，我马上跟她说：你缺什么跟我说一声，我给你送进来。

她说：不缺，不缺，这里什么都有，小卖部都可以买到，就是，就是……

我说你就是没有钱吧？你要多少？

旁边的警察说：每次你只能放下20块钱。

我说：好好好，我给你放下，我给你放下。

她看我从兜里掏出20块钱递给警察，竟然哭了。

嘿，你说这个小丫头片子，当年你比老吴小十岁，你就嫁给他，而且呢，也没给他生个一男半女，我开始真想说她几句，我想说她什么呢？好端端的一个人，跟了你，娶了你，你这个丧门星，就把他弄成了贪污犯了。

金姐姐自己说着也笑了。

我逗她说：金姐姐，不怕你不爱听，如果是我，我就要说，我从你手里接的就是垃圾股，就不是什么好货。

金姐姐笑得前仰后合地说：你说得对，垃圾股，对对对！

我们俩都笑了，笑着笑着，她眼里流出了泪花。

姐姐怎么了？

没什么，没什么，我是乐极生悲。

你现在学的成语真不少。

住到这儿没事看书呗。

金姐姐接着说：那小媳妇就跟我说，大嫂，事已至此你也别说什么了，我也知道我们错了，我们对不起国家、对不起党、对不起家里面的父母，可是已经这样了，我还有个出去的日子，他呀，就没有日子了。

别别别，相信你们自己，你们好好改造，争取早点儿出来。

话不投机半句多，我本来就是想替老吴看她一眼，没想跟她说什么，就想赶紧打发时间。

我说：行了，我走了。

没想到这小丫头竟说：大嫂，你再待会儿，还差三分钟呢。

行了，我还得走出去呢。

大嫂，我还想说句话。

你说吧。

你能不能有空儿的时候就来看看我？

看你干吗？把我们家老吴害成这样。

不是，不是，我就是想有个人说说话。

行，行行行！

我这人呢一诺千金。我说看你，以后还来看你，谁让我摊上你这个小姑子了呢，谁让我摊上你这个小妖精了呢！

谢谢大嫂！

行了，别谢了，我走了。

过了几道铁门终于出来了，我觉得在里面憋闷得慌，出来以后我使劲儿地深呼吸、深呼吸，吸了一口气，吐出一口气，这叫吐故纳新，我想把这点儿晦气全吐出来。

您说哪个女人能看见自己前夫的现任妻子不来气，可我气的不是他们的感情，因为她确实在我之后，我跟他离婚两三年之后老吴才找的她，我气的是你们怎么能一起犯罪？

话又说回来，当年我不也是让他收了几盒烟，他才一步一步开始收大的吗？说什么也没用了，我除了反思就是反思，我现在没别的想法，就是好好照顾我这个老妈，我这老妈啊，傻乎乎的活得还挺好，真想等我老了以后也变成痴呆，这样傻吃傻喝什么都不听，什么都不想。

我现在每天就想着照顾好老妈，再一个不瞒你说，也不怕你笑话，我还真有点儿盼着跟他们会面的日子，一个月就一次，我这连着去了几个月了，成习惯了，走顺腿了，看完他再去看那小妖精，你说我累不累啊！

我不知道说什么好，拍了拍她的肩，她竟然顺势把头挨在我的肩头哭了起来，那声音开始很弱小很弱小，然后她号啕大哭。

我理解，我知道，作为一个女人她可以和男人同甘共苦，也可以和男人同享富贵荣华，可她一旦受到别人的指指点点，舆论的压力那是非常大的。

当年那个著名女星留下了"人言可畏"四个字走上了不归路，这就是人言可畏啊！

真的不希望她这么一个善良的女人再受到任何伤害，我任凭她号啕大哭，没有阻止也没有劝她，只是将她紧紧地抱住，哭了好一阵她自己咯咯咯地笑出了声。

金姐姐就是这样一个爽快人，她说：我哭什么，哭什么，我命中注定，人家说前世姻缘都是命中注定，我该着这辈子就欠他的，现在还欠这小妖精的。

您知不知道，现在每次去看她，她还真敢跟我开口，今儿要个什么洗发液，明儿要个什么字典，我还真奔着给她买去。对了，我跟您说一件特别振奋的正经事。我帮她擦干泪痕，让她端端正正地坐在对面的椅子上，我也正襟危坐，听她仔细说那件正经的事。

她说：老吴戒烟了。当年他扛大包当小工为了解乏抽烟，后来他又经常收受别人的烟，他跟我说了，他这辈子几乎没买过烟，而且越抽越高级，最后抽什么雪茄，闻那个烟丝说香喷喷的。

为什么戒烟啊？

他说，那天说起了"大前门"烟那事，我走以后他就想，老子就是为了这盒烟才走到了今天，当年说不喝酒，喝酒怕乱性，可是没想到烟也这么害人，他把烟让警察拿走，扔掉，从此以后他就不抽了。你别说我们家老吴……

打住，金姐姐，谁家老吴？

对，那小妖精她们家老吴。

他这人毅力强着呢，他要说戒烟就真的能戒，现在真的把烟戒了，他现在干什么您知道吗？练书法，练字呢。就写一个字——悔，每天掏心掏肺地跟那儿悔。

他就写这个字，越来越棒，写得还挺好。那年他们那里搞联谊会，他写那个字还展览了呢。他现在在里面读书写字，而且还经常现身说法，鼓励大家要争取减刑，他从死缓减到无期，现在啊他准备再减呢。

有可能吗？

谁知道呢，反正心里有个盼头，而且我也跟他说了，减吧，别管减多少年，最后只要你出来，你没地儿去，因为我知道他们的新房已经被没收了，听说那都是受贿来的，老房子也抵债了，我说，我呀就给你登记上养老院来，跟我们住一块儿，他说，行行行，太好了。

这人那，得给他点儿念想，老北京人说，活着得有个念想，心里老念想着我要干这个干那个，就有希望有奔头，就是你们说的有点儿梦想，那首歌怎么唱来着，活着就有梦，有梦就有希望，大不了从头再来嘛！

我知道我这是宽慰他的话，可我就这么想的，还有那个小妖精，我说你不就几年嘛，慢慢熬着，当年王宝钏守寒窑不就守了十八年嘛，最后不也夫妻重逢了吗，等着吧，盼着你们重逢，我给你们租间房，让你们夫妻团圆。小妖精满脸泪花地对我说：大嫂你真好，大嫂你就是我的再生父母啊！别别别，我当不起，我才比你大几岁呀！

话是这么说。我跟您说，从打那儿以后我还真就节约开支了，不再去买那些没用的小玩意儿，我喜欢攒小玩意儿，现在不买了，我开始攒钱了，有朝一日他们俩出来了，你说谁收留他们，又没个孩子，爹妈都没了，兄弟姐妹不来往，听说那丫头的妈在南方，也不跟她来往，也没人看她，这一年多就我一人看他们俩。将来他们真的出来了我就给他们租个房子，让他们平平静静好好地过日子，如果有口气就去看看他们，真的将来他们有个生老病死的时候我要是还活着，就给他们处理好后事。

真的，我真的这么想，这样我也有个盼头。我现在就盼着我的老妈健健康康的，我多陪我老妈几天，不，实际是我老妈多陪我几天，你别瞧我妈傻，可是我要在那儿抹眼泪，我妈真的也在那儿低头哭，还给我擦眼泪。

我要说，妈，我想你，她就搂着我，我说，抱抱我，挺温暖的。虽然我这辈子呀早早地就没了男人，可是我妈就是我相依为命的命根子，我妈傻呆呆地抱着我可暖了。

听到这儿我的心酸酸的，再一次将金姐姐拥入怀中，把她紧紧地抱住，眼看着太阳升起来了，我说：金姐姐回去吧，老妈该起了。

是啊，那我走了啊，薛老师再见，有机会咱还一儿块聊。

送走了金姐姐，推窗看那太阳已经高高升起，池塘边的美人蕉，也已经花开灿烂，亭亭玉立。

秋辑

——天意怜幽草，人间重晚晴

《雨霖铃》

宋·柳永

寒蝉凄切，对长亭晚，骤雨初歇。

都门帐饮无绪，留恋处，兰舟催发。

执手相看泪眼，竟无语凝噎。

念去去，千里烟波，暮霭沉沉楚天阔。

多情自古伤离别，更那堪，冷落清秋节！

今宵酒醒何处？杨柳岸，晓风残月。

此去经年，应是良辰好景虚设。

便纵有千种风情，更与何人说？

虞美人

岁月慷慨，好坏都带走，只留下真爱

银龄书院
朗读者 虹露

扫码听故事

看舞蹈队排练，好美。

真的敬佩这个养老机构的领导，把这个舞蹈教室安排在后花园一块空地上，透过大块的落地窗，看到周边都是些花花草草，特别是数不清的虞美人，各种颜色连成一片，在微风中摇曳，看似孱弱，却那样亭亭玉立。

有人说：赛珍珠，你这两天考虑遗嘱的事了吗？

只见娇小的赛珍珠噘起了小嘴说：人家才多大就写遗嘱，我不写。说着，她"啪"地一下把腿抬到了扶杆上，吓了我一跳。那么高的扶杆，人家轻轻地就把腿抬了上去。

我赶忙说：好姐姐，快放下吧！

赛珍珠说：这有什么，我们天天练，没事就练，您看院子里那些健身器材，每一件我都能给玩儿出花样。

另一个漂亮的姐姐说：别吹了，你给我做一个倒立，做一个空中连翻，你行吗？

赛珍珠说：那想当年……

有人说了：别老提想当年，想当年我们还都是小天鹅呢，现在成什么了？

她们自嘲地说：秃尾巴鹌鹑了。

这时只听另一个姐姐说：哎，你准备得怎么样了？虞美人，你的遗嘱写什么呀！

那个叫虞美人的，有着非常清秀的脸庞，忽闪着一双大眼睛，因为她的睫毛拉长了，所以显得眼睛忽闪忽闪的，确实是个美人。

虞美人说话了：没有老公，没有儿子，没有女儿，没有房子，没有土地，可是我有自己呀，我自己内心强大，我就什么都有，你们要这么说，我就非得跟你们说说我写遗嘱的前前后后，让你们大吃一惊！

人伙儿起哄：哇噻，小伙伴儿都看呆了，吓死宝宝了！

只听虞美人说：刚开始说写遗嘱的时候，我就觉得父母都走了，我也没有什么遗产，也没有儿女，写遗嘱给谁呀！

可是又一想，不对，写遗嘱是对自己一生的一个回顾和总结，有些心底需要感谢的人需要告诉他们我的感谢，有些自己来不及办的事可以委托别人帮助去完成，一个人来到世上走一遭，必定会有很多甜酸苦辣，也有数不尽的悲欢离合，这些情感不能都一股脑儿带到棺材里去呀，真正能把它写出来的能有几个人呢！所以我就要做第一个吃螃蟹的人，一定要把它写出来。

第一稿，我就感谢我的父母，感谢我那些亲戚，就是我妹妹呀，我姐姐的孩子们，他们对我还是有很多很多帮助的，我准备把我单位分的那套房子，就是后来房改，我买下来的那套房子卖掉，然后把钱分给这些年轻人，我喜欢他们，他们陪伴我度过了很多美好的时光，所以我要分给他们。

我还要留一小部分，留给自己，若真的到了不能自理的时候，我是要请护工的，最后如果还有结余，我就把它捐献出来，捐给我们这个养老院，因为养老院也给了我们很大的空间和很多的快乐，你们说对不对？

大家鼓掌说：好，说得好。这就完了呗，那你赶快去公证处公证啊。

虞美人说：不对，后来我又想了，老师也说了，人在写遗嘱时会想起很多未完的事，以及心底的欠缺歉意，要尽可能地完善。我就想起了我在上学的时候，有一个亏欠过的人，所以我要把这个事写出来，写出来之后，我又想了……

想什么呀，什么事呀，你写出来什么事。大家七嘴八舌地打断了虞美人的诉说。

虞美人说：那好，我就从头来说，我们都是从"十年浩劫"中走过来的，在那个年代，可以说是疯狂的年代，稍不留神就会成为"反革命"。

在我上学的时候，那时我在外国语学校读书，有一天，老师带我们写作业，写作业的时候，老师在黑板上写下了一些单词，让我们来组词，那时候的孩子们组词最多的也就是组一些标语式的口号，我旁边一个同学，高高大大，帅气得很。

就听那个赛珍珠尖叫起来：哎哟，是不是你的"白马王子"，初恋情人呀？

虞美人没有否认：是呀，我们是一个大院长大的孩子，我们一起考上了外国语学校，那时候上外国语学校需要考试的，我们从里弄小学一直考进了外国语学校，而且在一个班，我们那时候的志向是长大了当外交官。他写了一个造句，Long live Chairman Mao，就是毛主席万岁！那个毛字，应该是大写，可是他却写成了小写，就是小写的 m，英语老师是一个非常慈善的先生，带着一副高度的近视眼镜，个子不高，据说是四川人，四川师大毕业的，在我们这儿教书教得特别好，大家都很喜欢他，因为他会弹吉他，会唱很多外文歌曲，《莫斯科郊外的晚上》《红梅花儿开》《卖花姑娘》，他都会用原文唱，我们大家都很喜欢他。

赛珍珠这嘴呀，就是欠，立刻接话茬儿：哎哟，我晓得啦，你不光有一个"白马王子"的初恋，还有一段师生恋情呢！

这回虞美人急了，走过去，揪起她的荷叶裙边说：赛珍珠，你要再胡说，我可就踹你了！不许诬蔑我们纯洁的师生友谊！

赛珍珠马上尖着嘴叫道：荷花仙子快来救我呀，何仙姑快来救我呀，虞美人要打人了！大家又哈哈大笑起来。

因为一个大小写问题，差点儿闹出人命。不用我多说了，大家都懂的。

后来我就和我的父母，可以说是南征北战，因为我爸爸和妈妈后来都转业到了地质部门，我们也没有固定的住所，只能天南地北转了。

转了一圈儿，等我爸爸老了以后，我们才回到家乡，才和你们相识呀，对不对！

这时，就听那荷花仙子说：是呀，你刚进来的时候，就瞧着你不对劲儿，怎么那么白净，那么年轻，我当时想你看起来也就四十多岁，怎么就进来了呢？

赛珍珠说：什么进来，进来的，怎么那么扎耳呢！现在只有"双规"的人才说进去的，现在走电梯，人家都不说你先进，谁进去啊？应该说，虞美人刚来到咱们这的时候。

对对，教语文的，教语文的就是咬文嚼字，原来赛珍珠是小学语文老师，怪不得总是给大家挑错呢。

虞美人让她们几个矫情完，又接着说：是呀，我来了以后就一直在想，我现在住进了养老院，但是我一辈子也要做个总结呀，我想了想，我这一辈子呀，学习好，得过那么多的奖状、奖杯，可是那天你们都看见了，我都烧了，为什么呀，人不能背着那么重的名誉，那么多的论文、获奖证书，没用，都扔了它吧，现在就是一个小老太太。

什么小老太太，是小美人。大家又笑了。

虞美人接着说：我想，我学习好，身体好，现在身体没病没灾的，而且思想好，我一直爱国、爱家，爱自己的工作，爱你们大家呀。

赛珍珠说：从您来到我们这儿，就教大家学英语，教得特别棒，还为我们排练舞蹈，还组成了咱们这个舞蹈队，咱们每次获奖，不都是你的功劳？

虞美人谦虚地说：都是大家努力的结果，我们姐妹们离开了自己的家，离开了自己的家人聚集到了一起，这就是我们的新家，在新家就是要有一个家庭的氛围，要有真实的情感，谁都不是傻子，谁有真情，谁是假意，大家看得清清楚楚的。

就是，就是，像赛珍珠，一天到晚就是酸溜溜的，你好，什么你好呀！那天你吃青玉米棒子，怎么不给我送一根呀！

哎哟，你还记着这点儿事呢！那是我一个学生给我带了几棵青玉米棒子，我想你的牙哪能咬呀，所以就没给你拿，瞧你还记着呢！

荷花仙子笑着说：逗你玩儿呢。

这时虞美人说：好好，听我接着说，我就想，我对这个老师是有愧疚的，我对这个学生，我的同桌，也是应该打听打听他。后来我就千方百计打听，原来我的老师退休了，也回到了家乡，在四川攀枝花。我竟然还找到了当时我所在的学校，你们记得去年我出去旅游吗，赛珍珠，你记得吗？

记得，记得，当时我说要跟你去，你说不要，要一个人走，叫什么"一个人的朝圣"，还借给我这本书看，我想肯定是你远方的情人在召唤你，所以就没死皮赖脸地跟着你！

得了，得了，你这个小跟屁虫，虞美人走哪儿你就跟到哪儿！

虞美人接着讲：我只身一人来到了四川，到攀枝花的一个学校，找到了老干部处，他们带我一起找到了老师的家。

那是一个非常典型的四川民居，我走了进去，凉亭下一张竹躺椅，旁边放着一个小茶几，上面沏着一壶茶，一个长者，也就是我的老师，在那里慢慢地品茶，我走过去，轻声叫了一句：老师，您好！我是66届的，您教过我的。

老师猛地坐了起来，然后端详了半天，竟然叫出了我的名字，他说：好伢子，我记得你，当时我被扭送到"革委会"以后，你还冲过去替我辩解说，那不是专门针对主席的，那是针对这个单词的，把大写写成了小写，就是不对的，我记得你，好伢子。

我热泪盈眶地说：老师，您记忆力怎么这么好。

老师轻描淡写地说着，但我知道，在那个年代，如果被戴上一顶"反革命"的帽子，而且是"现行反革命"的帽子，那将是多么沉重的"十字架"，戴着这顶帽子回到家乡，那会受到怎样的待遇呀！

我不安地剥开一个橘子递给老师，老师的牙已经稀松了，慢慢地用厚厚的嘴唇品着这个橘子，一点儿一点儿地很艰难地把它吞咽下去。

我说：老师，您真的不记恨我们吗？

老师说：我记恨什么呀！是我的学生对我的误解，我有什么可记恨的呢！

后来学校复课，又把我请回去了，我一直在那儿干到退休，没有受什么影响，真的，不要想那些了，告诉你吧，我的老伴儿也退休了，我的儿子、女儿都在国外读书，我和老伴儿就是不愿意离开这片故土，所以一直在这儿居住，家里有个学生，他和他妈妈借住在我这儿，顺便帮我做一些家务，我们过得很好，不用担心，千万不要往心里去呀！

看望了老师，我又顺道去部队看了我那个同桌，他真的变得我都认不出来了，黑黢黢的脸膛，壮汉一样，他即将退休，也即将回到他爸爸的故乡去，我们又是天各一方了，我们相约等来年，一起再招呼几个同学去看老师。

真的感谢这次生命教育课，通过写遗嘱让我弥补了人生的缺憾。我要对得起我这个名字——虞美人，永远美丽如昨。

地黄花

外面的世界开心时参考，郁闷时关掉

有一个下雨天，女孩儿们早早就把课堂门口铺上了纸板，还采了一大捧地黄，这种地黄花儿特别招老人喜爱。

然后她们迎出了小区门口，见了来听课的奶奶就搀着一起走进来：奶奶，您可别滑着，其实下雨天您可以不来的。

不行，我就想你了，闺女，我就想来跟你说说话。

哎呦！我的亲奶奶，来亲一口。

小女孩儿在奶奶的两颊和额头分别亲了几口，我看见奶奶立刻容颜焕发，精神抖擞地跟她们一起走进了课堂。

买不买是后话，只是她这热情真切的呼唤和亲吻拥抱，奶奶的心已经融化了，已经被她的温暖包围了，所以她在那儿说什么，让她买什么，她就言听计从了。

有一天，平时都是夫妇俩手牵手来听讲座的老两口，这次却是各自溜溜达达地走了进来，这时一个小伙子迎了上去：爷爷，您怎么不牵着我奶奶的手呀？

老爷子什么也没说，用鼻子哼了一声，小伙子就赶快说：奶奶，奶奶，亲奶奶怎么了，爷爷招您了吧？

老奶奶竟然抓着小伙子的手说：孙子呀，你可说到奶奶心里去了，就是他总惹我生气！我不让他干嘛他非干嘛，你让他干什么，他非不干，让他看《养生堂》，他非得看《霸王别姬》，你说让他看会儿《生活频道》，他非得看《职场往来》，那跟你有关系吗？

奶奶，我跟您说呀，这爷爷真就是不听话，这爷爷真是够呛，您也别理他，三天不给他做饭，您瞧爷爷他还听不听您的？

老奶奶这个笑呀，脸上都开了花似的笑：孙子，你可说到奶奶心里头了，三天不给他做饭，他该饿死了，我还舍不得呢。

呦！奶奶，您瞧瞧您，您又舍不得，得得得，我把爷爷给您拽过来，您俩一起到前排找个位子。

小伙子拽住继续向前走的爷爷，愣是把奶奶的手交到了这个爷爷的手里，爷爷哼了一声，牵着老奶奶的手一起走向了课堂。

这样一个开场白你说这些老人怎么能不愿意来呢？孤独、寂寞是他们走向健康课堂最大的原因。

这种孤独、这种寂寞唯有亲情可以驱散，唯有亲人可以解救。尽管这些没有血缘关系的人对他们这么亲热，目的是老人的钱包，但是老人们瞬间的幸福感足以让他们掏钱。

一个志愿者的父母为了买保健品花了很多钱，家里到处藏的都是父母拿回来的瓶瓶罐罐，孩子急了。

有一天，当授课人员搀扶着她妈妈走到楼梯口时她报了警，警察来了之后，她妈妈竟然说：警察同志，这是我的家务事，不用您费心，我倒想费心请您帮我一件事，我要和这个女儿断绝母女关系！

听起来真的很可怕，这个女儿平时是很孝顺的，只是工作很忙，照顾妈妈的时间不多，她给妈妈买的保暖内衣、羊绒衫、手套、帽子一应俱全，可就是没有时间陪妈妈聊天，所以她妈妈非常生气，竟然对警察说出要和女儿断绝母女关系，女儿伤心地跑了。

警察劝了老人半天，旁边站着的这个授课人员也劝她说：奶奶，阿姨不愿意让您来听，您就别来了，您要想找人说话，讲完课我就过来，保证不给您推销产品，保证您随叫随到，我来陪您说说话。

说着，这个女孩儿竟然动容地红了眼圈儿，奶奶一见，更是搂过女孩子哭个不停，女孩子也扳住这个奶奶的脖子叫着：奶奶，奶奶，你别哭，奶奶我一定会来跟您说话的。

我真的不知道这是他们在表演，还是他们的营销策略，抑或是他们的真情流露，我宁愿相信这些年轻的孩子们见到这些老年人的时候有一种发自内心的尊重。面对他们的热情，老年人反馈给他们的拥抱和那一声声"乖呀，宝贝呀"，我觉得远远比自己的父母那种呵斥，"又干吗去了，又疯哪儿去了",要亲切得多。

这一老一小能够融洽地走进一个课堂,老年人能够顺理成章地购买这些保健品,我想,她们的付出里多多少少也有几分真情、几分温暖。

老年人通常会感到孤单寂寞,孤单寂寞无药可医,唯一能够治愈它的,只有亲情,只有给他们充分的温暖和充足的爱意,才能够解除他们这一心病。在免费健康讲座的课堂上,那些年轻人充满激情的呼叫和热情的拥抱、关爱,让长者得到了温暖,得到了被关注的幸福感,所以他们愿意前往。

栗姐姐每天都准时去那里,为的是和她的老街坊在那里聚会、聊天,很多从城西、城南、城北、城东搬到六环以外的老年人,虽然住的是高档社区,但是他们和过去的老邻居都失去了联系,偶尔在那里能碰上一些过去的老邻居,让他们特别开心,可是各家的儿女对老人都有个要求,不要把所谓的朋友带到家里来,不许让家里来生人,所以他们不敢把自己的老朋友带回家里,他们只有利用听讲座的机会去聚会。

她每天风雨无阻都要去那里,为的并不是听讲座,她也不买那里的东西,就是为了和原来住在一起的一个邻居见面。

有一天,风和日丽,可是她那个邻居却没来,她很着急,就对授课人员说:不对,我那个老街坊今天怎么没来呢?平时她下雨都来的。

大家说没事的，她可能家里有事吧。

不会的，我也不知道她家里的电话，她孩子不许她把家里的电话告诉别人，我们俩只好每天到这来聚会，可是今天她没来。

授课小伙子说：没事的，奶奶，可能人家有事。

不不不，她没事，她孩子一上班，她收拾好就来的，她肯定是病了，我这心里乱乱的。

这时管理员中一个年轻女孩儿说：奶奶，这样吧，我跟您过去看看。

栗姐姐当时那种被理解、那种感动真是溢于言表，她立刻起身，拉着小姑娘就向那个老姐姐家的楼区走去。她也从来没去过她这个老姐姐家，但知道她住在405，所以她和这个女孩儿很快就到了405房间，她们使劲儿地敲门，里面没有动静，她们又连续敲，栗姐姐一边敲一边就喊：张姐，张姐，是我呀，是我呀，你是不是病啦？你是不是有事啊？

这时只听到屋里发出了响声，嘭嘭，不知是杯子掉在地上，还是推动了桌子的声音，反正有了响动。

栗姐姐急了，说：她肯定是摔倒了或者是生病了，家里没人，快快，我们快报警吧。

小女孩儿也非常着急：奶奶别急，别急，我马上给110、120打电话。不一会儿，110、120都来了，大家去找居委会，居委会没有她孩子的手机电话，所以大家一致决定，请专业人士把门打开，门打开后，发现这个老姐姐躺在地上，原来她昨天晚上在自己的房间从床上摔下来，孩子一早上班了，临走时说：妈，我们走了，她还勉强应了一声，她都没有阻止孩子上班的脚步，就在这冰冷的地上躺着，她想着一会儿能爬起来，一会儿能爬起来，可是爬了一次又一次，都没有爬起来，原来她的胯关节摔坏了。

在她住院期间，这个小女孩儿还陪着栗姐姐去了几次医院看望她。在生病的危难时刻，能够得到别人的关爱，你说她能不成为他们忠实的听众吗？果然，三个月后身体康复了，她又拄着拐杖来到这里听课，也肯定还会继续买他们的保健品。

凡是来听免费健康讲座的老年人都有自己的退休金。他们理直气壮地对儿女说：我又没花你们的钱，我跟你们要钱了吗？你们时不时还朝我要钱呢！老大，你家的买房首付是不是我出的？老二，你们家孩子上幼儿园是不是我赞助的？孩子们无言以对，对这些老人一点儿办法都没有，任由他们任性购买那些不中用的保健产品。

这些老年人平时是很节省的。有个姐姐平时在家里面都用桶"嘀嗒嘀"接水，为什么呀？说是水表不走字，其实这是很荒谬的。她们洗过菜的水还要洗拖布，洗过拖布的水再去冲马桶，他们就这样节俭。

可是当她们走进了免费健康课堂，就会心甘情愿地掏腰包，掏出大把的银子去购买那些没有什么功效的，甚至是"三无"的保健品，为什么呢？他们有他们的道理，请听一个长者和孩子的对话。

女儿说：妈，你别老买这些没用的东西了，多不值呀！

妈妈理直气壮地说：女儿，你不要老去听音乐会了，多不值呀！收音机里不天天在播，电视里不天天都有音乐会吗？

女儿哭笑不得说：妈，那是一种高雅欣赏。

妈妈说：女儿，妈妈这也是一种高雅享受。

还有个儿子对爸爸说：爸，你别老去买这些没用的东西，你听那讲座有意思吗？

爸爸说：儿子，你天天去泡脚、按摩，有意思吗？

那我舒服呀，泡了脚晚上睡觉香。

你泡了脚舒服，那我听了讲座也舒服。

那您有什么可舒服的呀？

你有什么可舒服的？

最起码有人给我按摩，我躺那儿很舒服。

你躺那儿让人家按摩很舒服，我坐那儿听人家叫"爷爷，爷爷"也很舒服。

为舒服买单，儿子无语。

是呀，现代人有很多方式追求精神层面的享受，可以去听听音乐会，那要花大笔的银子，不看电视的要去看电影，为的什么？为的就是那种身临其境的效果。可以去旅游，那风光纪录片有的是，为什么非要自己花钱坐高铁坐飞机去看樱花、去看郁金香呢？图的就是一种享受、一种愉悦，也就是长者说的舒服。

而这些长者，没有人带着他们走进音乐厅，没有人领着他们去旅游，没有人带着他们去欣赏油画，他们只有自己走进免费讲座的课堂，听到那一声声"爷爷"一声声"奶奶"的呼唤，他们舒服极了，所以他们愿意为舒服买单。

而且他们自己有退休金，用他们的话说：我身体保养好，只要有口气，国家就往我的卡里打钱，我这个钱花不完还能赞助孩子们，何乐而不为呢！我要不注重保健，我要是没了这口气，这点儿退休金不就没了吗？

正是为了寻求所谓的舒服，寻求一时的温暖，他们才不顾一切阻挠甚至不惜和儿女吵架、断绝关系，也要来听讲座。

地黄花满大街都是，犄角旮旯有土它就生存，为什么？因为接地气。

喇叭花

有点儿郁闷很正常，说出来会好受点儿，说吧，我在听

银龄书院 朗读者 张建华

扫码听故事

窗外知了一声接一声地肆叫，就连那清晨还戴着露珠、鲜亮亮的喇叭花儿也开始蔫头耷脑，卷起了小喇叭。空气中弥漫着一股闷热、燥热的气氛。

三楼的楼道里围了很多长者，他们都在看着于奶奶，不知道什么原因，于奶奶在楼道里一边走，一边撕着手里的报纸，一边往地上扬。口里喃喃自语，让你涨钱，让你涨钱，什么都涨钱，涨钱吧，涨钱你就得多费神扫地，涨钱你就得多安排职工扫地。

于奶奶身后是保洁员，保洁员什么也不说，就跟在于奶奶的身后，于奶奶撒一片纸屑，她清扫一片，刚清扫完这边的，那边的又刮过来了。

好在楼道窗户都关着，没有风。如果要是刮起一阵风，那她得怎么工作，怎么办啊，这满楼道的纸屑。保洁员一点儿都不恼，她低着头，就那样静静地扫，于奶奶走到哪儿扔到哪儿她就扫到哪儿。就这样于奶奶还冲着她发火说，你老跟着我干嘛，找院长去，谁让院长涨我们的管理费，给你涨

秋辑——天意怜幽草，人间重晚晴

工资了吗?

保洁员笑着说:奶奶,我没有涨工资。可是您别这样啊,这样您多累啊。

我不累,我不累,谁让他们涨管理费的。

保洁员笑着说:奶奶,涨了管理费,那您退休金就不够用了?

够啊,退休金也涨了。

围观的长者都笑了,于奶奶理直气壮地说:可是我不愿意他们涨,还是你在扫地,胖子在做饭,有什么可涨的呢?

保洁员依然笑着说:那您干嘛撕报纸啊?

我有气,我也不能找院长去打架啊,我等着院长采访日的时候,我才说呢。可是这两天我憋得慌,憋得慌,我就得说出来啊,我跟谁说?跟你说管用吗?不管用。我就使劲儿往地上扔纸。让你们去告状,把院长找来,我跟他说。

保洁员说:奶奶,您扔着,我扫着,我不会去告状的。

你告啊,你告啊!

我不告,我就是怕您累着。

旁边的老姐妹都看不下去了,七嘴八舌地说:于大姐,干吗呢这是,咱们不自己跟自己怄气嘛,咱们工资都涨了,涨点儿管理费也没什么,而且咱们也不是揭不开锅啊,涨就涨吧,干嘛发这么大火呀?

什么叫发火呀,什么叫发火呀,敢情你们孩子每月都给你们零花钱，我们家孩子呢，我们家孩子谁也不给我零花钱，我就死啃这点儿退休金。我还想着，退休金多留点儿，将来给我孙子留点儿钱呢。

大家说：这可不必，这个年纪的人了。儿女都有吃有花，孩子都挺好的，用不着给第三代再攒钱了。

那不行，我就是这么想的。

你说你这么想，何必难为这个保洁员呢，保洁员也不容易啊，你看她也是孩子妈了，可是在这儿天天打扫这儿、打扫那儿，就没瞧她跟咱们任何人发过火，对咱们谁都是笑呵呵的，你干吗啊，不看僧面看佛面，就冲着保洁员，你也别往地上扔了啊。

于奶奶可能是被大家说得不好意思了，可能也走累了，这楼道从东头走到西头也有一段路呢，于是她就坐在楼道中央那个大厅阳光房的沙发上休息，休息着吧，手里还是拽着报纸，还是一边撕，一边往地上扔。这个保洁员呢，还是那样一声不吭，就那样微微笑着，看着她，然后呢，扫扫她的脚底下，扫扫沙发底下，就这样扫着。

这时旁边过来一个大哥，一个老军人，他急了。

老大姐，我尊敬你，爱戴你，叫你一声大姐，可你今天的行为叫什么呢，你这不是成心难为人家保洁员嘛，人家怎么了，天天给咱们扫这儿、擦那儿，让咱们干干净净的，你干吗难为人家啊，你有意见该找谁提找谁提，别难为她啊！

保洁员反而说：爷爷没事，爷爷没事。奶奶心里有气，她撒出来啊就痛快了，总比憋在心里强，我们培训的时候，老师都说过。不管是爷爷奶奶谁冲我们撒气啊，都是好事，把气撒了，肚子就不胀了，就没事了。

不知道是哪个姐姐带头，竟鼓起了掌说：看看人家孩子说得多好。于奶奶什么也没说，跟着值班护士回自己房间了。

如果不是亲眼看到这个场景，真想象不出老小孩儿还会这么矫情。于是我开始特别注意这个保洁员，她每天总是笑眯眯地打扫房间、打扫楼道，就是那个场外体育活动场所的每一个扶杆、每一个扶手，她都要擦得干干净净。

我说：你擦得真干净。

她说：我有空儿就过来擦。咱这儿的老人，每天离不开这些东西，在这儿蹭蹭后背，在那儿拽拽筋，伸伸腿，都老在这儿玩儿，在这儿蹭来蹭去的，要弄一手土，不就容易得病吗？

咱们这儿的老人啊，你可不知道，都金贵着呢，他们是大科学家，还有大教授。

他们那身子骨也不好，不像我们农村人这么粗糙，这么皮实。要是太脏让他们得了病，那可不行。我妈说了，能在这儿工作是福气，我这辈子，没文化，没读几天书，可是我喜欢文化人，到了这个文化人多的地方啊，他们张口说的全是那些大词、文明词，我都不懂，所以呢我愿意为他们服务。

我说：那你在这儿有没有感到委屈的时候啊，像那天于奶奶的情况。

没有，没有，一点儿都没有。薛老师，您千万别以为我是装的，我真的不是装的。

当然了，我也为我这份工作考虑，别到时候被炒了，但主要是觉得，这里的爷爷奶奶多可怜啊，想孩子又不能去看，孙子们也不经常来，他们在这儿特别孤单。他们有的时候故意发发脾气，其实也是一种调剂，这样呢，他们就能够心里痛快一点儿。

她撒，我扫，一样的，反正我干的就是这个活儿，没事，我一点儿都没往心里去。

我说：好孩子，你真的很孝顺。你的孩子也会继承你这一点，将来也会孝顺的。

是啊，是啊。

说起她的孩子，保洁员满脸堆笑着，哎呀，我的孩子现在真的特别孝顺，她每天早上都说，妈妈你再睡会儿，你再睡会儿吧，你一会儿上班，辛苦呢。几年了，我们家的地从来不用我扫，我们家孩子说了，我妈在养老院就扫地，在家不用扫地，就我扫。其实我女儿才10岁。

是啊，爱是可以传承的。真的，爱的力量是很大的，不知不觉就能够影响下一代，这比你给她留多少钱都重要。要懂得爱别人，这样别人才会爱你，是不是呀！

是呀，是呀。

接着我们到了画室，只见她进了画室，笑眯眯地对那些长者说，爷爷奶奶我想耽误你们一会儿时间，我要擦擦画室，行吗？

爷爷奶奶说：没事，没事，你擦吧。她一边擦，还一边微笑着。我觉得挺奇怪，怎么你干活儿还老笑呢？

她说：我真的高兴。每天你看我把这儿擦得干干净净，这些老人们在那儿作画，在那儿写字，哎呀，闻着这个墨汁的香味啊，我觉得特别特别舒服。我告诉你一个秘密，你别说，你要说出去啊，院长就得扣我工资。

我说：什么秘密呀？

你保证不说。

行，我保证不说。

她说：有个爷爷啊，给我画了一幅画儿，说是祝贺我生日的。那天我同伴儿一块儿起哄，说我过生日，然后呢，爷爷就画了一个属相给我，特棒耶，可珍贵了。我就一直放在我家抽屉里，等将来我们回到农村，在自己盖的那个房子里头，我就把它挂起来。

我说：好啊，真好。这些老年人也是很有爱心的。

她说：就是，就是。

正说着，她的同伴儿招呼她一起去清理花园。

他们每天不光要负责楼道和长者的房间打扫，还要对那些公共设施、公共场所进行清理打扫。

他们还给自己加了一项任务，就是配合花木工人把院里面的花、树都清理干净，像芭蕉树，他们连叶子都要擦。

我就站在远处，远远地看着他们端来一盆清水，把芭蕉树那么厚那么阔的叶子，一点儿一点儿擦干净，然后呢，再端来一盆清水，再用一些小喷壶，轻轻地把它清理得更干净。忙的时候呢，他们就用一个小勺子，舀一点儿水，把芭蕉从头浇到底，原本是被尘土覆盖了的、灰蒙蒙的绿叶，一会儿的工夫就变得翠绿翠绿的，让人看着就那么的赏心悦目。

就连芭蕉树旁的喇叭花儿，只要一长出新茎，他们就赶快拴个绳儿、插个棍儿，让它们顺杆儿爬，有时候他们还摘几朵喇叭花送到长者屋里，有一个失智长者就喜欢在头上插满喇叭花儿，他们就给老人家编一个花环，长者拿着玩儿能高兴半天。

保洁员的工作，在给老人们带来舒适环境的同时，还要承受老人们发脾气，一个本不属于职业范畴之内的工作压力，他们用自己纯洁的心灵呵护着老人们柔弱的神经，这样的保洁员，真的应该称他们为"心灵保洁员"。

正是因为有了他们，养老机构中才窗明几净，成为一片纯净的天地。

在这里居住的长者自然而然就感到心境舒适纯净，纯净舒适的不是环境，是人。

所有养老机构的服务人员，不用自夸，喇叭花儿都会告诉大家。

朗读者 薛晓萍
银龄书院
扫码听故事

波斯菊
同学，是一生故事的开始

　　记忆，变成一条又弯又长的小巷，没有门，没有窗，只能拿着一把钥匙，敲着厚厚的墙。好诗人让人念念不忘，就是因为他的诗句说到了我们心坎上。

　　期盼已久的小学同学聚会，就是每个人都含着记忆的金钥匙，约聚在了一个校园里的餐厅，有一种山居的味道。门前、屋内点点散落着一些波斯菊，有花盆儿栽的，还有那种保鲜盒栽的，都随意开着小花，让人感觉很质朴。

　　我们聚到了一起，没有人迟到、没有人珠光宝气，更没有人耀武扬威，大家衣着朴素、神情专注，无论是见面的相拥，还是席间的嬉闹，都是那样自然，那样平和，那样真诚。

　　特别是年过八旬的班主任老师依次叫出我们的名字时，那份甜蜜，那份感动，掺杂着一丝丝羞涩。

　　老师，小时候我太淘气。

　　老师说：不，淘气的孩子聪明。

　　老师，您那时候老找我家长。

　　老师说：谁让你那样调皮？

老师,我的"人生履历表"上,证明人都填的是您的名字。

老师说：你们每个人都在我心底的档案上。

丰盛的宴席上基本上没有人动筷子,你叫着我的小名儿,他说着你的外号,说不完的话,聊不完的事。

突然,他对我说：记得吗？在你家上小组课,我用石块砸另一个同学,却把你的脚砍了一个特大的包。

我说：记得,我没哭,也没告老师。

可是,你妈找我妈了。

哈哈哈。

就这样聊着,聊着我们之间发生的故事,聊着我们同在一条胡同,同在一个大院,多少年多少辈都没有红过脸,更没有吵过架。

我们聊的话题既不刨根问底,也没有是是非非,都是那么的纯天然,都是那么的令人开心。

话已多,情未了,相聚的时候总是匆匆。班主任老师像个老小孩儿似的,竟然在我们面前撒娇：就不回家,就不回家,就要再待会儿,再待会儿。

师生难舍难分,唯有一吻。我亲吻了亲爱的班主任老师,老师用她那瘦弱的双手,紧紧地抱着我,抱着我,就像妈妈把我抱在了怀里……

年过花甲,阅人无数,参加过多少聚会,初中同学、高中同学、大学同学、研究生同学,唯同学情浓。

小学同学那可是发小儿,是流着鼻涕穿着肚兜一起长大的发小儿，千万不要走丢啊。

手拉手相亲相爱，一起快乐着慢慢老着，老着。

五十年，可不是弹指一挥间

那是在四十多年前，我们上高一，已经开学几天了，忽然转来一个女生，长得白白净净、高高瘦瘦，她坐在了我的后面，最后一排。

我是班里的学习委员，就主动上前帮她补习落下的功课，她那小字写得很娟秀，学习还挺认真，平时不爱多说话。

有一天她说要请假去外地接她爸爸，我傻乎乎地问干吗还要去外地接，去北京站不行吗？她说是那么那么回事。

从那以后我就特别佩服她的勇敢，敢一个人坐火车，敢一个人带着爸爸的骨灰回家，我连想都不敢想。

后来我、平、平平三个平就凑在了一起，她们两个都比我高出有一头，左边一个大个儿、右边一个大个儿，把我夹在中间，她们老咯吱我，我就傻乎乎地傻笑，平平老叫我傻福子。

有时候放学了我们也不回家，就坐在教学楼台阶儿上，一起看西边的太阳慢慢慢慢地落下去。

那时我就说出了"夕阳无限好，只是近黄昏"。她们俩特别佩服，说我真不愧是博士，接着又咯吱我，我又是一阵傻笑。

就在这时，从操场西南角那个小屋走出来几个戴着红袖章的保卫组同学，其中就有勾。他们晃着膀子走路特别狂，然后就吆喝着让大家离开学校，要静校了。

平和平平把我拽起来，每次都是我耍赖，我们嘻嘻哈哈地回到二楼的教室，拿着书包锁好门，回家。

那时候我们女生跟他们男生不说话，要是现在知道他经常不用上课还拿夜班费，早和他吵吵了。

白驹过隙，我们离开校园已经快半个世纪了。平平是最早出国潮中的弄潮儿，她孤身一人走出了国门。

临行我去送她，天已经黑了，她知道我胆小就把我送到27路车站，我呢再把她送回桦皮场的家，就这样不知送了多少来回，现在想想那也就几百米的路程吧，我们俩来回来去地送，最后竟然到了最后一班车的时间，我和她才依依不舍地挥挥手。

从那以后，她与我就只能是通信联系了，那时候一封信要辗转很长时间。每封信，我都留着。

渐渐地，通信发达了，我们不再书信往来，而是通过电话、电脑联系。现在更方便了，打开微信，分分钟都可以视频，都可以通话。不管通信方式怎样变，我们的牵挂永远不会变。

这些年平平为了照看她的老妈妈，经常来往于东京和北京之间，甚至加上往返挤出三天的时间只为给妈妈过一个生日。

这些年我们同学无论是谁婚丧嫁娶，她都会送来一份祝福和心意。她花费在路上的时间、金钱，真的不计其数。

几十年了，她一直保持着中国人的尊严，坚决不更改国籍，永远是中国公民。持有中华人民共和国的身份证，她以此为荣，因此而自豪。

平平爱国也爱家更爱人，她的家温馨怡人，她的厨艺极具老北京特色。

今年立秋，她做了一份早餐，我通过微博转发，竟然有超过万人阅读。

今天是平平的生日。廉颇老矣，我们依然阳光，我们依然向上，我们的心依然年轻。

当年的共青团员也会矫情

五四运动100周年时，我们这些当年的共青团员聚集在一起，干吗，绝不是怀旧，而是畅想未来。

未来是什么？未来就是有尊严、有意识、有自主权，微笑着慢慢地终老。

说着说着就有人反对：说什么未来，说说当下。

好，就说当下，有人喜欢每天发朋友圈，有人不喜欢，两个男生吵了起来，最后闹着退群，退就退呗，又都不忍心。

还好，有位大姐一拉一拽就又回来了。

年逾花甲，活着就得活出个滋味来，滋味就是敢爱、敢笑、敢说、敢闹，而且说不恼、闹不急。

年逾花甲，活着就得多做好事，把做好事当作治病的良药，不怨人，不恼人，不烦人。

年逾花甲，活着就得做自己喜欢的事，爱自己喜欢的人，多少事，从来急，天地转，光阴迫。一万年太久，只争朝夕。

年逾花甲，活着就得珍惜万物，不浪费时间，不糟蹋粮食，那谁你把盘里的鸭子吃干净。

哈哈，一群老小孩儿，一群当年的共青团员，就这样聚在一起，说说笑笑，谁也不问谁的家事，谁也不问谁的退休金，只是说现在，说未来，说着说着樱桃熟了，走着走着梅子黄了。

＃班长怎么会这样＃

夕阳西下，秋日的黄昏依旧有些燥热。

他，吃过晚饭，像往常一样，慢慢地走出了家门。

他，伴着夕阳，慢慢地向前走着。因为不久前做了膝关节手术，他的步履相当缓慢，可以说是蹒跚前行，一步一步，就像平日遛弯儿一样，一步、一步，却离家渐行渐远。

只道是寻常。

他，就这样在夕阳下，一步一步离开家，走到了一个小旅馆。他拿出身份证，交了押金，还交了一天的房费，然后对服务员说：天太热，我想在这儿清静清静。然后他又非常郑重地对人家说：谢谢！谢谢！

谢谢！谢谢！

谁也想不到，这竟是张班长留给这个世界最后的话。作为医务工作者，他真的是为家人着想，为大家着想。他就这样静悄悄地走了，走得是这样的安详，这样的静穆。他悄悄地走了，正如他悄悄地来，挥一挥衣袖，不带走一片云彩。

早在二十多年前，在北京市卫生局顺义学习班，我作为主讲教师，和大家朝夕相处了几天，那时我们都很年轻，风华正茂。我们一起学习，一起欢笑，相处甚好。

结业前，张班长发动全体学员自掏腰包凑了钱，专门进城为我买了一个漂亮的八音盒，黝黑发亮的三角钢琴、黑白相间的键盘、漂亮的美女和帅哥，随着舒缓的乐曲翩翩起舞。

二十多年前，这个八音盒是奢侈品啊，这份爱，这份情，我真的牢记心底。经历过几次搬家、几次清理书房、几次断舍离，这个八音盒永远矗立在书柜，永远不离不弃。

那份情，那份爱，几十年不断，永远也不会断。今天我们很多人从四面八方赶来送张班长，张班长那音容笑貌历历在目，他对工作对大家永远是一团火精神，他永远是为别人着想，在我们心中他永远是我们的老班长。

秋风习习，杨柳依依，今日送别张班长，大家都互相叮嘱：一定要保重身体，保重身体。

人这一生有过小学同学、初中同学、高中同学、大学同学、研究生同学、夜校同学、补习班同学，总之，有很多很多同学。走过半个多世纪，我们再回头才发现，世上的情千万种，唯同学情浓。

白百合

爱，像风像雨，静静地细水长流

银龄书院 朗读者 安玉静
扫码听故事

我，我恋爱了。

接到红豆姐的信息，我一点儿都不惊讶。她这个朋友圈的活跃分子这些天一直寂寞无声，多少人多少次给她发微信，她都是拒而不见。

偶尔见到她也是满面春风，要么是一个阔大的遮阳帽，将她那娇小的脸庞掩饰着若隐若现，要么就是一袭长裙，将她那还算曼妙的身躯包裹得严严实实。

我明白，年过花甲的她，陷入了情网，且不可自拔。

我懂她。

那天我和后勤科大力在一起侍弄花园那几株白百合，白百合有一个特质，一朝种下，年年开花，冬天默默地过冬，春天静静地发芽，不用任何的特殊关照和打理也不会生腻虫，非常的纯净，但只有一样，它不能离了阳光，离了阳光立刻就蔫头耷脑。

大力和我打赌说：红豆姐不可能恋爱，不可能！

秋辑——天意怜幽草，人间重晚晴

我问：为什么？

她说：院里有好几个高工、高知、高干都在追求红豆姐，可她从来都是拒人千里之外，她可是个一辈子没结过婚的人呀。

今日凌晨，收到红豆姐的一封长信，标题是：南国景色今犹在，韶华依旧笑长风。随后附上几首诗，那是木心的。

你尚未出现时

我的生命平静

轩昂阔步行走

动辄料事如神

如今惶乱，怯弱

像冰融的春水

一流就流向你

又不知你在何处

唯有你也

也怯了，懦了

向我郑郑涌来

妩媚得毫无主意

看到这些让人心动、心痛、心颤的情诗，我知道自己又拾到一个惊艳的爱情故事，那就是红豆宝、红豆派、红豆姨和南国宝、南国哥、南国大叔，穿过半个世纪的情爱大片。

#怎一个愁字了得#

历尽千辛万苦，耗时五年多，找到双方七八个子女，多次共同协商、签字，才被允许所谓的结婚，不登记、不领证的夫妻，搬到一个房间，共同居住不到一年。

一夜之间，竟又被疾病再一次分开。

女子身患重病，不得不搬到一对一陪护楼，而他身体也日渐衰老，每天由护工陪伴着，绕到女子的房间，坐在床边看一看，拉拉手，说上几句话，然后就默默无语互相凝视着，凝视。

那天我看到他从小卖部买了几根香蕉，在护工的陪护下又绕到女子的房间，他什么也没说，只是用颤巍巍的手给她剥了根香蕉，而女子已没有接香蕉的力气，只好由护工一点儿一点儿喂食。

出了门，他对我说：要是我们早几年在一起，我还能照顾她，这会儿太晚了，太晚了。

我轻声问：您还唱歌吗？

她病了，我还唱歌给谁听，没有她，我什么也不想做，每天就出来两次看看她，看一次少一次。

日本有一款备受女孩子欢迎的巧克力，名曰白色恋人。一群纯净的小雪人在漫天的雪花中遥遥相望，可遇而不可聚，可爱而不可拥。咀嚼着白色润滑的巧克力，情不自禁地想起他们那份结婚协议书：

1. 不登记、不领结婚证、不举行仪式、不在子女面前一起走。

2. 不涉及双方财产问题，各自的退休金交由子女掌控。

3. 不承担对方任何养老费用及生活支出，不给对方任何礼物。

4. 不负责照顾生病的对方，不负责给对方打饭等事项。

5. 如遇其他事项双方要和子女协商解决。

这份结婚协议书是我采访的两位老人在子女的柔情劝说下，签字画押并作为证据存放在子女手中的复印件。

两位长者都是丧偶，住在同一个养老院，他们有一个共同的爱好，那就是唱歌。他们每天从各自的房间穿过花园小径，来到琴房，和着琴声，一起高歌《最美不过夕阳红》《时间都去哪儿了》，他们彼此赏识对方的歌声，他们彼此照看着对方的身影。遇到风雨天就会一同前往，遇到老师停课，他们就会共同走到后花园练习功课。就这样他们在歌声中相识、相知、相恋、相爱了。

他们多次找到院里的工作人员咨询结婚登记事宜，工作人员依据经验告诉他们，需要双方子女协商，否则民政部门也不好办理。

多少次电话，多少次哀求，双方的子女终于聚齐在养老院会议室。还好，没有出现争吵的现象，只是双方儿女异口同声：可以结婚但是不能登记，不能涉及经济，不能为对方服务，不能以夫妻相称，不能影响双方子女的生活，不能、不能、不能……N多个不能。

原以为这些苛刻的条件会阻止两位长者的结合，没想到平日娇小玲珑、永远面带微笑的温柔小女子竟然斩钉截铁地说：那我也要和他在一起！而性格内向从不善言表的男子更是坚定地说：下定决心，不怕牺牲，排除万难，我也要和她在一起！

于是，他们在这份结婚协议书上签上了自己的名字。但是每当节假日有孩子探望时，他们在路上就像陌生人一样，一前一后地行走；反之，平日里他们都是出双入对，一个推车，一个挽臂。

当我提出要给他们拍照时，他们竟然手牵着手，面对镜头，高声地说：晚年找到她／他，是我的幸福，我们就是要在一起。

我悄悄地问：您不怕孩子们看到吗？

我们有协议，他们同意我们结婚。

请二老用一句话说说此刻的心情。

他们相视一笑，说：我们唱歌吧！

唱什么？

他们齐声说道：《最美不过夕阳红》。

我说：谁起头？

他们齐声说：不用起头，我们开口就能唱。

我没有听见谁起的头，透过镜头只看见，他们十指相扣的手不知是谁的手指先弹了一下，随后悠扬的歌声就齐声响起来：最美不过夕阳红，温馨又从容，夕阳是晚开的花，夕阳是陈年的酒，夕阳是迟到的爱，夕阳是未了的情，有多少情爱化作一片夕阳红。

踏着歌声，他们手牵着手，迎着夕阳，走回自己的住所。我的镜头紧紧追踪着他们的背影，舍不得离开。

我看到，那十指相扣的手好像是合着夕阳红歌曲的节拍摆动，时不时还看到他们不由自主地侧过脸庞，相视微笑。

他们并没有那红色的双喜证书，但他们却心心相印。他们比这白色恋人的巧克力更甜蜜，只不过这甜蜜中夹杂了些许无奈。

我和助理瓜酱咀嚼着白色恋人巧克力，心头并没有多少甜腻，甚至如同嚼蜡一般，因为我们知道，老年人再婚，会遇到重重阻力，而最大的阻力就源于儿女对爸妈的爱。

这份爱有点儿累。

#就没见过这么厉害的儿女#

闺密打来越洋电话，这么长时间没有更新公号，要么是病了，要么就是去养老院了。说得真对，忙碌的8月过去了，放下一切，来到养老院，住下。

这么多年走过很多养老机构，也在养老机构居住过，特别是在这家养老机构已经连续住了很多年，常来常往就像回娘家一样，但这一周真的感触太多，感触太多。每天的忙碌不是身体的劳累而是心受到震撼，因为我这辈子从来没有见过如此糊涂的儿女。

我居住的楼层新来了一对作者,男人一脸的淳朴,逢人就点头问好,女人一看就是疾病缠身,但眼睛里流露的则是一种不甘和自卫,她和任何人都不打招呼,但是大家都听到过她和男人大吵大闹,那音量绝对是超分贝,那语言绝对是尖酸刻薄,男人一声不吭,只是微笑着哄着她,从来没有回击过。

他还经常对我说:女人是病拿的,挺要强的一个人,突然变成这样,她受不住,病拿的,吵着您了,对不起!

这样的好男人,大家都夸赞他。

有一天,我看到了他们的儿女,亲亲热热地叫了一声妈,然后就直呼男人的名字,某某某,你去帮我妈把这个水果洗洗,把葡萄洗干净啊。

楼道里听到的人都诧异了。

午休,我提前起床来到后花园,我知道按照惯例,凡是有心事的长者,都会选择午休时间到这里静静地坐坐,有的是静静地哭泣,有的是轻轻地念叨。

果然,这个男人坐在这里,我没有打招呼,静静地走过他身边,他突然说:薛老师,你能坐下听我说会儿话吗?

我说好,坐到了他对面的长椅上。

他说:我知道,你们大家都对我好,都为我鸣不平,其实不用,我是心甘情愿和她在一起的,我们都是丧偶之人,已经相爱了12年，但她的儿女一直不同意，因为她是一个处级干部，而我只是一个普通的小学教员，他们家有几套房子，而我只有一套，我们门不当户不对。

这时她突然得了重病，做了几次大手术，家里护理不了，于是她的儿女就找到我，说同意我们在一起，当然还是有条件的，一不能领结婚证，二不能在双方家里住，只能去养老院，所有费用AA制，同时，我要签署保证书不离不弃照顾好他们的妈妈。

本来我儿子很气愤这份护工似的协议，不允许我签字，但是我告诉他，我如果去了养老院，家里唯一的这套房子就可以留给他们，儿媳同意了，两家的儿女就分别把我们送到了这里。

来到这里以后，我感到特别的幸福，无论是她发脾气还是儿女的不尊重，我都能忍受，因为她是我后半生的伴儿，我能天天看得见。

她是我后半生的伴儿，我能天天看得见。

我无语，风乍起。

萱草花
什么都能放下，就是放不下牵挂

萱草生北堂，颜色鲜且好。对之有余饮，背之那可道？人子孝顺心，岂在荣与槁？昨宵天雨霜，江空岁华老。游子未能归，感慨心如捣。

长者都喜欢萱草，院里种了一蓬蓬的萱草，一朝种下年年开花，不分朝向、不招虫害、不怕风雨、蔓延伸长，好个萱草。

萱草又名忘忧草，炫耀的金黄色交织着红色的丝络，出奇的美妙。古时候，凡是学子远游，都要在母亲房前种一株萱草，寓意不要让母亲担忧。

儿行千里母担忧，不只是一句古语，这是世世代代、千千万万母亲的啼血结晶。

很久很久很久以前，一位老妈妈家里来了重要客人，为了通知上山砍柴的儿子，老妈妈忍痛咬破自己的手指，鲜血一滴一滴地洒落在地上，一点儿一点儿地传递到儿子心里，于是儿子急忙忙地赶回家，母子连心啊！

这就是中国二十四孝之啮指心痛。

斗转星移,时代发展犹如光速。现代人再不用鸿雁传书,只需轻轻一点,弹指间亲情传递。

张妈妈不会使用手机,和远在国外的儿子联系就靠电话,座机电话。

这天,张妈妈从清早起来就不离开电话桌了,寸步不离。

她在等儿子的电话,为了等这个越洋电话,张妈妈几个小时都没有去洗手间,没有离开电话桌半步。

客厅里有两块表,准确地显示着北京时间和美国时间。张妈妈一会儿看看北京时间,一会儿又看看美国时间。

护工一再劝说,张妈妈就是一动不动,眼睛直直地盯着电话机,一会儿伸出手想摸摸电话,又赶快缩回手,一会儿站起来说要去洗手间,又坐下。

终于,电话响了。

张妈妈还没说话,坐垫就湿了一大片,好大一片。

#她和她谁之错#

随着中秋节的临近,住在养老院的老人经常会看到快递车来来往往,很多子女从全国各地为自己的父母快递过来月饼、鲜花,还有衣物。白姐姐拿着儿子从深圳快递过来的月饼,逢人就请大家品尝,说这是南国月饼,非常糯软。

李姐姐接到快递则闷闷不乐,抱着这个铁盒儿包裹的月饼既舍不得扔掉又不想打开,因为这是她女儿在一公里之内快递给她的,一公里也就是一碗汤的距离。

因为她把唯一的房子留给儿子结婚，自己住进养老院，女儿和她断绝了往来，她自己也总内疚房产分配不均。女儿责怪妈妈重男轻女，所以从不来看她，逢年过节也就是快递一些应景物品。

李姐姐手里捏着这铁盒月饼，眼里噙着一汪泪水，强忍着就是没有流下来，我看着、看着，真恨不能让这铁盒瞬间打开，她的女儿从里面露出笑脸。

我轻轻地将李姐姐拥在怀中，但这也没有什么用，义工永远代替不了亲情，还是请女儿有空儿去看看妈妈吧！

妈妈也有想家的时候。

心花不孤

一别慈闱面，春风十五花。不知人有母，谁念子无家。社雨邻巢燕，清明垄树鸦。动皆伤感处，恸哭夕阳斜。

失独，那是人类最惨烈的痛，是任何机构任何人都无力抚慰的痛，这种痛只有他们自己走出来，用爱去慢慢地磨砺与抚平。

这些年对失独家庭的关注从不敢掉以轻心，每逢传统节日都要去看望他们，他们已成为我心底的一块牵挂。

那天和单位的同事一起去福利院看望一对失独夫妻。往年我们去看望都提前打电话约好时间，我都是故意说迟一小时，然后我们提前一小时，就这样也看到他们在楼道的窗口已经等待多时。这次我们不想让二老等候，所以来了个半突然袭击。

走进他们的房间,首先映入眼帘的是那郁郁的绿植和艳艳的萱草花,一个大大的拥抱,久久不愿放开。

两位老人都已经年过八旬,他们笑容满面地和我们热烈交谈,石姐姐时不时会在交谈中甩出一两句京味儿十足的京剧台词。那神情,那朗朗的笑声,让我们如沐春风,我心释然,我们的心和他们一起欢快。

我和石姐姐一起去其他楼看望老朋友,姐姐对这些姐妹都曾经有过力所能及的帮助和陪伴,姐姐那欢声笑语,真就像春风洒到各个楼层,各个房间。

石姐姐原本是模特队长、京剧票友,但她为了照顾老伴儿,这几年不再参加院里的活动,一心一意守护着做了心脏搭桥的老伴儿,而她老伴儿也对我们说:这么好的女人,我多陪她一天是一天,我就是为了陪她才要天天下楼锻炼身体的。

看着他们这对恩爱夫妻,想起当年我对她说,我会为您二十四小时开机时,姐姐竟然号啕大哭,那段视频曾经让很多志愿者一直坚守到现在。

今年是二老钻石婚纪念之年,他们想要拍一组纪念照,我答应他们,一定要想方设法为他们拍一组钻石婚照。

想着他们曾经经历的那些撕心裂肺的痛楚,我越来越感到:爱,是一切痛苦的救赎良药,失独家庭也可以有欢笑。

那一定要有爱，有爱就有生命的快乐。

#换位思考有点儿难#

清晨，一阵手机铃声响。

原来是护理员小花：薛老师，您快劝劝金老师吧，她血压已经200了。

怎么回事？

和佟阿姨吵架了。

为什么吵架？

因为说孩子。

快送她去医务室吧。

金老师、佟老师，两个闺密从小在一个大院长大，一起上小学、中学，一起"上山下乡"，如今已经年逾花甲。

金老师中年丧偶，无儿无女，便住进了养老院。佟老师住在社区，每周都要倒三次车来养老院看望金老师，给她带一些家常菜，带一些生活必需品，她们不是姐妹胜似姐妹。

疫情期间佟老师儿媳妇因为回老家探亲染上了病，治愈出院隔离后，取得健康证明回到北京，佟老师坚决不许她进门，为此和儿子闹翻了，就来和闺密隔着养老院的大门聊起了这个事儿。

金老师就劝她：病治好了就完了，干吗硬要拆散他们，何苦没事找事呢。

佟老师越说越激动，最后说了一句：你又没孩子，你不知道当妈的心情。

这一下子戳中了金老师的痛点，金老师愤然离开大门口，回到了自己的房间，越想越生气，60年的闺密怎么能往我心尖上戳呢？

哎，刀子嘴豆腐心要不得。

孙子辈大夫

医院楼道很寂静，这些医养一体的养老机构都有自己的医院。医院和养老院同在一个院内，所以住在这里的长者看病真的很方便。什么挂号、取药都有导医陪同，优厚的照护使这些长者有时候真的很任性。

今天一早就听护工怯生生地敲开医生办公室的门说：报告医生，王奶奶今天输液，她不让别人扎，非要找她孙子扎。大家哄地一下就笑了，因为大家都知道，她说的孙子就是王医生。

王医生来到这个医院已经几年了，他平时为人很憨厚，见着长者就叫奶奶，而和他同姓的奶奶都管他叫孙子。

尤其这个王奶奶，在家里当惯了领导者，老伴儿被她管得服服帖帖，儿女也都对她敬而远之，每年也就几个重大节日来看她，平时都不来。听她们单位来看她的人说，她原来是个处级领导干部，很强势，所以她生病只要输液，如果小护士一次没扎好，她就会大喊大叫，一通呵斥。有一次正赶上夜里她突然生病，护士真的都怕她，怕给她扎不好，就请了值班的王医生：你帮我们扎吧，万一扎不好她又该投诉我了。

王医生笑笑说：没事儿，走，我跟你一起去。王医生先是用宽厚的手掌拍了拍王奶奶的后背说：奶奶，没事儿的，扎针一点儿也不疼啊，我给您用一个最细的针。然后又轻轻地攥住了王奶奶的手，轻轻抚摸着她的手背，最后再拍一拍，系上橡皮带，然后嗖地一下就扎进去了。王奶奶说：你看看，还是我孙子，扎针一点儿都不疼，一点点儿都不疼。

从那儿以后，只要她生病，只要她输液，她都喊：叫我孙子来给我扎，叫我孙子来给我扎。

大家都知道是叫王医生呢，王医生也从来不反驳，去了以后总是笑呵呵地说：奶奶，我来给您扎，咱们扎针一点儿都不疼。他先用温暖的大手拍拍王奶奶的后背，再拍拍她的手背，再和她一起说一会儿，然后王奶奶彻底放松下来，这才给扎进去。

王医生不光对王奶奶这样，有一个更难缠的长者也姓王，过去是军队的领导干部，年轻时那也真是出生入死，立过战功的人，住进养老院后，他仍然严格按照部队的习惯，每天早起在院子里跑步，然后还要唱军歌，平时也总是一身军装，可是一到生病他就特别怕试表和听诊器，听诊器还没往他身上放，他就叫起来了。

赶上王医生给他看病，都会先把听诊器在自己手心里磨擦一会儿，然后用手焐一焐，有的时候还贴到自己脸上试一试，再给王爷爷放进去，而且每次都说：爷爷，这个听诊器给您听听，您自己听听，可好玩儿了，咚咚的。别看他是老军人，指挥过千军万马，但是他这个老小孩儿的劲儿，越老越显露出来：对啊，老看你们挂一个听诊器，我也听听是不是很好玩儿啊。

王医生就把听诊器给王爷爷戴好，撩开自己的白大褂，王爷爷就听了听，然后说：哎呀，这咚咚的，就像东风吹，战鼓擂啊！逗得旁边的长者和医生都笑了。

从那以后，王爷爷就不怕听诊器了，而王医生每次都是这套程序，把听诊器握一握，温一温，把它焐热乎了，再在脸上试一试，温度合适了，再告诉王爷爷：爷爷，咱们开始听东风吹，战鼓擂了。

王爷爷说：来吧，老子什么没见过，来，上来！

王医生就顺利地给他听诊了。

可是对于试表，他更是怵头，他总觉得：试什么呀，在部队我们卫生员拿手一摸就知道你发没发烧，我自己摸了我不烧。

王医生说：不行，爷爷，您年纪大了，对温度已经不那么敏感了，必须用温度计。

我不喜欢那玩意儿，我怕把它夹碎了，夹碎了再把我胳肢窝给扎着，那怎么弄啊，我就没法跑步了。

王医生给他试表的时候说：爷爷，您跟我说过，打仗的时候有一次你们刺刀已经弯了,没办法用了,您就用胳膊把小鬼子夹住,把他俘虏了,您说这胳膊得有多大力呀!

王爷爷说:就是啊,我跟你说,别看小鬼子有大炮啊、冲锋枪啊,只要你离他近了,他就害怕,他能吓得尿裤子。我们才不怕呢,刺刀弯了不要了,我就用这两个大拳头,咣咣咣,锤他几下,有的时候我就拿这胳膊肘一顶,也能给他顶倒。你信吗?

信啊,爷爷,我怎能不信呢,您是战斗英雄。那您说,您就不怕鬼子他咬您啊?他要找着您的胳肢窝咬一口怎么办呢?

不怕。

那这么一根小破表,您还害怕呀?

谁说我怕它了,我不怕,拿来。

以前我们都爱说,不是亲人胜似亲人,现在要说不是儿女却要为长者服务到老。就像这萱草,一朝种下年年开花,在爱的土壤中繁衍生息,延绵不断。

朗读者 刘桂云
银龄书院

扫码听故事

珍珠梅

捐献遗体留下银丝，有爱的灵魂终会相遇

　　阳光格外灿烂，那一蓬蓬珍珠梅，深绿色的叶子不急不躁，映衬着珍珠一般密密麻麻的花穗，待到到阳光一照，它就绽放如梅花那般。珍珠梅既有珍珠的圆润，又有梅花的清冷，很受老年人喜爱。

　　满头白发、满面笑容的幺妹佩戴着金光闪闪的纪念抗日战争胜利七十周年纪念章，在阳光下向我讲述着她们的故事。

　　幺妹拿出一个公文袋，公文袋里面放着她和老姐捐献遗体的志愿书、公证书及遗嘱，公文袋后面是幺妹亲笔写下的一段注意事项，是说在她死后，执行人就是她的儿女，将她的遗体送到医院之前，需要打一个电话，需要写上身份证号码，需要带上死亡证明，把这些事情交代得清清楚楚。

　　看到她这些文字，不知为什么，竟然想起了那句歌词：担当生前事，何计身后评。她们不计较身后的名誉。

　　昨天她应军委邀请去卢沟桥抗日战争纪念馆参观，回来她并没有炫耀什么，只是说我是个女兵，我是个小女兵。而让家人和帮助他的这些人为自己的身后事做最后一点儿贡献的时候，她却记得那样清清楚楚。

幺妹对我说：我现在知足感恩，没有共产党就没有新中国，没有共产党就没有我现在的幸福生活，不管经历过多少坎坷，我和老姐都无怨无悔。

我和老姐把捐献遗体的公证书和遗嘱拿给孩子们看了，我的女儿也已经年过半百，她看了以后哭诉着说，妈妈你革命一辈子，你可以把房子捐了、票子捐了，我们都没有意见，可要捐献遗体，让我们到哪里纪念你，本来我们就聚少离多，等我们老了再也看不到妈妈的时候，我们去哪里寄托哀思呢？

一连几个夜晚，我都睡不着，我也在想：是啊！我十几岁跟着老姐到延安参加革命了，大半辈子和儿女们真的是聚少离多，如今我要给他们留下什么做念想呢？

孩子们个个都很有出息，用不着我为他们留物留财。平时对他们的教育已经很多了，为了满足女儿的心愿，给她们留下些什么呢？想来想去，突然想起微信中广泛流传的一句诗：待我长发及腰，将军可来娶我。对呀，我要给女儿留下一缕银丝，让女儿作为念想。

于是，年近九旬，我开始攒头发，可这头发怎么长得这么慢呢？当年我们在延安那头发长得好快好快，可现在怎么长得这么慢呢？我天天梳理着头发，心中暗暗地说，快些长啊，快些长，长够了一定的长度，我好剪下来，给我的女儿留下做念想。

就这样，一天一天，一年一年，长了整整三年，我才将自己满头白发留到了这么长，也没有将军来娶我，我的老伴儿早已经去见马克思了。

我来到理发店，对人家说把这头发剪下来后一定要用皮筋捆绑好。人家说你干吗用？我说留给孩子做念想。

理发的小师傅听我说要把遗体捐献，只留下这缕青丝，他非常敬重我，给我深深地鞠了一躬，然后剪下我这没有一根青丝的白发，将这缕白发轻轻地用红头绳扎好递到了我的手上。

我把这缕银丝交到了女儿手上，放到了她爸爸的骨灰盒旁边，这样就完成了我做妈妈的一点儿心愿，我就是到革命最后一步，也要给孩子们留下这点儿念想。

谁知，她的女儿竟先她而去。

今年七七事变纪念日，97岁的老姐正在医院的ICU接受抢救，不知道她能不能看到记录她事迹的图书出版。

记得那天傍晚天气凉爽，福园的藤萝架下，有长者在唱《唱支山歌给党听》，绿草地上有长者跳着《北京的金山上》，只有老姐静静地坐在轮椅上，目光呆滞地望着这热闹的场面。我走过去，俯下身和她打招呼，她朝我笑了笑，然后又垂下了眼帘。

我拉着她的手说：老姐，我知道您为什么不高兴。

她说：你不知道。

我说：知道。

她撇了撇嘴角，不吱声。

我说：来，给您看看幺妹的录像。

老姐立刻来了精神，使劲儿向我举着的手机靠拢，我打开视频，将音量调至最大，画面上昂首阔步向她走来的就是幺妹。她腿部骨折刚刚痊愈，为了让老姐安心，她大声面对镜头说：好姐姐，等着我，七月份去看你，等着我，好姐姐，等着我，好姐姐。

老姐指着画面笑眯眯地说：哈，她还走正步呢，她正步走得可好了，她正步走得可好了。

看老姐露出了特别欣慰的笑容，我又对她说：来，您给幺妹录一段吧。

老姐笑呵呵地说：好。

然后让周围的小阿姨和我都吃惊的是，她竟然缓缓举起手，艰难地举到头顶，吃力地将了将有点儿凌乱的头发。

哦，她原来是想留给妹妹一个健康美好的形象。不管是奋战在抗日战场的女兵，还是咱们普通百姓，爱美之心至老都不会改变，姊妹亲情到老都不会改变。

然而就在第二天，老姐病危入院。此时此刻，她还躺在医院的救护病房。她的家人轻轻地剪下她的一缕银丝留作念想。

幺妹坐着轮椅来到医院看望老姐，她们没有说什么生死离别，更没有家长里短，她们讨论着信仰，憧憬着共产主义的实现，姐妹在医院见面很不容易，毕竟都是年近百岁，记录她们事迹的图书整整两年还不能出版，我真的不知道怎么办了？

好在品·传媒工作室的志愿者和我一起，将她们的故事拍摄了下来。记录爱，传播爱，这就是我们志愿者的使命。

牢记历史并非强化仇恨，忘记过去则意味着背叛。此时此刻我在想，人要在生命中做一件重于泰山的事情，不一定是惊天动地的大事情，哪怕是一次好的选择，都是在生命中做了重于泰山的事情。我们每个人的生命都像鸿毛一样在世间飘浮，但我们都有机会做重于泰山的事情，就看你愿不愿意用生命做这件事情。

推着幺妹走出老姐的病房，我们几个志愿者都已经是热泪盈眶，而幺妹却坚毅地对我说：我这一生中，是我老姐带着我闯过了"三大关"。

第一，上学关。过去老话说女子无才便是德，我的妈妈就是因为文化水平不高吃了很多亏，所以非常识大体的妈妈就决定让我们去读书，本来家里让我们读私塾，是我老姐强烈要求妈妈送我们去公立学校读书，公立学校教育理念新潮。所以说是老姐带着我闯过了接受良好教育第一关。

第二，婚姻关。老姐十七岁的时候被家里包办婚姻，老姐宁死不从，绝食三天，执意要去做尼姑，最后妈妈心疼女儿退婚了。退婚之后老姐就带着我走上了革命道路，在革命队伍中我俩都找到了自己的如意郎君,婚姻美满幸福。

第三,做人关。一个人可以活在世上,那是活着,如果能为祖国为民族作些贡献,那叫生活,那才不枉做回人。老姐带着我历尽艰辛奔赴延安参加革命,让我做了一个堂堂正正的共产党人。老姐就是我革命的领路人。

我爱祖国爱家人爱我的老姐姐。有一天深夜老姐给我打电话,问我在哪儿。

我说,我在家。

老姐说,她梦见我在医院了。

我说,没有,我不是好好的吗?

她不信。

没有办法,第二天清晨,我就赶到了养老院,她紧紧抓住我的手和我有说不完的话,用她带着泪花的脸庞紧紧地往我的脸上贴。贴了半天,因为她坐着轮椅行动非常不便,我也极力想贴老姐的脸,贴来贴去,把她的感冒传染给我了。

说到这儿,幺妹哈哈大笑。幺妹的笑声极具感染力,那是发自肺腑的爽朗的笑。她说:我这一生就爱笑,从小就没有让我不笑的事儿,我觉得什么都那么可爱。

太阳那么高,月亮那么圆,珍珠梅那么香,我的家人那么好,我看什么都想笑,是啊!我的世界就是充满了爱,充满了阳光。

我突然话锋一转:不对,幺妹也有过号啕大哭的时候。

幺妹先是一愣,接着说:哈哈,一定是老姐向你揭发我的吧。

那是新中国成立初期，中国要向欧洲派驻外大使，我丈夫有幸被派去做大使，我呢就必须做大使夫人。刚接到命令，我想不通，我这一辈子就穿军装，让我脱下军装穿旗袍，哎呀妈妈呀，当我换上裁缝大师们精心缝制的旗袍，再穿上高跟鞋，往镜子里一看，那简直就是妖怪呀！我一边脱下旗袍一边号啕大哭，我哭得是昏天黑地。

渐渐地，我们停止了哭泣，明白了做大使夫人也是革命工作，也是祖国的需要。于是我们烫着发，穿着旗袍、高跟鞋，天天练习外语，然后高高兴兴地走出国门，开始了新中国外交的新征途。（这段记忆在央视有报道）

可最最令人不可思议的，就是等我完成任务凯旋的时候，女儿竟说我是"特务"，她在外交部大院大声吵吵着说我是"特务"，非让解放军战士把我抓起来，因为在她的心目中爸爸妈妈是解放军。

出国时，我的几个孩子都跟着我老姐一起生活。我老姐和姐夫都是解放军高级军官，他们对我的孩子视如己出，所以我的孩子一直把他们叫妈妈、爸爸。

那些年我老姐可是为这十个孩子操碎了心，如今这些孩子们都很孝顺很上进，我们姐妹俩真的很知足，很幸福。

很知足，很幸福。幺妹和老姐都这么说。

珍珠梅，形如珍珠，绽放如梅，形影不离姊妹花。

紫罗兰

希望他们觉得，遇见我，是会幸福快乐的

银龄书院朗读者 冯晓霞

扫码听故事

养老机构对社工科的要求是提前半小时上班，在这期间，穿好工装、戴好工牌、收拾好办公室。

就这么会儿工夫大家可以说说笑笑，忽然有人叫了起来：哎，我的工作服怎么又不见了，这连着好几天了，等到中午就回来了。

大家七嘴八舌议论着，然后就听小毛说：不对呀，下班的时候我身上蹭了一个墨点儿，我还说今天早上来洗呢。可是你看，我这衣服倒是挂在椅背上了，可是那片墨点儿怎么没了呢？是自己跑了？

大家说不会吧，我们早上来了就去打水，就打水的工夫没锁门，有谁进来了？难道是田螺姑娘帮助你，给你洗的，要给你这个小帅哥当媳妇儿？

大家打闹着说笑着。这引起了科长的注意，科长想起一件事，原来前几天住进来一个沙奶奶曾经问过他，这儿有需要干活儿的地方吗？他说没有啊，养老院就是来养老的地方。

沙奶奶说我还不老，我怎么就养老了呢？这人要是不干活儿，该多难受、多寂寞呀！

科长对大家说：好了，好了，大家不要瞎议论，更不要向外传。我们明天早上早点儿来，去打水的时候我们返回身进来，看看到底怎么回事。

好奇心驱使，第二天早上我和这几个年轻人都早早地到了科里，这个说打水去了，那个说打饭去了，故意走出了房间，也没有锁门。我在电梯口那坐着，像是等人的样子，其实也是在看着。

不一会儿，只见沙奶奶抱着两件工作服进来了，然后快速地把衣服搭在椅背上走了出来。

这时科长迎了上去：奶奶，您干吗呢？

奶奶一下子很紧张地说：哎呀，科长，我没干吗，我来看看你们在不在。

我们不在，可那衣服上的墨点儿也不在了？

沙奶奶知道掩饰不过去了，就说：那天我问你，这里有没有要干的活儿，能让我干活儿的地方。你说没有，后来我看大热天的，你们穿一天的工作服放在这儿，怕你们明天穿着怪别扭的，我就拿回去洗了洗，一宿就干了。早上趁你们打水的时候我就给你们放这儿了。我可没动你们屋的东西呀！

瞧您说的，怎么会是说您动我们的东西呢？我们是说您年纪大了，不要再干这些体力活儿了。

这叫什么体力活儿呀？洗个衣服就叫体力活儿。其实在家我还管做饭、买菜呢！不能不让我干活儿，不干活儿我可受不了。

沙奶奶叨唠着，真的有些急了，要不干活儿我还是出去吧，我可不在这儿了。

科长说：奶奶，我们呀，回头给您找点儿活儿让您干，行吗？

行，沙奶奶高高兴兴地回去了。

大家说这可怎么办呢？不让干活儿就要离家出走，这可不行。

小刘说：这样吧，我这有块丝巾，也不太喜欢了，我给它剪成方块，又薄又好干，也不脏，这样洗得也省劲儿。全当让奶奶在那玩儿水啦，行不行？咱让奶奶帮咱们洗手绢。

行，行。小刘快人快语，咔嚓嚓剪下了几片。然后拿出了三片说，咱们呀，先给放三片。等下班的时候沙奶奶来取的时候就说是咱们仨的。

社工科的人忙碌了一天回来，沙奶奶又来了，见面就说：你们今天的工作服让我洗吧。

他们几个都说：奶奶，这工作服呀，我们还得穿回去，路上挤车，都挤得一身的味。我们工作服穿回家洗了再拿来。

奶奶说：那也行，那我给你们干点儿什么呀？给你们打扫卫生吧。

不用，打扫卫生有保洁人员，不用您。

那干吗呀？

小刘故意说：哎呀，奶奶呀，我这有几块手绢，今天参加了一个活动，出了好多汗，您帮我们洗洗行吗？

行啊。

奶奶，您不知道，我打小就不喜欢洗手绢，特小我妈就非得逼着我洗手绢，每天都让我洗手绢，我最烦洗手绢了。

沙奶奶说：是呀，小时候可不都让孩子从洗手绢练起嘛，行行行，你有几条，都拿来。

就我们仨女的，您给我们洗洗，不着急，您什么时候拿来都行，兜里还有呢。

不行，明天早上我还给你们放这儿。

哎，这三个姑娘哈哈大笑，哦，原来田螺姑娘是沙奶奶呀。

你们还说田螺姑娘要嫁给我，给我做饭洗衣，这沙奶奶让我给她当孙子啊。

对，你去当孙子吧。

大家嬉嬉笑笑地下班了。

早上，沙奶奶就拿着三块叠得平平整整的手绢来了，给他们放在桌上说：真好，我一边洗手绢一边高兴，我在养老院可不是养老，我是有工作的，我是你们的后勤兵。

几个年轻人互相使着眼色异口同声：谢谢奶奶！

送走了沙奶奶，小刘去打水，路上就被院长叫住了：小刘，过来，有电话投诉。

投诉什么呀，院长，我们最近可乖了，谁也没惹，谁也没招。怎么会有投诉呢？

就是有啊。

院长，上我们屋说去吧，要在这儿嚷嚷，别人知道了多寒碜哪。我们社工科怎么那么多投诉啊？

那么多投诉，不就这么几件吗？哪件冤枉你们了？

没，没，没，没冤枉，都是我们的错，都是我们的错。

小刘打着哈哈，和院长回到办公室。院长非常严厉地对科长说：你们怎么搞的？让新来的老人给你们洗手绢，你们还想不想要奖金啊？

科长哭笑不得说：对，对，对，我们错了，我们错了。

今天这事说错不行，给我说出原委来，到底怎么回事？

小刘憋不住了：哎呀，院长，是这么回事。新来的沙奶奶吵着不做闲人，不养老，非要找工作，如果找不着活儿干她就回家了。您说是让沙奶奶自己跑出大门口好，还是我们给她找点儿活儿干好。那哪是手绢呀，那是我们剪了一条丝巾，不信您看看，这还有好几块呢，就是让奶奶解闷。

没这么解闷的，你们不会通过别的方式呀？既然是新来的奶奶，你们引导她多关注一些娱乐项目，她不就不会这么找活儿干了吗？

哦,还是院长啊!院长有智慧,院长你老有才了。

别贫,告诉你说,扣你这月奖金。

哎哟,又扣,你再扣我还有几个钱,这月我媳妇儿可要生孩子了。

那不行,还是你工作不到位,有投诉,有投诉不扣怎么办?咱们有规定,不管对错,只要投诉就得扣,扣错了下个月再给你找补。

好好,扣吧,扣吧。

院长走了,大家聚在一起说:这可怎么办?要是沙奶奶来了,还不能跟她说呀。

有办法了,咱们桌上这几盆紫罗兰放到沙奶奶那儿去,这紫罗兰花儿特皮实,不管浇水不浇水都能活,折断了再插到水里也能活,还老开花儿,这多好啊,又小巧玲珑,让奶奶给咱们养花,她就不用每天跑了,也有活儿干了。

科长说:这个法子也不行,还是得引导奶奶把注意力放在别的地方,有自己的事干。

你看这手绢,洗得平平整整的,咱们呀,把沙奶奶介绍到手工组去,怎么样?

好啊。

正说着沙奶奶来了:孩子们,把手绢给我,衣服也给我吧。

大家说:不用了,奶奶,衣服昨天穿回家洗干净后,今天穿上了。

那手绢呢?

手绢我们都没用。

那我今天可没活儿干了,我想回家了。

别,别,别,沙奶奶,我这盆花呀,怎么养我都养不好,您给拿走,帮我浇浇水,给它晒晒太阳,然后让它开花,行吗?

行,行,行,太好了,这叫什么花呀?

紫罗兰。

那您拿得了吗?

哎哟,巴掌大的小盆也叫盆呀?你们忙去吧,我拿回去了啊!

沙奶奶抱着这盆小花回到房间,先把花盆外边洗了个干干净净,底下又找了个小托盘垫上,然后把那些枯叶、半黄的叶子都拿小剪刀剪掉。

正在忙的时候,儿子、儿媳妇来看她了。毕竟妈妈刚住进来,他们不放心。一进门儿媳妇说:妈,谁给你送的花呀?

不是送的花,是社工科那姑娘,她们养不好,说让我帮着养。

什么?您到这儿给人当花匠了呀?

不行,不行,我找她们去。

儿子很聪明,拽了拽媳妇儿的胳膊说:行了,行了。

沙奶奶说:嘿,你们别怪人家,是我自己闲不住,我自己非要找点儿事干。

儿媳妇也明白了:就哄着老太太玩儿,打发工夫呗。行,那明儿我也给您带一盆来,您没事也好好养着。

别,别,你们可别让我给你们养花了,我有事干了。刚才我跟那小刘去了手工组,手工组已经收下我了,跟他们一起做手工,今天下午两点就开学了。

就这样,沙奶奶顺利度过了适应期,现在已经成为手工组骨干老师,可以教别人了。

社工科还是被扣了奖金。

那盆紫罗兰又端回来了。

没蔫。

长寿花

喜欢日落黄昏，没有轰轰烈烈，
只有柔情似水

生命教育专家来养老院给长者讲授关于遗嘱的相关事宜。我特意带着社工科的年轻人端来几盆长寿花，放在了会议桌上。

长寿花深绿色的叶子敦厚、瓷实，透着质朴，衬托着浅粉色或者橙色的花朵显得那么的耀眼，那么的有精气神儿。

长者问题多多，专家们耐心地一一解答，只有新国大哥一言不发，静静地站在一旁看着这热闹的场面。

我悄悄地走到他身边，趁乱和他聊了一会儿。自然就是聊抗美，他的老邻居，他的碎碎念。

这些年他们一同经历了很多事情，他们是邻居，从上一辈儿就在一个大院里长大。新国大哥是1949年新中国成立那天出生的，所以他的爸妈给他取名叫新国。抗美是抗美援朝时出生的。

他们两家一直有着来往，他们的孩子之间也都很熟悉，十多年前新国的妻子因癌症去世，抗美的丈夫前几年也因癌症去世了。

这些年他们两家依然有往来，他们两个孤独的人也想走在一起，但是碍于新国女儿的不理解，不同意，一直也是别别扭扭的关系。

新国是个乐观的人，他既疼女儿也喜欢抗美，他编了一套手机密码，这样女儿把他的手机弄成了呼叫转移也没关系。比如说"5"就是"我"，"6"就是"一路顺利"，"我已到家"或者"你好吗"都用"6"，用"7"代表抗美，新国是想娶她为妻的。

谁知马年腊月二十三那天，新国约抗美去郊区赶集，突然大出血，被抗美送上救护车一直护送到医院。

医生让立即办理住院手续，抗美拿出信用卡交了住院押金，在填写联系人姓名的时候，她有些为难，有些犹豫。新国的妹妹建新也是抗美的同学，被抗美叫来了，她特别理解老同学，把抗美拥到一旁说，来，我来签字。建新在病人家属一栏签上了自己的名字。抗美感激地看了建新一眼，建新伸出手想把她拉到身边，甚至拥到怀中。

可抗美挣脱了她的手，她知道不能靠近她，靠近她的肩膀她就会号啕大哭的，因为这突如其来的事情特别是那一摊鲜血让她早已失去了理智，她趴在任何人的肩头都会号啕大哭。

在面对那一摊鲜血和倒在自己怀中不省人事的新国哥的时候，她的心碎了，她的胆飞了，她不知所措，她感到那么的孤立无助。好在有建新他们两口子，真的，他们就像自己的顶梁柱一样，在这危急的时刻挺身而出，帮了她一把。

她和建新默默地回到了急诊室，医生又开出了配血的单子。自从下海经商以后，抗美每次出门都要带几千元的现金，以备不时之用（那时候也没有微信、支付宝），这个习惯她一直保持着。她递给了建新一沓现金，她们就开始分头交费、验血、化验、取单子，一系列的工作全部完成，最后几个科室的医生会诊确定，新国患的是癌症，需要立即住院，她们又协调好病房，待把他送入病房，抗美也顾不得羞涩，为新国换上病号服，仔细用纸巾擦去他身上的血迹，一点儿一点儿地擦拭，弄了她满手都是血。

这时建新说：哥，要不给媛媛打个电话吧？

新国马上摇头说：不要，不要，不用给她打电话，她马上要和男朋友去老家过年，还有几天了，别耽误她，好不容易又交了一个新男朋友。

建新什么话也没说，抗美轻轻地说：新国哥，我觉得还是应该通知她，你又不是不知道她挺矫情的，她要是知道你和我一起赶集出的事儿，又会怪我了，还是告诉她吧。

新国说：没事，不用怕，没关系，又不是你把我害病的，这是赶上了，话说回来，要不是你在我身边，没准就出大事了。你们回去吧，我这里吃的喝的用的全齐了，你们走吧。

安顿好新国以后，抗美和建新一起走出了病房，漆黑的夜没有一颗星星，冷风飕飕的，吹得人不觉心里一颤。

刚才一直在忙碌，抗美的羊绒衫已经湿透了，贴在她的后背上，这时就像冰块压在上面一样，让她感觉到浑身发冷。

抗美回到自己家，小阿姨怕春节买不到车票早早地回老家了，她打开各个房间的灯，屋里顿时亮堂起来，但她还是觉得冷飕飕的，冰冷的屋子加剧了她的凄楚。

抗美拨通了建新的电话：建新，我觉得还是要给媛媛打电话，不然真的有什么事儿你扛不起，我也扛不起，那个小丫头是很矫情的。

是啊。

你给她打吧。

我没有她的电话，我们都好多年不联系了。

那我来打吧。

抗美拨通了媛媛的电话，媛媛说：阿姨，这么晚找我干吗，是不是找不着我爸了。

不是的。

那干吗啊？

你爸病了。

啊，我爸怎么了？

你爸有点儿不舒服。

在哪儿呢？在哪儿呢？是不是你们出去玩儿，把他累着了。

不是，不是，现在在医院呢。

怎么在医院呢？

有点儿问题，就住院了。

什么问题啊？什么问题啊？

有点儿出血，晕倒了。

哪儿出血啊？可千万别这时候病。

怎么了？

我跟我男朋友说好，春节要去他老家的，这还有几天工夫啊。没事吧？

没事，没事。明天你来看他行吗？

行，明天我去吧。

抗美挂了电话，把和媛媛通话的结果原原本本地告诉了建新。建新说，行，你睡吧。

抗美冲了个澡，在花洒下，抗美的泪水顺着脸颊流了下来，不知是委屈还是害怕，总之，她没有出声，就这样任由花洒的水流浇着她的脸颊，泪水和这清水一起哗哗地流淌了下来。

她真的很难过，新国哥这些年一直在默默地帮助她，关注她。虽然有女儿的干扰，新国哥还是抽时间和她在一起，特别是他设计出的那种密码式的通话，总是让她睡前感到很温暖。

两颗孤寂的心，都盼着能走到一起。

他们小时候是邻居，一墙之隔的邻居，现在他们两个都成了孤单的人。孩子大了，老伴儿走了，他们两个人却一个在东边，一个在西边，相距这样远。他们见面的时候要受时间和空间的制约，还要时时瞒着孩子。媛媛不希望新国再迈出一步，她希望她的爸爸能够坚守和她妈妈的爱情。

媛媛一直没有合适的对象，谈一个吹一个，吹一个谈一个，如今已经快四十了还在谈着恋爱，新国对她也没有什么办法，很疼爱，但又很无奈。抗美深深地知道她和新国是不可能走到一起的，说心里话她也没有和他走到一起的想法，只不过是想老了互相有个帮衬。

抗美将来是要去养老院的，她还要为老人们做志愿者，把她的绘画技术教给许多喜爱画画儿又出不了门的老人们，这一点她很坚定。可是今天当她看到新国突然大出血晕倒后，看到他那样无助、那样孤单、死死地抓着她的衣襟的时候，她的心有些颤抖，她觉得老了还是要有个伴儿，身边还是要有个人啊。

她早早地推开病房的门，只见新国在那里静静地睡着，没有什么痛苦的表情。

早上医生来查房，对他说，你的身体状况应该说还可以，但是需要做个 CD 检查，这两天你不要吃东西，先输一些营养液吧。医生查房走后，抗美给他读报纸，这时媛媛来了。

嘿，你们还有心情读报纸，这是病房哎。

其实病房里只有新国一个人，因为接近年关，很多人都出院了，只要能回家的都回家过年了。

抗美笑了笑说：来了，媛媛，你坐，我出去走走。

媛媛坐在了她爸爸的床前，和她爸爸说着话，抗美在走廊里走来走去，心情非常不安，走到了医生值班室，医生说你们家属要有个思想准备，他可是癌症晚期。

抗美说：抱歉，医生，他女儿来了，还是跟他女儿商量吧。

怎么？你这老伴儿都做不了主。

喔，不行，家里一般还是听年轻人的。

医生说：好，把她女儿叫来吧。

医生和媛媛谈了半个小时，媛媛回到病房就哭了。

她说：爸，你怎么能这样呢，你怎么和我妈得一样的病呢？我怎么这么倒霉呢？说好春节要去男朋友老家的，怎么你又病了，我可真够倒霉的。

新国也伤心了，但他没有落泪，只是拍了拍女儿的肩头说，没事，孩子，你呀去好好玩儿，去吧，没事。这儿有你姑姑照顾，还有你抗美阿姨，你去玩儿吧。

到了晚上，新国坚持让大家回去，他说，我又没有事儿，又不挡吃不挡喝，我在这儿躺着你们看着我干吗呢？

他是很坚强的一个人，从小当兵练就了一身钢筋铁骨，轻易不得病，这些年从来不做体检，无论是在职的时候还是退休以后，老干部们体检他从来不参加，而且他真的就没有得过病，所以他总是自以为身体很好，劝大家说，你们回去吧，回去吧。

他看着抗美说：我看你的脸色很苍白，你是不是不舒服啊？

没有，没有，没有的事儿，我就是昨天没睡好。

那你快回去睡吧，回去吧。

抗美和他用目光惜别，新国还顽皮地做了一个打电话的手势，抗美知道今天晚上他又会有一串密码发过来的，于是微笑着和新国告别回家了。

抗美知道，媛媛不愿意爸爸的身边有女人，她让大家都知道的是她爸爸是孤寡老人，需要她经常请假去照顾，大家对她这种孝心都很赞赏。

抗美更知道，新国的病全是自己找的，年轻时吃饭饥一顿饱一顿，工作起来不要命，退休以后也不活动，除了看报纸就是看书，照顾患病的妻子好几年，那真是不离不弃，一直守在医院，守在病床边。

可如今谁又能拯救你呢？我想陪护在你身边，你的女儿不愿意。怎么办呢？

新国哥你从不体检，对食物生冷全不顾忌，甚至是酷爱辣的食物，今天你是不是应该反省一下呢？不要对自己的生命不尊重，要敬畏生命。

你自以为没有病，可以不体检，不管是什么生冷的、酷辣的，你都喜欢吃，抽烟、喝酒，每日俱增。是啊，这些年你一个人生活有些凄凉，可是你也不能不爱惜自己的生命啊。有时候我们出去旅游，你一天都可以不抽烟，可是当你一个人的时候，你却能一个人抽掉一包烟。我们在外面旅游那么多天，你很少喝酒，可你在自己家里每天晚上最少都要喝三到四两酒，干吗呢？拿自己的生命开玩笑吗？

抗美紧紧裹着大衣，戴上帽子，默默地走向车边，她的心感到一阵阵的痛楚。

抗美回到家，坐在书桌旁，打开书，可怎么也读不进去。她想打个电话问问新国那儿的情况，又怕他接不到。自从媛媛把新国的电话设成了来电转移，只要响过两三声就会被她接到。她每次接到都笑嘻嘻地说，抗美阿姨，干什么呀，又想我爸了，我爸没空儿。就这样开玩笑的几句话，弄得抗美心里很不舒服，所以她又不敢打。

即使现在按照建国设定的密码"11552299"来发慰问也不行，因为有可能电话在媛媛的手里，所以抗美坐立不安，就坐在电话机旁，静静地等着新国的电话。等了一天也没有一点儿音讯，抗美实在忍不住了，抓起电话打了过去。电话响了一声新国就接了。

你怎么样啊？

没事，做了好多项检查，挺累的。

那我现在去看看你行吗？

不行，这个医院挺严的，明天吧，明天你来吧。

好，那你想吃点儿什么我给你送过去。

我想吃你做的粥和自己调的咸菜。

好，你放心吧，我做好给你送过去。

别忘了把你自己也带来。

这时候你还开玩笑。

没事，不就做个手术嘛，做个手术就好，等我好了我带你上普陀山采风，带你上白洋淀写生去啊。

好，你好好休息，我明天早上去看你。

这时就听媛媛说：又打电话，又打电话。跟你说了，好好休息，养足精神接受手术，打什么电话呀！

媛媛接过电话说，抗美阿姨，没事，我爸这儿挺好的，你别老给他打电话，有事我找你。对了，明天你早上早点儿过来给我爸送早餐啊。

抗美这"好"还没说出来，电话"啪"的一声挂断了。

抗美呆呆地坐在书桌旁，不知道说什么好，心里五味杂陈。想起去年她感冒住院，新国大哥很着急，总打电话询问，要来看望她。她却接到了媛媛的电话，媛媛说：抗美阿姨，听说你住院了，我应该去看你，可我太忙了，你没事吧。

没事，谢谢媛媛，谢谢媛媛。

我跟你说，现在冬天，这感冒最容易传染了，别让我爸去医院看你，我爸让我妈惯得什么活儿也不会干，去了也帮不了你什么忙，再传染上感冒多麻烦啊，你说是不是抗美阿姨。

我知道，媛媛，我没让他来，我没让他来，他也没说来，放心吧，都这把年纪了，知道自己身体最重要了，自己不得病就少给别人找麻烦。

就是，我就说抗美阿姨最明智了，抗美阿姨好好养着啊，祝你早日康复，拜拜！

后来抗美还是忍不住，给新国发了一个短信"6666"，意思就是你多保重，不要来看我。

不一会儿新国就用小区门外的电话打了过来：你怎么样啊，我想去看你的。

不用，媛媛说了，怕传染你，你可别来了。

是啊，要不我不敢用手机给你打呢，昨天晚上她给你打完电话就给我座机打电话，问我在哪儿呢，我说在家。但是你记着，媛媛是关心你的，也问你的情况，然后怕交叉感染，我这几天也有点儿不舒服。

你怎么了？

也是有点儿小伤风，所以她怕我把病带给你，你在那儿好好养着，缺什么告诉我。

但想着一幕幕的往事，抗美的心中感到一阵一阵的酸楚，是啊，媛媛爱她的妈妈，其实抗美和她的妈妈是同事，她妈妈嫁过来以后，她们又是好邻居。两家的老人来往也很密切，几家人一直和睦相处。

谁知道天有不测风云，他们各自的老伴儿怎么就都先去了呢？

想到这儿抗美又是一阵一阵地烦心,怎么办呢?明明知道新国大哥是有意要和自己走到一起,自己有时候也想,年纪大了,还是有个伴儿好一些。不管有没有什么名分,也不管有什么说法,大家常来常往,有个伴儿也挺好的。

可是,可是。

抗美就这样想着,哭着,哭着,想着,迷迷糊糊熬到天亮,起来做好早点,来到了新国的病房。

新国刚要和抗美一起吃早点,媛媛从外面进来了,举着一袋水果说:爸,你怎么起这么早啊?不是让您早睡晚起,好好休息休息吗?

新国说:这不你抗美阿姨送饭来了嘛。

抗美阿姨,你起得也太早了。

没事儿,我习惯了,早睡早起。

那行吧,饭送到了赶快回去吧。

我再待会儿,你爸说想跟我说会儿话。

说什么呀,说什么呀,一会儿就查房了,一会儿我同事还过来,别让她们看见。

那好吧,我回去了。

新国一句话也说不出来,呆呆地看着抗美就这样被她女儿呲儿走了。

第二天,也就是年根腊月二十八,媛媛突然打电话对抗美说：抗美阿姨，你干吗呢，没事吧？

哎呀，媛媛啊，我没事，你有事就说吧。

抗美阿姨，有个事和你说一下。这个医院呢，大年三十要放假，除了特别重病的人，其他人都回家了，这个楼里没有几个人了。我爸也得回去，可是他一人回家我不放心。

那你说怎么办，我听你的。

我想成全你们一次把我爸送到你那儿吧，可你那儿离医院太远，万一有个事你也担不起，我呢，还得和我男朋友回他老家，所以我想还是让我爸住酒店，白天你在那儿，晚上让我姑父陪，你说可以吗？

没问题，没问题，媛媛，你放心吧，媛媛，你放心吧。

抗美阿姨，那就麻烦你去订一下酒店啊，医院旁边那个五星级酒店就行。你一定要注意身体啊，这几天我一直陪我爸，也顾不上你，你千万注意身体啊。

抗美感激地说：没事，媛媛，媛媛，放心吧，没事，咱们这么多年的邻居了，还有什么可说的，没事，没事。

挂了电话，抗美心里感到一丝惊喜，这样她在春节这几天就可以天天去陪新国了，就可以和新国一起说说心里话了。

估计这场突如其来的大病让新国也有很多想法，如果他害怕，如果他难过，要跟我叨唠叨唠也挺好的，人不能把好多事都憋在心里，要能够说出来，说出来以后心里就敞亮了。

抗美这样想着，赶紧收拾东西，然后开车去订了酒店。

腊月二十九的早上，抗美早早就到了酒店，她选了两个位置最好的房间，而且还享受挺大的优惠，只是没有早餐了，因为老百姓没有在外面过年的习惯，客人都回家了。整个楼里面也就有三三两两的客人，都是来北京旅游的，现在很冷清，房间也不是那么暖和。和大堂经理交涉以后，空调温度调升了，她打了开水，等着他们爷俩回来。

门铃响了，新国很高兴地走了进来说：回来了，回来了，抗美辛苦你了，都给我开好房间了。

媛媛说：爸，你就在这儿好好休息，吃饭呢，就在楼下吃，然后等我初四回来，这几天让我姑他们多照顾你。

没问题，你去吧，你去吧，这不还有抗美阿姨吗？

您千万不能有剧烈运动啊。

媛媛很关切地叮嘱着爸爸，又对抗美说：抗美阿姨，辛苦你了，一定不能让我爸爸累着啊，如果我爸真的要再有出血那可就完了，你可赔我啊。

抗美笑着说：傻丫头，我上哪儿去给你赔个爸爸呀，你放心吧，药按照你的说法坚持吃，每天吃饭按你爸口味吃。

那不行，你得管着她，不能吃辣的，不能吃刺激的，也不能喝酒，一定要点那些营养价值高的饭菜。

行，你放心吧。我一定给你爸吃好的。

你下海这么多年，那么有钱，这时我爸病了，你不出点儿血谁出血呀。

我知道，我知道，你放心吧。

那我就走了，回去准备，明天我要和男朋友回他老家了。

新国说：回去向你男朋友家人问好。

行了，行了，知道了。媛媛飞似的跑走了。

抗美和新国四目相视，无言以对，就这样默默地坐着，默默地坐着。

一缕冬日的阳光从窗户照进房间，一派温暖的氛围，可是两个人的心中却有很多的酸甜苦辣，新国几次想站起身坐到抗美身旁来，抗美都说，别动，你就在床上躺着吧。

新国几次张了张口，终于说出来了：抗美，这次吓着你了，你害怕了吧？

没有，哪儿的话，我不怕，你没事。

不要再说我没事了，是癌症。这些年我想好好用后半生帮帮你，可谁知道我又得了这场病。

没事的，你身体好，扛一扛就过去了。

哎，这时候倒真有点儿后悔了，怎么不知道体检呢？

就是呀，你的脾气谁也说不动。当年媛媛妈就这样说你，你就不听。现在更没人敢说你了，就你闺女说你才听。

我这闺女呀，也真是的，也是孝顺，可她也没催着让我体检的事啊。

你闺女那么忙，又要工作，又要谈恋爱，还老操心，怕你去找后老伴儿,你说她哪有心关心你体检呢。

他们俩苦笑着,什么也不说了。这时门铃响了,原来是建新两口子来了。

建新说:哟,你们俩在这儿谈情说爱呢。

抗美站起来嗔怪地对建新说:干吗呀,建新,你还嫌我们心尖上的刺儿少吗?我们还不苦吗?说着眼泪已经扑簌簌地掉了下来。

建新赶忙说:哎呀,我的好姐姐,好好好,再也不说了,我错了,我错了,行了吧。

新国也心疼地递过一张纸巾说:抗美,别这样,没事的,会好的,我会好的。

几个人坐下来说了会儿话。

这时媛媛的电话来了:爸,跟你说,我不在这几天你一定要好好地保重自己,谁也别指望,就靠自己,有问题赶紧拨110,赶紧打999,听见了吗?别人的事你也少管,你也少问,你就自己好好休息,等我回来初八就做手术了。

新国说:知道了,你放心吧,好好去吧,我这儿没事,你姑也在,行,就这样,挂了。

建新看了看抗美,抗美苦笑了一下,什么也没说。

建新两口子坐了会儿说:我们回去还得办点儿年货,明天儿子、媳妇、孙子都来,你们先歇着吧。

建新两口子走了,房间里就剩下新国和抗美。本以为这种单独在一起的机会不是很多，会有很多话说，可是不知道什么原因，他们此时却说不出什么，无话可说，只是静静地坐着。

他们就这样静静地坐着，彼此听得见对方的心跳，彼此都知道心里在想什么，可是病魔的可恶和女儿的可爱是他们之间的一道鸿沟，他们的情感不敢越雷池半步。他们就这样坐着，也不看电视，都望着窗外，窗外的阳光已经渐渐地消失了，一抹夕阳的余晖是那样的有气无力，慢慢地向西山走去。

新国和抗美，一直默默无言。

傍晚，建新两口子又来了，抗美不是不想留下陪新国，能够在一起说说话、聊聊天儿，是她期盼了很久很久的事情，可她此时此刻却没有这个心境，也没有这个条件，因为随时会有新国女儿的抽查电话。

抗美默默地走出医院，径直把车开到商场，到各个专卖柜台去为新国买了品牌内衣、袜子，还有一些日常用品及他爱吃的一些零食。

抗美拎着这些东西回到家里，舒了一口气，赶紧洗把脸，梳洗了一下，就去医院输液，送新国上救护车时磕破的膝盖发炎挺严重，她有些发烧，医生开了两天的液。

抗美去医院输了液，回来准备休息，这时新国的电话又来了。抗美笑着嗔怪说：你可逮着查不着号的电话了，使劲儿地打吧，我刚进门你电话就来了。

新国笑嘻嘻地说：可不是嘛，机会难得，我不抓紧机会，以后又没有机会和你多说了，还不知道开这一刀结果是什么样呢。

不不不，你千万别这么说，千万别这么说，没事的，没事的。

抗美嘴上说着没事，心里也不是个滋味，不知道这一刀下去会是什么结果，她的心也是一阵紧似一阵的。

眼看就过年了，可哪还有心思过年呢。现实生活中人和人之间就是这样奇怪，也许相识了很多年，也许有时候还有点儿恩怨，但是当听说有的人得了这种不太好的病症时，不管认识的、熟悉的，还是不熟悉的，甚至是还有点儿敌意的，都会对其产生一种极大的同情，同情弱者是人类的共同特质。

眼前这个弱者和我并不是不熟知呀，他几乎和我是一起长大的。我们这些年特别是退休之后，双方都失去了老伴儿的时候，自然而然会对对方产生一种依赖，而这种依赖感并没有什么利益关联，更没有什么性爱的关联，有的只是一种就个伴儿的感觉。人老了需要伴儿，可年轻人又懂我们多少呢？抗美越想心里越不是滋味，又暗暗地落下泪来。

这时候电话又响了，抗美抹了抹眼泪，笑着说：你又干吗呀？

我想和你说说话，你有空儿吗？

好，聊聊天，说说话。明天一早我就过去看你啊。

新国早早地站在大厅等着抗美，迎进屋就说：我们应该贴个窗花吧，今天是大年三十啊。

抗美说：好，我来画，你来剪。

抗美铺开一张普通的纸，画了一个祝福的"福"，然后用一个红圆珠笔把它描红。新国仔仔细细地把它剪了下来贴在窗户上。

今天是年三十，可是阳光并不充足，天有点儿雾蒙蒙的，很清冷。

隔着窗向马路上张望，几乎看不到车的影子。是啊，千家万户瞳瞳日，大家都把今天当作团圆的日子，都奔向自己的家了，温暖的家。滞留在酒店为数不多的客人，有的是为了初一赶到北京的庙会去烧香，烧头炷香，像他们这种身在北京有家不回的没有一个。

抗美说：你今天想做什么，我陪你做。

我想去理发，因为人家老话说的，正月里不理发。

那好，你穿戴暖和点儿，我带你出去理发。

抗美给他围上一条昨天刚买来的、厚一点儿的羊绒围巾。新国说：哟，真暖和，太柔软了，跟那羊毛的就是不一样。

羊毛的也好啊，那是女儿的孝心，是爱心牌，我这个是老太太牌。

不，你这暖和。

新国围上围巾，穿好大衣，他们一同走出酒店。

大街上人很稀少，走到胡同里看到一家美发店，刚好老板出来倒水，但门上却写着"今日停业"。

抗美走上前说：师傅，麻烦您，我们是住院的病人，我们想今天理个发，因为过了节就要做手术了，可以吗？

店主说，可以是可以，今天理发要加钱的。

没关系，没关系。

那好，你们进来吧。

进了门师傅很麻利地给新国理了发，冲洗干净，抗美说：帮忙吹干吧，省得感冒。

师傅说，那你还得加点儿钱，这一早上给你弄了这么半天。

谢谢，谢谢！抗美说着拿出一张百元钞票放在台上。

那师傅说谢谢你，祝你们早日恢复、身体健康。

带着师傅的祝福，抗美和新国走出了店门。抗美说，去买张报纸吧，今天晚上看。

他们到了报摊前，买了一份《环球时报》，买了一张《作家文摘》，还买了一张昨天的晚报。

这时新国说：我想去银行取点儿现金，给媛媛压岁钱。

好吧，我陪你去。

他们小心翼翼地搀扶着过马路，抗美从很小的时候就怕独立过马路，特别是在中年的时候，有一次过马路为了搀扶一个假盲人，结果被假盲人抢了包，而且还被推倒在马路中间，她的双腿磕坏了，从那以后她就特别害怕过马路。

新国紧紧拽着她，跟我走，跟我走，拽着她走过了马路，到了银行门口。抗美说，你自己进去吧，我在这儿等你。

没事，没事，我还怕你看见密码啊。

不用，不用，你的密码千万别让我看见。

我偏要告诉你，我偏要告诉你。

行了，别逗了，你快自己去取吧。

一会儿新国取了一沓现金出来了。他们又一起搀扶着过了马路，回到酒店。

抗美有些气喘吁吁，新国说：你怎么还不如我呢？

主要是这两天没休息好，腿也很疼。咱们各自休息会儿吧。

那好吧。

抗美来到大厅在沙发上坐着休息，其实她不光是身体疲惫，主要是心也感到很疲惫，这叫什么事啊，大年三十有家不能归，还要这样名不正言不顺地一起吃年夜饭。想着想着就要睡着了，新国来找她了。

他们一起回到房间，新国坐在床头，背靠在靠垫上看着电视，手里却攥着手机，不停地晃来晃去，一会儿看一下，一会儿看一下。抗美知道，他在等媛媛的电话。

可是手机一直没响。

抗美默默地把手伸过去说：给我看看你的手机是不是没电了。

我昨天充满了电，不会的。

可能是哪儿接触不好，再看看。

抗美拿过手机看了看，手机没有什么异常，可是电话铃声一直没响。直到午夜的钟声响起，全国人民都在拜年，外面鞭炮齐鸣，到处都是热闹祥和的气氛，新国的手机还是没有动静。

后来听建新丈夫说，新国是一直攥着手机睡着的。

大年初一原本是人们探亲访友的日子，酒店里一片寂静，也没有早餐。

抗美昨天回家太晚了，也没准备早餐，只好开车到开门的快餐店去买早餐，来到酒店看见建新也来接她丈夫，大家看新国闷闷不乐的样子，谁也没多说什么，就简单吃了几口，坐在那儿看晚会重播。

突然听见新国拨通了电话：喂喂，媛媛，你到底在哪儿啊，怎么老不接电话啊？

爸，我在山西呢，不是跟你说了嘛，来他老家过年，一宿都没睡。乡村过年的滋味真好啊，蒸馒头、放鞭炮、挂红灯，特别的漂亮。我们在街上玩了一宿，这不刚刚才睡了一会儿又让你给吵醒了，你没事儿吧？没事儿挂了。

媛媛说得兴高采烈，新国也跟着露出了笑容，可那是勉强的笑。他心里盼望着女儿幸福，希望女儿赶紧找一个本分的人嫁出去，毕竟女儿快四十了，这是他的一块心病。不知道自己这一次手术会怎样，他最放不下的就是她的宝贝女儿。他的宝贝女儿任性，交男朋友也没个定性，想起一出是一出，但她的本质是善良的，有什么说什么，不会做些虚虚假假的东西，可是这孩子玩心太大，什么时候才能安安分分结婚成家生个孩子过日子呢。

新国放下电话，心里踏实了，笑眯眯地对抗美说：真的对不起，有事就麻烦你，可媛媛那个脾气。

没关系，没关系，媛媛是我从小看着长大的孩子，我和她接触比你和她接触的时间还久，我了解她。这孩子主要是对她妈妈的爱太深了，不希望她爸爸再给她找个后妈。其实谁愿意给人当后妈呢？自己都这么老了，无非也就是想有个伴儿而已。

就是的，可是她就想不开，没关系的，等这孩子再大一些就想开了。

等着吧，等她到咱们这岁数就想开了，咱也就入土了。

傍晚，建新两口子又来了，今天新国很高兴，给女儿打完电话心里踏实了。他说，大家吃个团圆饭，我来请客。

大家走出酒店，又到了另外一个大饭店。新国点了很多菜，然后说，今天我很高兴这么多亲人陪在身边，但是不知道明年这时候还能不能再聚一块儿啊!

建新打断他的话说:呸呸呸,什么明年,先说今年的,活在当下,不知道吗?如今最时髦的话就是活在当下,活在当下。好,赶紧吃吧,今天可是我哥请客。

大家高高兴兴地一起吃着饭,抗美利用上洗手间的机会把账结了,她知道新国身上没有多少钱,他的卡都被女儿拿走了。当新国请服务员结账时,服务员说结过了,新国冲着抗美笑了笑说,还是你有钱,结账都跑那么快,谢谢你!

吃完饭建新丈夫说先送建新回家,一会儿再来照顾新国,这时房间就剩下抗美和新国,又是四目相对,默默无言,他们默默地看着窗外,窗外一片灯火辉煌,到处都是鞭炮声响。而他们却心里翻腾着,不知道说什么好,只好默默无语,默默无语。

过节的时候日子过得特别快,特别是过年,一晃就从初一到了初四。

这天抗美从家里带了一盆长寿花儿,说是图个吉利,新国特别生气地说,什么花花草草,我这辈子最讨厌这些了,不要,不要,你带回去。抗美悄悄地说,好,我一会儿带回去。

正说着,门突然开了,媛媛回来了,进门就着急地问:爸,你没事吧?

没事,没事。

爸,看我从五台山给你请的佛,你赶紧戴上,来,爸,看我给你淘的手串，开过光的，来，你快戴上。爸，你快看，给你带的山西特产，宁化府的老醋，吃醋好，软化血管。爸，你快看，这是平遥张飞牌的牛肉，特别好，你快看看，快看看。

新国看了一眼站在一旁不知说什么好的抗美，嗔怪女儿说，媛媛，你多大了，还这么没大没小的，你看你抗美阿姨每次出国都给你带礼物，你怎么不说给抗美阿姨带点儿呀？

哎哟，爸，抗美阿姨品位高，人家出国给我带的都是国际礼物，我去山西没得可带。等着啊，抗美阿姨，等我下次去迪拜，给你买一个王妃的吊坠。

抗美笑着说：瞧你这丫头，你俩聊着吧，我回家了。

新国只顾着看女儿带给他的礼物，也没有送抗美，只是说路上慢点儿啊。

这些天新国大哥有事没事就愿意跟我聊天儿，因为那天我帮他解了围，是一个同楼的女生托人说想和他交朋友，他很尴尬，但又不知道怎么回绝人家，我就帮他挡了一下。然后他就很信任我，就和我讲了他和抗美的故事。

说到这儿的时候，我真的特别忍不住打断了他说，像您这样不敢爱、不敢说的人，活得累不累呀？

他叹了口气说，是啊，真的很累，我爱我的女儿，那是血亲断不了，毋庸置疑我为了女儿可以做任何的牺牲，可是我没想到我这种牺牲换来的却是女儿最后……唉，不说了。

别呀，已经说到这份儿上了，您就说下去吧，说出来痛快痛快。

新国大哥接着说：我手术很成功，住院期间一直是抗美、建新他们在照顾，抗美对我的照顾女儿也很满意，我心里期盼着出院以后，女儿可以让我直接去抗美家，那该是多么幸福的事儿啊。

谁知，出院以后女儿就把我直接送进了养老院，说是专业机构照护得专业。其实是她要远嫁国外了，唉！

我差点儿惊叫起来：这怎么可能，这怎么可能？

就是可能，她真的把我从医院直接送到了这个偏远的郊区养老院，而且她也对抗美说了一些不该说的话，抗美一气之下去了云南的养老院。

我想去找抗美，可是女儿拿着我的退休卡，每月由她直接给养老院打钱，我所有的积蓄都给了她，房子她也卖了，我现在是无家可归，无地儿可去，只有在这儿默默等死啊。

不，不，您身体恢复得这么好，等将来有了抗美的消息就去找她吧。

还怎么找啊？我真的现在就想着怎么快点儿死，今天在会议室看到长寿花，勾起了我这段不愉快的回忆，真的不想长寿，真的就想早死早托生。

您这是什么话呀？怎么会有这种想法呢？人活着不是为女儿活着，而是为您自己活着啊，等您身体养好了，和抗美建立了联系，到一个地方去共同度过晚年，不是很好吗？

抗美伤透了心，不会再理我了。

不，不会的，我来帮您。

真的？期望您能把我的抗美找回来，或者我去她那里也行。

那您舍得女儿了？

是她顾不上我了，有的时候她都顾不上给我交管理费，要不是我自己存了点儿小金库，唉，不说了，谢谢老师，你一定要帮我找到抗美呀，我有她两个电话的号码，我也试着用咱们院的座机打过，能接通，但是她一听是我就挂断。麻烦您一定要帮我找到她，一定要找到她。

您放心吧，等我有机会去云南，一定替您去找她。

其实我已经知道了抗美大姐的联系方式，因为有人经常用同一个号码打过来，问新国大哥的身体状况，我猜就是他的抗美。

新国大哥一个劲儿地说谢谢，谢谢！他说：作为一个当过兵的人，对生死早就置之度外，况且是经历过情感打击的人，更把生死看得很轻很轻，但是因为我心中这块石头没有落地，我对抗美的这段情没得到安放，死不瞑目啊。所以，我现在不能死，即使是死，也要死在抗美的身边。

望着信誓旦旦的新国大哥，我心里有说不出的别扭，早知现在，何必当初。为了快四十岁的矫情女儿，搭进去后半生的幸福，值得吗？无可评说。

其实我们每个人面对生死这个大问题，都会想得开，都会拎得清，只是我们把对儿女的爱看得很重很重，像我们背着一个包袱，每走一步都很艰难，只有放下包袱，我们才可以轻装前进，无论是走向夕阳红，还是走向八宝山，那都会是一路花香，一路情歌，真的。

长寿花，花开，向死而生，凋零且重生。

冬辑

——苍苍竹林寺，杳杳钟声晚

《满江红·冬至》

宋·范成大

寒谷春生，熏叶气、玉筒吹谷。
新阳后、便占新岁，吉云清穆。
休把心情关药裹，但逢节序添诗轴。
笑强颜、风物岂非痴，终非俗。
清昼永，佳眠熟。门外事，何时足。
且团栾同社，笑歌相属。
著意调停云露酿，从头检举梅花曲。
纵不能、将醉作生涯，休拘束。

玫瑰花

遇到温暖的事、温柔的人，一切自有安排

银龄书院
朗读者 虹露
扫码听故事

养老院模特队排练还没结束，有人就说：快点儿快点儿，该开饭了。这里的长者对开饭都非常期盼，因为他们都想被护工谢大脚宠爱。

谢大脚是东北人，人高马大，来北京养老院打工很多年了。她说：我喜欢这儿，这儿的老人特可爱，他们特别喜欢我。被人喜欢的感觉呀，那真的很好。

我说：你老公不是也喜欢你吗？

不，不，不一样，被老年人喜欢，叫我谢大脚都行。其实我不姓谢。

我知道，他们就是因为看了那个电视剧，觉得谢大脚是个热心人，所以就管你叫谢大脚了。

是啊，叫就叫呗，谁让我爱哄他们呢。

那天有个长者生气了，我就悄悄从兜里掏出一个小松鼠馒头，她一看见就乐了。这是我老公给我家小宝宝做的小馒头，我老公是饭店的面点师，每天都要蒸几个这样的小面点，我看哪个奶奶不高兴，就递给她一个。

这时就听见魏姐姐和冯姐姐说：我今天肯定能得到一个小玩意儿。

为什么？

昨天我跟大脚说了，我这两天心里堵得慌。

你堵什么呀，你闺女刚给你送回来，你在外边玩儿了一大圈儿，你堵什么呀？

堵什么呀，我想吃她做那小糖包了，怎么了，我就说我堵得慌，我就想吃小糖包。

你那叫占便宜，你知道不知道，她爱人每天就为做这些，得多费时间啊。

没事儿，她多收我饭票，多收我粮票都没事。

得了，谁还收你粮票啊。

走，走，走，快回去等饭吧。

走出排练厅的大门，只见"呼"的一阵风似的，就从食堂推出了十几辆送饭车，这些姑娘、小媳妇都是一路小跑。谢大脚跑得最快，她是这里面的头儿，跑到前面说：老规矩，一楼的快走，二楼的跟上，注意啊，注意，一定要快，一定要快！

这些送饭工每天都这样一路小跑，我问谢大脚：冬天你们怕饭菜凉，外面蒙着那些厚厚的棉被，还至于这么跑吗？

她说：不行，从餐厅到这一楼，再上到楼上，这段时间冬天一阵风就把饭刮凉了，虽然捂着棉被也不行，再一个就是夏天也不能让老年人吃受了风的饭菜。

我不解：饭菜能受风？

对啊，虽然我们盖着夹单子，那也不行，饭菜受了风，老人吃到肚里就会着凉的。

真的假的？

真的，在老家我妈就这么说的。

这时，只听三楼传来喊声：大脚，大脚，李奶奶哭了，李奶奶叫你呢。

大脚说：薛老师，您能和我一块儿去吗？

没问题，走。

我们就噔噔噔跑到了三楼，原来李奶奶突然想起了她刚走不久的老伴儿，正在那儿呜呜地哭呢，想找大脚。

大脚说：李奶奶，听我的，您不要再哭了，哭着吃饭不好，您等着，我去把您老伴儿找回来，一会儿我发完饭就过来。

李奶奶不知是怎的，真的听她的话，说：那我不哭了。

您先吃点儿饭行吗？

行，行。

大脚招呼送饭工：李子，快点儿，给李奶奶先盛，这可是你亲奶奶。李奶奶一听小李子来了，赶快端着饭盆颠颠地过去打饭了。

李子说：奶奶今天我给您带了一颗麦芽糖豆，不许放到嘴里吃，早上泡茶喝。

李奶奶把那颗糖豆装在兜里，悄悄地回了房间，可是一会儿，她就在护工那儿显摆了：看见没有，这是小李子，我亲孙女给我的麦芽糖豆。馋吗，这是我亲孙女给我的。

护工笑着说：好好好，您慢点儿吃，您慢慢嚼碎了再咽啊。

这些老小孩儿真的是比幼儿园的小朋友还难带，还可爱。

大脚和我一起来送饭，看见魏奶奶噘着嘴，低着头，大脚说：魏奶奶，怎么了？

没怎么。

真不知道大脚怎么那么有魅力，她就说：您要是不高兴，我今儿个饭也不送了，谁爱吃谁吃，我也生气了。

魏奶奶说：别呀，别呀，没事儿，一会儿我跟你说说。哎，还不是我那儿媳妇，昨儿接我回家，到家进门非让我换鞋，非说外人来都得换拖鞋。你说我烦不烦，你说我气不气。

大脚说：哎哟，这算什么呀，您是不是从外边进来的人，外人说的是从外边进来的人。不管您是奶奶还是爷爷，从外边走进来的人就叫外人，就得换鞋。我们那儿也这规矩，您上我们家我也这么弄，您去不去？

你不是说，明年探亲带我去你们家玩儿吗？

是啊，那您去不去，去我们家也是外人，也得换鞋，你换不换？

换，换，换，那行，行吧。

然后大脚又悄悄趴到魏奶奶的耳朵上说：奶奶，您回屋等着我，别吱声，一会儿我给您送好吃的，特贡。

魏奶奶笑盈盈地端着自己的饭菜回房间了。

我说：你们这儿有什么特贡啊？

什么特贡啊，这些老年人呀，一到开春就惦记着吃香椿，我们家租那院有一棵香椿树，我就跟房东说我们养老院的老人都爱吃香椿，他说没事，给他们摘吧，这香椿越掰越多。我就用开水把香椿焯了，搁点儿香油，搁点儿盐拌拌，拿来给他们下饭，特爱吃。

我说：对了，你天天带一个空桶，还放一个暖壶干吗呀，你送饭还管送水呀？

不是，您不知道，冬天的时候，这些老人们的碗特别凉，盛多热的粥它也容易凉。到我这儿，我用开水给烫一下，他们就能喝热乎的，再把水倒在这空桶里面，回头晾凉了，浇到地上。

你心真细，大脚。

你以为脚大心就不细了，脚大心细。

自己夸自己。

这时一个长者接话道：从知道你这个习惯以后，我们现在刷完碗，听你喊饭，我们也用开水自己烫一烫就省得麻烦你了。

大脚说：看看，看看，这就是我的亲奶奶们，亲奶奶、亲爷爷就是这么疼我，不让我多费事儿。

这时大脚又开始叫了：张爷爷，张爷爷，快点儿，快点儿，一会儿饭凉了，今儿个我给您带了特贡。

我说：又有什么特贡啊？

哎，张爷爷最近不知道怎么了，总觉得胃口不好，堵得慌，我给他找了几个山里红，开水烫烫，再搁锅上炒炒，装在一个小瓶里。他说没事儿磨两口，对，还给他放点儿白糖，磨两口，他说那个解腻。

我说：大脚啊，大脚，你这么大的大脚板，这心里装着这么细的事儿。你可真是个优秀送饭工啊。

本来就是，我年年都是这院里的优秀员工。什么叫送饭工，我不光送饭，我还是饲养员呢。

你还是饲养员，你养什么，养猪、养鸡、养鹅？

什么呀，我养一大群猫，您可不知道，这儿的老人有时候真的很孤独，他们可可怜了，他们愿意跟儿女说说话，可儿女都忙呀，住我们这儿的老人，他们的孩子都是优秀人才，不是海外留学，就是高科技单位，什么IC行业的"白骨精"，就是白领、骨干、精英。怎么办呢，我就想养一个小宠物跟他们说说话，可院里又不让养，他们自己家里的小狗小猫也不让带，我就把老来这院里的一些野猫给它驯养成家猫了，给它们吃的，不让它们乱叫，跟它们说话。

您看，我给它们起了名，它们都特别听话。你看那边那只，它叫大黄，这些老人们管它叫黄将军，你看它气宇轩昂的。我就跟大黄说，找你黄奶奶去，你黄奶奶呀，刚刚走了老伴儿，天天难受，你得有担当，得像男子汉，天天跟着你黄奶奶，不许跟着别人，听见了吗？

我每天一叫黄将军，它就跑出来，围着黄奶奶转悠，给黄奶奶逗得可乐呵了。

您瞧那只小白没有，它是白奶奶的宠物，这白奶奶呀，是一个小美人，南方来的，特娇气，动不动就哭，就这些老姐妹在一块儿玩儿着玩儿着，不知道怎么就招着她了，她就哭，一哭谁也哄不住，她老伴儿哄也不行，她就稀罕这小白。您看这小白两只眼睛是蓝色的，那白毛，我天天给它洗，干干净净的。我跟它说了，你亲奶奶啊，就是白奶奶，你呀，就上她跟前去，趴在腿上使劲儿地撒娇，她自己就不娇了。

嘿，这招儿还真灵，这小白呀，有事没事就找白奶奶，白奶奶给它那猫粮是特好的，她想哭想闹的时候，小白一过去她抱着小白就乐了。

这些老年人，没人哄她的时候，她就是老小孩儿，她要是看见比她还小的，比她还弱的，你们文化人怎么说的来着，叫同情弱者，小猫咪比她小吧，你总不能和猫咪比着撒娇呀，所以她抱着小白，哄着小白玩儿，带着它出去，碰见哪个老人下台阶不方便，她还搀一把。她说这小白呀，就是她的小天使，你说说，我是不是饲养员。我不饲养什么鸡呀、鱼呀、鹅呀，我饲养的都是天使。

和大脚聊天后，我从心底感叹，养老院会集了这么多充满爱心的厨师、送饭工、清洁工，这些老人们真有福气。

其实人到老年以后，不管你是他的亲生儿子还是他的干女儿，只要你对他能够付出真心，他也会回报你真爱。其实老年人没有什么过多的要求，不要责备他们，他们永远是对的。

他们要耍小孩子脾气，就和我们当年小时候哭着闹着不上幼儿园，无端坐在地上又哭又闹的情形是一模一样的。那时候我们的父母对我们除了哄就是爱，没有一丝的责怪。现在他们老了，同样需要我们像哄小孩儿一样去哄他们。

这些外面的人都能够这样对待我们的父母，那我们做儿女的又怎能不抽出一些时间来陪陪自己的爸妈呢？

就在我感慨的时候，听那边玲玲又嚷开了：大脚，谢大脚，李奶奶又叫你快点儿去，快点儿去。对了，你答应她的烤白薯带了吗？

只听大脚嚷着：带了，带了！等我回去拿，我放盒里了，早上烤的。

看着谢大脚这么忙碌，这么宠爱老年人，为他们带来特贡品，这些长者心头该有多么的温暖啊。

大脚悄悄告诉了我一个秘密，说她长这么大，第一次收到一大捧玫瑰花，99朵。

我说：你老公送的？

不是，是我生日那天，这里的老人每人送我一朵。

大脚羞答答地说：等我老了也要学学撒娇耍赖，被宠爱的感觉应该特别特别好吧。哈哈，说着玩儿呢。

看大脚笑得呀，真的像一朵绽放的玫瑰花。

朗读者 薛晓萍
银龄书院

扫码听故事

腊梅花

凌寒独自开，没法子，
所有的生活都是合理的

　　铃，铃，铃，一阵急促的闹钟声响将我从睡梦中惊醒，不知身在何处。是啊，久违了，从职场退下来，就再没有上过闹钟。陡然想起今天要去医院看病，急匆匆起床。

　　走出家门漆黑一片，寒冬腊月冷风飕飕，驱车半小时赶到医院，这里虽然是灯火通明，可天上的月亮和星星还眨着眼睛。

　　看前面排队的人们都带着小板凳儿，赶忙从车里拿来一个靠垫席地而坐。排在我前面的姐姐叨唠着想去洗手间，费劲儿地解开羽绒服大衣，左边掏掏，右边找找，看来是没有带纸巾，我赶忙从包包里掏出纸巾递给她。

　　于是我们聊了起来，我说：现在很多年轻人还没有宝宝就开始准备买学区房，我呢在考虑着买病区房，只要离医院近就好。

　　姐姐说：哎呀我倒离医院近，你可不知道，离医院近的宿舍楼啊、居民楼啊都是老房子，我住在六楼没有电梯，跟你说，上去，不想下来，下来，不想回家呀！真的很难，很难哦。

我说：医养结合，就是一个大难点。走在路上曾经遇到两个社区卫生站，大门紧闭，黑咕隆咚，看来是没有夜间服务项目。

排在前面的姐姐接着说：我们小区也有卫生站，可就几个医生，忙不过来，要看病还得到这儿来，离得近又怎么样，没有电梯上下也是难呢。

我们在这里聊着，旁边那对老夫妻凑过来说：你是记者卧底暗访的吗？

不是，我是助老义工，对老年人养老问题很关注，同时我也是病人。大家都笑了。

我们几个人一起数了数在三个窗口排队的人，一共一百零五人排队，其中九十六个人都是六十岁以上的老年人，真的，不用考究他们到底多大岁数，从他们的衣着、面容和花白的头发都看得出来，他们都是老年人。

大家感受最深的、最需要的、最大的愿望，就是如果家门口有个像24小时不打烊的三联书店、便利店似的医疗卫生站多好。

就眼睛这点儿小毛病看了半年多，从夏天看到冬天，左边看西医、右边看中医，一直在眼科寻医问药，甚至看了最权威的眼科及特需专家门诊，就是不见好转，还是敬老院的主任提醒我说：去看看肾内科吧。

于是好不容易排上队挂了肾内科。医生说：哦，眼睛水肿先做化验吧，很麻利地开了七八张化验单。

我说：结果出来直接找您吗？

医生诧异地看着我说：你不知道吗？取了结果要再挂号的。

我叨扰一句：那排了80分钟挂的号，1分钟就用完了？

医生笑了：对啊，今天挂号是为你开了化验单，你下次挂号就看结果啊。

哦，知道了。

像这种进门开了化验单，等取了结果再挂号看病，是不是有点儿重复？在眼科候诊大厅，我和几个长者就这个问题聊了起来。

有人说：就是啊，每次来看眼科都要先查视力、查眼压、查眼底，然后再分诊看病，如果有化验，那还要重新挂号，再回来看。

有个七十多岁的长者说：你不知道啊，我是糖尿病人，每次看眼科都要去化验血糖，等化验完再排队挂号，我最怕医生开化验单了，那就意味着排了几个小时的队就是为了开一张化验单。如果有一个咨询窗口，该开的化验单就先开好，多方便呀。

听到这儿我赶快请教这些老病友：那天内科医生让我去口腔科会诊，我拿着病历本就去了，口腔科医生说不行，回去问清楚再来。

嗨，所谓的会诊就是要你重新挂号，自己去那个科室找大夫看病，以前会诊都是几个科室大夫聚在一起给你看病，现在改革了。

哦，如此循环往复，折腾的还是病人啊，不知道为什么？不知道为什么？周围的长者都一脸茫然与不满。

第二天依旧是5点钟被闹钟叫起，摸黑空腹去医院排队抽血，抽血大厅有一台打号机还没有开启，病人就围着打号机转圈儿排队。等到护士来上班打开打号机，其实也不用扫码，任何人用手指一点就可以拿到一个号，我拿到九十五号。

前面有个年轻人晃着手里的号，对后面排队的人说：您给个早点钱我就把号给你。看来打号机并没有起到遏制号贩子的作用，同时，打号机在没有扫码的情况下就可取号，就形同虚设。原来医院的各个环节都可以有人替代排队。

等到抽血窗口打开的时候，我问前面的女孩儿：你抽血吗？

不，是我妈妈，女孩儿指了指在那边坐着，扶着助步器的老年人，我妈妈刚刚做了关节置换手术。

快到了，她妈妈费了很大劲儿也站不起来，女孩儿远远地喊：妈你慢点儿，你慢点儿。就是不敢离开队伍。

我问为什么。

她说：要离开了，再回来被别人插了队或者过了号，又得重新排队。

我说：没关系，我给你看着，你去接你妈妈。

待她把妈妈扶过来，我说：你真好，还有时间陪妈妈。

我是全职太太，我先生在国外经商。

哦，那还挺好。

她说：不好。现在孩子还小，我跟公公、婆婆、妈妈、爸爸都说了，趁着我这几年有空儿，你们该换关节的换关节，该支架的支架，该搭桥的搭桥，把你们的病都治好了，等孩子上了小学，我可没空儿管你们了。我要全心全意管孩子了，不能让孩子输在起跑线上。

哎，年轻人也很不容易啊。

叫到我了，伸出胳膊，可棉大衣没地儿放、书包没地儿放，好几个老年人把书包吊在脖子上，大衣脱掉一只袖子，另一个夹着。本来手脚就不利索，要么掉了袖子，要么书包坠着脖子。

其实在抽血的凳子旁边放一个空筐，老人能把书包放里面，多踏实，就是一个废纸筐也行啊。

家人嗔怪我义工职业病，我说：我就是有病。

取化验结果那天是儿子陪我，他在扫码器上扫了一遍又一遍，扫来扫去就是差一张化验单，最后竟然扫出一张孕妇的妊娠化验单。

那要先去咨询处把人家孕妇的单子上交，再查询自己的呀。对不起，要做好事，先排队，因为咨询处也是人工取化验单的地方。那里已经排了十九位，这十九位排队者中有十八位都是老年人，因为他们不会操作自动取化验单的机器，左扫不对，右扫不对，扫来扫去都不如护士把化验单递到自己手上方便，所以老年人只好去排队取化验单。

而这种排队就加剧了医院的拥挤，使更多的咨询者得不到有效的引导，从而造成恶性循环。

其实安排一个志愿者就可以解决问题。

拿到化验单重新排队挂号，到上周开化验单的科室看病，医生说：您这化验单有问题，还是挂免疫科看看吧。我知道疑难杂症都归属免疫科。今天花了几个小时排队挂的号就这样又使用完了。

想到明天照样又是披星戴月排队挂号，真有点儿发憷了，后来儿子帮我办理了114电话预约挂号。

第一次使用电话预约还是挺方便的，足不出户就能挂号，我高兴地告诉了好几个老年人。可是要挂专家医生的号可就难了，电话那端永远是"对不起，业务高峰，请您耐心等待"，好不容易有人接听了，接线员非常和气，非常温和地告诉我：这个医院是每天早上八点半放号，您可以在这之前，拿起电话拨打114，我们可以给您放入在线排队。

我请教：什么叫在线排队呢？

就是不要挂机，一直等到开始挂号的时候，如果排到您了，就会有接线员和你讲话。

有来电显示或者有声音通知吗？

没有。

那怎么办呢？就一直举着电话呀？

人家也无语。

那就试试吧，提前一天开始在线排队，不知道什么时候会叫到自己，所以从早上八点就手里攥着电话，一会儿放耳朵边听听，悦耳的音乐声还挺悠扬。可我还是喜欢人工话务员的声音啊，好不容易挨到十点，终于电话机发出了声音：很抱歉，您排队的号已经挂满。

哎，拿着电话机在线排队挂号，还真不如在大厅挂号的滋味好受。毕竟大家在一起可以聊聊天儿，也可以互相照应着，你排在这儿，我去买早点，我排着，你出去透透气。

在线排队不行，得一只手老举着电话，心里还惦记着这个月的电话费。很多老年人都担心以后会取消大厅排队挂号，那可怎么办呀？只能用网络挂号了。

一个跳街舞的大妈用戏文说：臣妾真的做不到啊！周围的老年人都笑了，那是苦恼的笑。

笑比哭好。

做不到怎么办？这种挂号难的问题何时能解决？我请教了北大老龄研究中心的郑博士，他倒是信心满满，我知道他一直走在助老研究的最前沿。期待着，盼望着。

这些年国家一直在倡导医养结合，倡导居家养老，也倡导为民便民服务设施要在十五分钟范围内。目前居家能够享受到的各种服务应有尽有，什么网购、午餐、娱乐，可唯独一个短板那就是看病问题。

一个不起眼的眼疾，看来看去看了九个月，就是不愈，就是没有一个医生告诉我这和其他系统疾病有关系。

有的医生也很同情地说：哎呀，还是各个学科之间交流不够，如果真有一个老年病专科诊室就好了。

在眼科候诊时，一个在我前面排队的病人，开始不知道糖尿病可以引发眼疾，从县城看到北京，最后都要失明了，才知道是糖尿病闹的。很多眼疾病人就这样茫然地在各个医院、各个诊室之间辗转，早已是心力交瘁苦不堪言。

从眼睛发病到现在的初步诊断，已经过去了九个月，这九个月我跑了很多医院，和很多很多老年人交谈、交朋友，老年人异口同声：老了难，看病难。难，难，难，难于上青天。

腊梅，凌寒独自开。

朗读者 赵香琴
银龄书院

扫码听故事

山桃花

太阳温柔地沉没，挥挥手，不追，等

  养老院春节联欢会，几个衣着光鲜亮丽的长者上台朗诵了一首诗：去年今日此门中，人面桃花相映红。人面不知何处去，桃花依旧笑春风。表面看应该是欢快的诗，却被他们朗诵得凄凄惨惨，惹得台下一片唏嘘声。

  孤独，这种孤独的心境没有人愿意体会，但只要体会过的人就会刻骨铭心，他们无缘社会，他们与社会脱节了，他们与儿女虽然同住一个城市，但很多都是一个人居住。作为空巢老人，他们的这份孤独是电视远远不能解决的，所以他们需要寻找人群，他们需要回归到大家、大众的怀抱。

  因此免费的保健品讲座就成了他们聚集的课堂，在这里他们谈天说地，有的时候他们也能够像孩子一样欢呼雀跃。

  去年春天，我随着一个姐姐去听讲座，授课的小伙子上台就说：刚才有几位奶奶请假了，因为她们和孩子去郊游了。

  台下的长者就开始议论了，看看人家多有福气，我家那小子太忙了，老说带我去旅游，就是没时间。

还有的说：是啊，真想出去走走。

小伙子很同情地对大家说：我知道爷爷、奶奶很寂寞，希望春天能出去走一走，可是您的孩子都很忙，你们千万不要责怪孩子，您的孩子就是因为优秀、有工作有职位，甚至是高级职称的人物，所以他们才没有时间陪你们，不要怪他们，爷爷、奶奶你们想想，你们是不是愿意自己的孩子天天向上而且有一个体面的工作啊？

长者说：是啊。

奶奶不要责怪孩子，今天由您的孙子我和您的孙女小丽一起带你们去采摘园好不好？

长者兴奋地说：好，可我们怎么去呀？

这也不要着急，我们公司老总特意为咱们调来一辆班车，大家上了班车一起去采摘，采摘的时候大家可以尝一尝，觉得好就买一点儿，不好就不要买，但是我们会送给大家每人250克，也就是半斤，让大家尝尝鲜好吗？

有的长者说：那不好吧，我也没有带钱，不交钱不好吧？

授课的小伙子继续说：没事的，这是我们公司的公益活动。

这些老年人就是老小孩儿，就像我们小时候一样，一听说春游就兴奋啊，大家赶紧整整衣装排队上了大巴车，大巴车开了没多远就到了一个路边的采摘园。

到里面老人们就像撒欢的小鸟一样冲出了笼子，他们一会儿蹲下摘地上刚刚冒出绿芽的野菜，一会儿折树上的柳条，柳条都绿了，还有一个老奶奶高声唱出了：柳条青，柳条弯，柳条垂在小河边，折枝柳条做柳哨，吹支小曲唱春天。引来一片鼓掌声。

如果不是身临其境，你真的体会不出来他们有多么寂寞，而他们走出了闷罐似的家，走到大自然当中，又是多么的欢呼雀跃，我真的被他们感动了。

中午这两个年轻人还给大家送来盒饭，其实饭是非常普通的家常饭，一份米饭加豆腐白菜，但老年人吃得那叫一个香，吃完了还把饭盒收了整整齐齐地放在桌边。

我问两个年轻人：你们这些费用从哪里来？

这是我们公司支付的。

你们送每人半斤草莓要支出多少呢？

没有多少，这个果园就是我们的合作单位，他们也需要我们给他们拉来人气，跟您说吧，下礼拜这些老人就得哭着喊着让他们的儿女带他们来，他们的儿女还要带着自己的小孩子，那他们来可就不是买半斤了，他们要自己采摘就贵了去了，非得百八十块一斤不可。

回来路上老人们不停嘴地说：真好，出来遛遛真好，明天我就跟我儿子说必须要来，必须要带着我孙子来，我孙子比我还闷呢，每天上学没有一点儿闲着的工夫。

那边老爷爷也说：看着今晚我就回去收拾我儿子，让他这个礼拜天说什么也带着我们上这儿来。

小伙子和小女孩儿冲我挤了挤眼睛扮了一个鬼脸，我无可奈何地朝他们笑了笑。

通过跟老年人一起去采摘，我深深地感受到，老年人渴望回归社会，渴望回归大自然，他们的心不愿意总是关在一个角落，他们需要走出去，因为他们也都年轻过，他们也都快乐过，我们没有剥夺他们快乐的权利，我们没有剥夺他们走出来的权利。放开手让我们的爸妈融入社会，让他们成为社会的一分子，只要他们开心，只要他们快乐，就让他们自由地飞翔吧。

有一场讲座，年轻的小伙子先对大家说：爷爷、奶奶，大家好，知道今天什么日子吗？

大家说：不知道啊，什么日子呀？

小伙子说：今天是八一建军节，咱们这里有没有当过兵的人啊？

哗，好几个老年人举起了手。

小伙子说：来，今天我们一起唱一支军歌《打靶归来》。

哗，老人们都站起来了。日落西山红霞飞，战士打靶把营归，把营归……小伙子唱得是声情并茂，老年人激动得慷慨激昂，大家一一站起来，又是拍手，又是跺脚，一片欢腾。

这些老年人说：哎，我们曾经当过兵，可是没有人会给我们送上这样一句问候。而这个小伙子首先向我们恭恭敬敬地敬了一个军礼，然后又领着我们唱了战士的歌，我们能不喜欢他吗？我们能不愿意上这儿来吗？

"情"真的是世间最最宝贵的东西。问世间情为何物，直叫人生死相许。

很多长者走进课堂听讲座，绝对不单单是为了自己，有很大原因是为了家人，只要是对家人有帮助的，他都会毫不吝啬地购买。

张姐姐自己身体很健康，既没有"三高"，也没有其他的病状，可是老伴儿血压高，她就总为老伴儿的血压高发愁。

当有人讲到，对家人血压高的问题，除了要对家人进行关爱，不惹他生气，让他心情舒畅，还可以给他吃一种调节血压的药物，降压药吃多了，就会忽高忽低，很难受的。

授课的讲师说得声情并茂，还举了他自己父亲的例子：我爸爸因为年轻时一直从事科研工作，患上了高血压，他晚年的时候每天要服用大把大把的降压药，有的时候他数不清吃多了，就把血压降低了，他说很难受，总是捂着敲着头，病在我爸的身上，疼在我的心里，为此我就想尽办法为老爸淘来了这种不是降压药，但能调节血压的药，老爸吃了这种药以后，一直血压平衡，甚至趋于正常，我真的恳请在座的爷爷奶奶，试试吧，试试吧。不很贵的，试试吧，家人的痛苦，真的是伤在亲人的心上呀。

张姐姐被这声情并茂的讲座感染了，她很激动，当即买下一小瓶，要拿回去给老伴儿试试。

还有很多长者来这里听课是为了儿女，因为他们的儿女也已经年过半百。其中有个爷爷，他老伴儿去世了，他和儿子住在一起。每天儿子上班前都嘱咐他：爸，你别出去，在家看看电视，看看书。

哎，你走吧。

儿子开车走了，老爷子就悄悄地来到了课堂，还带着笔，听这些讲解。

当听授课老师讲到脱发这个调节药物的时候，记得非常非常认真。他每天都要扫地，总发现儿子掉头发，他很担心，儿子这么年轻就掉头发，那将来老了，还不得成秃子呀，所以他就真的一点儿都没犹豫，都没问价，就说一百块钱够吗？人家说：不用，不用，爷爷，不到一百，还找您钱呢。

行，给我拿两瓶，拿回去让儿子吃。

后来我曾经问他们：这个药的成分你们知道吗？

他们说：知道，何首乌、黑芝麻还有核桃，就这些。

这些老年人心甘情愿用自己多年的积蓄为儿女买来这些药物，其实还是因为一个"情"字，还是源自对孩子的关爱，对家人关爱，这种关爱已经远远超出了他们的理智。只要他们的经济条件允许，他们就会舍得为家人掏腰包。

知道了这一点，我们真的不要太责备自己的爸妈了，他们买回来的很多很多保健品，真的不是为了他们自己，而是为了孩子们。一定要坚信爸妈对孩子的爱是永远的，是永恒的，是真的，不掺假的。

粉嘟嘟的山桃花不是染的，慢慢看，是真的，假不了。

朗读者 徐心红
银龄书院

扫码听故事

银杏树
你想象不出，我那一刻的感动

参加大学生助老志愿者研讨会，主题是关于见到倒下的老人扶还是不扶。会上一个叫小胖的发言引起了我的关注，几次笑喷，不信你听听，如果你没笑，那我请你吃麦当劳。

小胖说：去年我参加北京市陪老人逛北京的志愿活动，在三里河那片银杏林，从大巴车上下来很多爷爷、奶奶，他们都挎着相机，原来是一个老年摄影爱好者组织的活动，让我们学校出一些志愿者帮助照护。

老师对我们说：可以搀扶老人，可以听老人指挥做任何事，但是千万别碰老人的相机，他们都是摄影发烧友，那相机都很昂贵的，真给碰坏了你可赔不起。

我记着老师的话，准备帮助爷爷、奶奶好好地拍拍银杏林。

北京的银杏还真的有特色，高高的银杏树，特别笔直的树干，树干上面还凸显着一两片银杏叶，而那银杏叶还没有完全黄透，里面还包裹着一层绿色，真的很美。

我生长在北京，见过街边的银杏树，可从来没看过银杏树开花儿。查了百度，说银杏树是开花的，就是不特别引人注目，所以就往往被忽略了。

大巴车到了，来了好多爷爷奶奶，领队说：这是大学生志愿者，请他们一对一地帮助咱们好不好？

老人鼓掌说：好，好，欢迎大学生！

一个奶奶径直向我走来说：我就要他，这个真像我孙子。

哎，同学们，你们说我是不是特有孙子缘？你看在养老院那些爷爷奶奶，只要看见我都管我叫亲孙子。

同学们哈哈大笑，对，你是有孙子缘，你长得就是孙子相。

小胖还真是很憨厚的相貌，高高大大的，胖胖的身子，圆圆的脸，眼睛一笑就眯成一条缝儿，白白净净，那真是一个小胖墩儿似的，招人喜爱。

他说：这个奶奶姓洪，洪奶奶一把拉住我说，我就认这个了，这就是我孙子。

我说：哎，奶奶，我就是您孙子。奶奶，咱们今天怎么玩儿啊？

洪奶奶说：你看他们一个个的就照这些树杈、树叶、树高，照远景。咱们不这么玩儿，我不照树，我照人。孙子，今天你给奶奶当回模特儿，你从地上捧起一把银杏叶，往天上一撒，然后你跳起来，看奶奶给你拍一个腾空飞跃的照片。

说实话，我长这么大，经常和同学们出去拍照，也经常自拍，摆个POS那是非常简单的事，可是洪奶奶这要求还真有点儿难度。我用双手捧起了一把银杏叶，往天上一撒，自己跳了一下，招得旁边那些女孩子哈哈大笑，都笑我是卖萌。我也觉得自己这么重的孙子，那样一跳，也不是很美。

奶奶说：不行，你太重了，太胖了，跳起来跳不高。这样吧，你坐地上，盘腿坐，玩儿树叶。

小胖一边说一边笑，你们说我这么大一胖小子，坐在地上玩儿树叶。你们说好看吗？女生们都哄笑着说，是啊，是够傻的，是够二的。

那不行，咱们当志愿者的就得听奶奶的话，洪奶奶说了，让我坐地上当玩儿树叶的模特儿，我就得玩儿。你说是不是，奶奶让我撒尿和泥我都得干。

又是一片笑声，大家都笑喷了。女生说你好不害羞啊，我也笑得喘不过气来。这孩子真可爱，真逗。

就听小胖一本正经地咳了两声说：不许笑，听我继续说，开会呢。大家又笑了，这回他真的一点儿都不笑，一丝不苟严肃地坐那儿说：奶奶让我干什么我就干什么。

奶奶让我坐那儿玩儿树叶，我就把树叶扬起来，然后纷纷落下，落到我头上，落到我肩上，奶奶就拍。

后来我悄悄看那边有几个女生，把树叶攥在手里，也挺美的。我就说，奶奶，我给你反串一个行吗？我给您摆一个女生的姿势，您拍不拍？

拍，拍。

然后我拈起来一片银杏叶，外圈儿是黄颜色的，里边有一抹绿，特别好看，我就把它含在了嘴角。奶奶说，哎哟，好俊的小孙女呀！

我说：错，奶奶，我是孙子。

对，对，好俊俏的孙子呀！

奶奶左拍右拍，高兴啊。

小胖，你去抱着那个银杏树，假装它是奶奶，你假装叫奶奶。

我管银杏树叫奶奶合适吗？

合适，银杏是中国的活化石，当你奶奶富富有余，叫吧。

于是我就双手揽着这棵银杏树，叫着：奶奶，奶奶！

小胖笑得说不下去了，我们大家也都笑了。真的，非常非常可爱的大学生。

小胖接着说：不知道怎么了，我突然想起了自己的奶奶，我奶奶对我可好了，可惜奶奶走了，想到这儿，我有点儿动感情了，轻轻地叫着，奶奶，奶奶，您好吗？我想您。

洪奶奶一边拍照一边夸：真是孝顺的孙子，真动情，太感人了。那些老年人忘记了自己的使命，都跑到我们身边，看着奶奶给我拍照，看着我这个志愿者给奶奶做模特儿。

谁知道天有不测风云，看的人越多，奶奶拍得越起劲儿，就听她那单反相机咔嚓咔嚓咔嚓，左一张右一张。我也顺势左手揽着银杏树，右手伸出来，高呼洪奶奶好；一会儿又双手抱着树干，奶奶，孙子来看你了；然后又背靠着银杏树，低着头玩弄着一片树叶说：奶奶，我失恋了。

洪奶奶高兴得呀，咔嚓咔嚓咔嚓地拍。拍着拍着，脚下一不小心歪了一下，疼得她哎哟哎哟直喊，把我们吓得赶紧围过来，我说：奶奶，怎么了？奶奶，怎么了？

我崴脚了。

哎哟，我说这怎么办呢？赶紧找社区领导，带队领导说：你们派俩学生送奶奶去医院吧，我这还得看着这一车人呢！

我和同学背着奶奶就到了马路上，找警察叔叔帮我们拦了辆车径直开到了医院。

奶奶一到了急诊室就嚷起来了：护士、大夫，快出来！怎么了，怎么了？

你们谁有手机，赶紧拍一下，赶紧给我录下来，我声明是我自己摔的，跟那个大学生没关系，是这个大学生他把我背来的，跟他可没关系。到时我要有个三长两短，可别让我们家人讹你呀！

那护士和大夫还真是拿着手机就拍。

我说：奶奶，没事，您别嚷了，咱们赶紧挂号拍片子看病吧。

没事，没事，我得把话说清楚，这老年人要是不讲良心，死了都不得安生。特别是我那闺女回头再找你麻烦怎么办？

你们拍了吗？

那个小护士说：奶奶，放心吧，我们已经把您的话录下来了，也拍下来了。

好，挂号吧。别收这个大学生的钱啊，你们收了钱，回头我闺女不给他怎么办呢？来来来，我兜里有，我兜里有。闺女，来伸手从我兜里掏出来。

老奶奶自己掏钱挂了号，然后说取药拍片这都不用着急，我有医保，等着啊，我叫我家孩子给我送医保卡来。

老奶奶的女儿来了。

女儿说：老太太，您干吗呢？

奶奶说：我先跟你说，你可别赖人志愿者，我是自己摔的，然后人家把我背来了。

行了吧，谁会赖人家，还不知道您人来疯，就是为了拍照片，拍得美了，拍得过瘾了，就人来疯。

小胖低头说：姐姐，没有，奶奶就是有点儿任性。

什么任性啊，矫情，矫情极了，是老小孩儿、疯小孩儿，疯着呢。

奶奶说，嘿，你们瞧，有我们家人这样的吗？

怎么了？

你说怎么了，有你这么跟老人家说话的吗？

有您那么嚷嚷的吗？还让人家拍下来，当证词怎么着，觉得我会讹人家。我是讹人的孩子吗？

我不是怕嘛。

怕什么呀？哪有那么多讹人的人呢？真是的。行了，大学生，你也甭管了，一会儿我爱人就来把我妈背回家，你们回去吧，你叫什么名字？回头发个微博表扬表扬你。

小胖说：别，别，别，我没做什么，我今儿就是给奶奶当模特儿，还没当好。

奶奶说：当得特好。你瞧着，回家你看我相机里头，全是大片呀！

就这一路我牢记老师的话，我宁可背着奶奶，我也没帮她背相机。奶奶把相机紧紧地搂在怀里，还时不时地硌我后背一下，那我也忍着，我知道，老年人得一个心怡的相机那真的很开心，他们开心就能长寿。所以呀，我做什么都愿意。

说到这儿，小胖说：老师，还用再讨论吗？如果说碰到路上摔倒的老人，我一定要扶啊！

老师说：就是啊，世上还是好人多。像这个受伤的奶奶和她的家人就是通情达理的好人嘛。

是啊，老师，从我做起，谁要是见到路上有摔倒的老人不扶，谁就是孙子。

大家又笑了，对呀，你本来就是孙子。

你才是孙子呢，你才是孙子呢。

年轻人七嘴八舌，吵吵闹闹，这笑声扫光了他们心中所受的委屈，也点燃了他们的青春之歌。

走出会议室，看到这一排排的银杏树，竟然发现树上生出了苔米似的花千骨。

发现瞬间，感动。

朗读者 孟群丰
银龄书院

扫码听故事

杜鹃花

司空见惯的平凡，温暖流年

　　一场大雨过后，天气格外的炎热，几位侍弄花草的园林工人急急忙忙地来到院里的花圃。他们除草剪枝，并且把那些枯枝烂叶全都剪出来抱走，抱走的时候，他们竟然脱下自己身上的工作服，把这些枯枝都裹卷好，上面带了很多泥土，他们特别小心翼翼地把这些被剪断的枝条和那些带着泥土的干枯树杈抱到后院的垃圾场。

　　我走过去问：这么热的天，你们等一会儿再干不行吗？一会儿天气就会凉爽下来的。

　　他们说：等一会儿天凉快了，老人们就出来了。他们一出来，我们在这儿弄这些花花草草，藏在里面的虫子啊、蚊子啊，就都跑出来，会咬他们的，我们可不能让蚊子咬这些老人们。

　　我说：你怎么想得这么周到啊。

　　他说：谁没个老的时候啊。等我们老的时候，我们要住在养老院，也不希望我这边乘凉，那边稀里哗啦剪枝，把蚊子都轰出来。特别是南方，下过雨以后蚊子特别多。你还不知道咱们这儿的老人啊，一凉快了，就都出来了。

是啊，老年人待不住，就希望在院里乘凉的时候，大家聊聊天，说说话，这些花匠们想得很周到。

谢谢你们了。你们宁可自己辛苦，也让大家享福。

不光是这些，旁边一个年轻的工人说，老师您不知道，我们这位汪师傅，是山东菏泽专门种荷花的，是有名的花匠呢，她懂的知识可多了。她经常给我们这儿的老人讲种花的知识，一到开春，好多老人要买什么花，都找她请教。有时候我们中午吃饭休息，她也顾不上吃饭，这些老人围一圈儿，听她讲课，讲怎么剪枝、怎么施肥、怎么浇水。

我说：有人听吗？

有啊，多着呢。好多老人抱着自己的花来让她给看病，看看是什么虫子咬了，该怎么治啊。她就一盆一盆地给大家说，还帮着大家倒盆，说你们不会倒，别累着。我跟您说，她还悄悄买些肥土带过来，不是我们这儿发的。我们这儿是管园林绿化的，哪管那些花花草草，还去给它上肥啊。她都是自己买来的，两块钱一袋，买了以后送给老人。可有时候吧，也特别窝心，我给您叨唠叨唠。

我说：那你别站着说了，让你们头儿看见了，该说你了。来，我帮你一块儿剪枝吧。

您知道怎么剪吗？

我也喜欢花草，也学过。

就这样，我和这个年轻的小花匠一边剪枝，一边听她讲着老花匠的故事。

她说：有一次啊，一个奶奶抱了一盆花，说你给我看看，我这盆杜鹃怎么老掉叶子啊，这个花匠，也就是我师傅，看了以后说，哎呀，老姐姐，您太勤快了。

这个奶奶说，就是，我就是个勤快人，非给我送到养老院，养老院是什么地方？就是养老的地方，在这儿吃饱了睡，睡饱了吃，跟猪一样不干活儿，我可受不了，我就自己养了好几盆花，你给我看看，我这花怎么老掉叶子啊？

我师父说，您太勤快了，很多花啊，都不是干死的，也不是虫咬死的，都是被勤快人给浇死的。

真的，我天天给它浇水，没事就浇。我儿子给我买了好几个小喷壶，有粗管的、有细管的，可以调控，特别好玩儿，所以呢，我就轮着用。结果，就成这样了。那你说怎么办呢？

您呀，让它先干着，放在一边，不要管它，慢慢地等干了以后您再一次给它浇透，就不要再浇了，行吗？

行，我听你的。谢谢你啊！

奶奶抱着花回去了，过了两个多星期，她又来了，拎着一个干杈子找来了，进门就嚷，花匠呢，花匠呢？

我说：我们刚在这儿休息一下，我师傅可能去干活儿了。

在哪儿呢，在哪儿呢，带我找她去。

我把她领到师傅跟前，师傅正在后花园清理假山上的枯叶。说我们是花匠，其实我们还附带着清理那些枯枝烂叶。

我是天天戴着手套,你看我师傅那手,粗糙得都裂口。这南方的花花草草可不是那么温柔,可厉害了。就说这个贴杆海棠吧,哎哟,那刺儿,扎人疼着呢,我师傅怕我们弄不好,就自己在那儿往外掏枯叶呢。

谁也没想到,这个奶奶呢,拎着枯枝,啪地就摔在那个石头上了,花匠,你看看,你给我说,不让我浇水,说它落叶是我给浇坏的。不让我浇水,看着它,生生给它渴死了,你赔我吧,我这盆花好几十块呢。

我们几个年轻人过去说:奶奶,您别这样啊,这以后我们谁还敢教大家养花啊。

嘿嘿,你们怎么说话呢?什么叫不敢教啊,怎么你们了?讹你们了?

没讹。

可您干吗让我师傅赔啊?

就得赔。我问了,他说是浇水浇多了,告诉我不浇水,不浇水这花就死了,渴死了。大夫说了,人一天得喝八杯水,那这花呢,一天也得喝四杯水吧。

哎哟,这奶奶可真矫情,我们心里这火又不敢发出来。我们进园子的时候呢,院长和我们领导三番五次给我们讲,那真是耳提面命啊,在这儿干活儿慢一点儿都没关系,就一件事,千万不能气着这里的老年人。他们说什么都是对的,他们说这月季开花不香,你就说不香,说这个芭蕉是美人蕉,你们也说是，对对对。

什么意思呢，就是别让老人们生气。这里的老年人可都是人家家里的宝贝，送到咱们这里来了，咱就得好好给养着，不能有任何差错。

我们虽然没立军令状，也是表过态的，就是绝不能惹他们生气。想到这儿，我又压了压火说：奶奶，那也不能让我师傅赔啊，这可能有各种原因。

那我不管，你师傅说了，保证我放几天再浇水，就能好。现在死了，怎么办啊，赔，赔我花吧。

我师傅笑呵呵地说：姐姐，您还别说，我正好刚淘到了一盆特别好看的杜鹃，就您喜欢的双瓣红，我明天就给您搬来，甭管怎么说，我送您这盆，也算赔您，怎么样？

奶奶自己也不好意思了，那，那合适吗？

那有什么不合适的？我是花匠，我们要买花啊，便宜。我们都跟基地花农认识。

是吗？行，那赶明儿，那个过节的时候，给我带两盆。

行。我明天先把这盆赔您，行吗？

行，那明天给我送屋里去，不行，这个楼不让你们上，那你给我放楼门口，我让护工来搬啊。

行，那您慢点儿啊，那个枯杈子别拎走了，扔这儿吧，一会儿我收到后院垃圾场。

行，这还差不多。

老奶奶拍拍手，扔了这枯花枝，哼着唱着，找那些老姐妹玩儿去了。

我心里这个气啊，都说老年人矫情，什么叫矫情啊，就是倚老卖老，你老怎么着，老就欺负我们。我师傅上哪儿淘便宜花去，我师傅一会儿就上花卉市场给她买去，您信不信？

果然，下了班我师傅说，你们先走吧，我上花市。

你是不是给那个矫情老太太买花去？

是啊。我给人说的，就等于是我没指导好，其实我应该过去看看，这赖我啊。没事，几十块钱一盆。

几十块钱一盆，你一天才挣几十块钱啊。

没事，不差这点儿钱，没事，没事。别给你嫂子说啊。

行，我知道了，那我跟你一块儿去吧，花盆可沉了，我给你驮回来，放到传达室，明天早上来了再给她。

我陪着师傅到花市花了三十五块钱买了一盆杜鹃，放到了养老院的传达室，第二天早上我师傅笑眯眯地给人家送去了，那老太太一看，乐啊，这一盆顶我那两盆，真是又便宜又好，行了，今年春节，你照着这花，你给我来五盆。

哎哟，我的妈呀，我师傅是哭笑不得。

我气得是肝颤啊，有这么欺负人的吗？我要有这奶奶，我非得跟她急，可是她不是我奶奶，我不能急啊。我得笑眯眯地说：奶奶，我赶紧给您端过去，跟护工说一声，让她们给您端屋去，我和我师傅还得干活儿呢。过几天呀，我和我师傅就得换别的地方去了，就帮您买不着花了。

是吗?那怪可惜的。那行,赶紧叫护工小张给我搬屋去。那谢谢你了,谢谢你了。

我师傅说:不谢,不谢!拍拍手,又跟着我们一起到院里干活儿了。

人都说,花有情,人有情。我看啊,最有情的是我们这些个弄花人,弄花人有情,花中自有真情在,花中自有花间道,你们信吗?给你们转两句新词吧。

听着小花匠这番话,我心里头真的有一丝丝酸,但主要是甜,我感到在我们这个社会,尊老爱老已经形成了一种风气,她说得真对,弄花人整天接触这些美,美会给人一种感受,美会给人一种力量,而这种感受,这种力量,会感染身边的人,美可以传承,爱能够传递。

愿我们的老年人像花一样,幸福地开放,也祝愿我们这些侍弄花的人,也像花儿一样,开心幸福地劳作。

仙人掌

个性，是自我形成的，路是自己选的，没有输赢

银龄书院 朗读者 刘清
扫码听故事

最近发现很多年轻人，特别是"80后""90后"，都喜欢养那种小多肉，说是能够疗伤。有志愿者问我，你们老年人喜欢养什么？

我们老年人喜欢养仙人掌。

为什么？

因为仙人掌有刺儿，老年人要保持这种个性，什么是个性呢？就是没办法形成的。

比如老年人为何偏爱保健品，为何不惜血本甚至东拆西借购买保健品呢？带着这些问题我曾经用很长一段时间，化装走访了许多免费健康讲座课堂。

当我走进这个讲座课堂的时候，被门口的小伙子拦住了：大姐，您来干吗？

听讲座呀。

我们只针对爷爷奶奶，不希望占用您的宝贵时间，您还是去别的地方听那些高雅的讲座吧。

我找我的父母，因为他们经常上这儿来听讲座。

那好办，您给我指出来是谁，我保证让他第二天就不再来。

你有什么高招儿呀？

很简单，我给他脸子看，我说瞧瞧您，那么多老人都买，就您老不买，还老来，还好意思来吗？还好意思坐我们的板凳听，还好意思领我们的鸡蛋吗？第二次他保准不来了。

我一看小伙子这么爽快，而且这么有办法，就试探着对他说：如果我不是听讲座，也不是来找父母，而是来采访呢？

这个小伙子非常精明，依旧是脸上堆满了笑对我说：姐姐，我们都是在社会上混的，混什么呢？混碗饭吃，我也是上有父母，下有弟妹，您呢？一定也是这样，我们也不愿意自己的父母去上当受骗购买这些不中用的保健品，但是有一点我可以特别负责任地用人格向您担保，我们这些保健品吃不好，但也吃不坏，治不了病，也要不了命。

我笑了，他也笑了。

就在我觉得已经可以继续和他交流的时候，他突然严肃地对我说：但是如果您要是作为记者来报道这件事情，把我们这窝给端了，那么您将遭受的可不只是丢饭碗的事了，也许就要……

我害怕了，年轻时做税务稽查和审计的时候也受到过威胁，也受到过恐吓，我都不怕，可如今这把年纪还真有点儿害怕。

我赶忙说：小伙子，我既不是记者，也不是卧底，只是想来了解一下，为什么这么多老年人都要到这里来听你们讲座，而且他们的子女怎么就管不住他们呢？

小伙子渐渐地又露出了笑脸对我说：也简单。

你怎么什么都简单呢？

就是那么简单，做子女的，陪爸妈聊天，陪爸妈钓鱼，陪爸妈下棋，陪爸妈旅游，把时间给爸妈陪得满满的，让爸妈心里头感到温暖，他们有人说话，有人亲近，那我们就得夹着尾巴逃跑了。

你还知道50年代的歌呀？帝国主义夹着尾巴逃跑了。

对呀，我要做老年人的生意，就必须了解老年人，什么打靶归来，什么日落西山这些歌，我都会唱，其实我不喜欢，但老年人的心理活动我摸得是门清，他们就是因为没有人理睬，天天对着那个大别墅、空屋子特烦，他闷，他才来找我们，如果姐姐您真的不是记者，您不想端我们的老窝，也不想夺我的饭碗，那么我劝您找机会多去俩地方看一看，但您一定要装扮成老年人混进去，等您看明白了，最后您再来找我，我给您讲讲里面的门道。

小伙子的一席话让我如梦方醒，我想，对这个问题的微调研，我应该继续。

这一天，我拎着一个保健品推销员发放的提袋，穿了一双厚棉靴，素面朝天，走到了这个讲座的课堂门口，果然没有费任何力气就进去了。进去以后我就坐下听讲座，可是不一会儿，就有人过来说：阿姨，您以前来过吗？

没有，第一次来。

谁向您介绍的呢？

王姐。

哪个王姐呢？

我们搬过来不久，不知道她叫什么名字，只知道大家叫她王姐。

那您给我指指哪个？

我也在找呢，可能今天没来，我们也是见面熟，怎么我不能听吗？

不是的，您可以听，但是我总觉得您是不是有点儿太年轻了？

不是的，主要是我自己比较注重保养，如果这些保健品我觉得好，我肯定要买，我还可以替你们宣传。

哦！是嘛，那您坐好，继续听讲座吧，如果您要觉得好，您就来买，不买您也可以来继续听，没关系的，一会儿我们还有免费的鸡蛋，每个人十枚，您可以带回去尝尝，我们这些都是有机食品。

一听说还要送有机食品，而且也不需要提供身份证，也不需要签字，随意拿起就可以走，自己有点儿胆怯了，真的拿了人家鸡蛋，不来行吗？所以我一会儿打开手机看看，一会儿打开手机看看，假装有急事，悄悄地溜了出来。

两次探访免费健康讲座课堂都是知难而退，怎么办？老办法，和老年人一起去听讲座。

经过很长时间的准备，这天我和吴姐姐走进了课堂，还没有走到课堂门口，就见门口站了一个小女孩儿，恭恭敬敬地说：奶奶，您来了！然后对我说：阿姨，您请坐，您怎么陪着来了？奶奶是您什么人呀？

吴姐姐说：这是我的侄媳妇。

呦！您侄媳妇都这么大岁数了。

可不，我都八十多了。

您侄媳妇干吗的呀？

嗨！下岗工人，这不我们一块儿出去买菜，我说上这儿来听个讲座歇会儿，她就跟我来了。

那您请坐，奶奶您别忘了，今天还有礼品呢，今天的礼物特别好，是免费的健康卡，到那儿您量量血压，听听心脏，不用拿身份证，您领一张就行，您侄媳妇要是也要，您给她也领一张。

通过几次这样跟随老年人一起走进免费健康课堂，我渐渐了解了一些情况。老年人对免费健康讲座和保健品为什么总是爱它没商量？

因为孤单寂寞。

凡是进入免费健康讲座课堂的老年人，大多是空巢老人，儿女要么在国外，要么在上班，身边没有能说得来的亲朋好友。每天盼着电话，有时候孩子来了电话：妈，您没事吧？

没事。

没事我挂了，忙着呢。

这是几个姐姐跟我异口同声说的。

我也有这样的体会。

孩子时常会问：妈，您有事吗？

我就会说：没事，没事。

即使在医院输液我也会说：没事，没事，你们忙吧，你们忙吧。

老年人的心都是这样的，不希望过多占用孩子的时间，不希望过多牵扯孩子的精力。他们很孤单。

有个许姐姐为了能出门找事，也就是找人说说话，她家里的油盐酱醋都是一次买一点儿。没有零打的，她就买一小瓶，实在没有，买了大瓶的怎么办呢？她就把酱油倒掉，把盐倒掉，然后说：哎呀！没有油了，没有盐了。

她就天天到小卖部买，买的时候就跟人家聊天：姑娘你家是哪儿的呀？

姑娘就跟她说会儿话，要是人多她就跟排队的人聊，她说：姐，您这是打哪儿来的呀？

哎呦，我看着孙子呢。

反正总有聊不完的话，每天她都要到这个小卖部买东西，后来售货员看出了端倪，对她说：阿姨，您可千万别浪费油盐酱醋了，您要想上我们这儿来，我特意给您拿了把马扎，您想上这儿聊天，上这儿玩儿会儿散散心，您就来，不用来买东西，您老这么一天买一瓶酱油，我看着都心疼，要是您孩子知道了，不是也心疼吗？

许姐姐被售货员这番话感动得热泪盈眶。

真的，这是我一个做律师的朋友给我讲的她妈妈的故事。后来她们姐几个就轮流陪妈妈逛街，陪妈妈聊天，陪妈妈去旅游。因为她们太孤单了，太寂寞了。

来听讲座的还有的是夫妇俩手牵手来的，为什么呢？老伴儿以前可以画画儿，有事干，可是后来生了病，手颤抖得很厉害也不能画画儿，也不愿意多说话，他们两个人就每天大眼瞪小眼，你看着我，我看着你，没什么话可说，想给孩子打个电话，又怕影响人家工作，所以他们就手牵手来这里听讲座。

有时候他们来这里听讲座真的不是为了买保健品，他们图的就是那一声声热情的招呼。还没走到门口就有人喊：爷爷，您慢点儿。奶奶，您来了。而且他们还和老年人唠家常。

有个奶奶的后老伴儿的孩子因为嫌她过年给孙子辈压岁钱跟她发生了口角，这个奶奶非常生气，来到这里听讲座的时候坐那儿就悄悄地抹眼泪，这时一个女孩子就走过来：奶奶，来来，您出来，咱到那个房间里，我跟您说会儿话。

我的心揪了起来，以为她会给奶奶强行推销一些商品，我就挪了位子，在那门边听。

她说：奶奶，您怎么不高兴了，还抹眼泪呢？是身体不舒服吗？不舒服我马上送您回去或者送您上医院。

奶奶说：不是的，是我跟我老伴儿的孩子闹气呢。

您真逗，奶奶，怎么还是您老伴儿的孩子，你们俩是一家人！

不是的，姑娘，这是我后老伴儿，他有个女儿，嫌我春节给她孩子的红包给得少了，给我孙子的多了，小孩子之间可能互相说了，所以她就不高兴，我这就觉得憋屈，其实我知道他爸爸也会再给一份的，可是她就跟我耍脸子。

小女孩儿说：哎呀，奶奶呀奶奶，我跟您说吧，我听我妈说过，这叫前一窝后一捞，它不好端平，您对人再亲，人家也不是您亲生的，所以这一碗水难端着呢！不是有老话说嘛，这个后妈难当，您别往心里去，反正又不跟您一块儿住，一年不才来这么一两次嘛，您干吗呀？至于吗？

奶奶慢慢地就不抹眼泪了，说：丫头，你怎么这么会劝人呀。

哎呦，奶奶，家家有本难念的经，您以为那个老夫老妻的那种结发夫妻，就没矛盾了？也有！您瞧我爸和我妈整天打架。

真的呀？为什么呀？

因为鸡毛蒜皮一点儿小事就打架。

说着说着奶奶就笑了：呦！别跟你聊天了，我还得赶紧听讲座去呢!

  听完了讲座,这个奶奶毫不犹豫地就买了一瓶保健品,奶奶说:这个保健品好,它能够解除抑郁症,虽然我没有抑郁症,可是我经常有想不开的事,吃点儿这个对大脑好,我得吃。

  这个奶奶高高兴兴地拿着这瓶价格不菲的保健品回家了。

  后来听她女儿说,这些保健品都泡水浇仙人掌了。

  啊?

朗读者 金艺琳
银龄书院
扫码听故事

山楂树

拯救爱情是别人的事，我要做的，就只是照护你

院外一棵山楂树，绿油油的树叶，白净净的花，人见人爱，树枝上挂着一只五彩缤纷的蝴蝶风筝，蝴蝶的两个飘带在风中摇曳。

远处有人喊：何支书，何支书！

谁呀？

是小翠找咱们来了。

别理她，咱们赶紧去帮着够这个风筝吧。

够什么呀，再给他糊一个，我就会糊，从小就会糊风筝。一个正方形，两个飘带，那叫什么，那叫屁帘。

得了吧，关连长，你说话就是粗俗，侦察兵，你说，那叫什么？要糊给糊一个沙燕。

对，何支书，咱们躲起来。

别，别，别，她可是咱们院的优秀护工，万一找不着咱该着急了。

小翠身着红T恤衫、白裤子、白护士鞋，小脸红扑扑的喘着粗气跑过来说：你们几个怎么回事啊？侦察兵、关连长、何支书，你们这是干吗呢，让我这一通好找，知道的是找你们，不知道还以为我这儿演《夺印》贿赂何书记吃元宵呢？

小丫头，你还知道《夺印》？

对呀，我妈老跟我说。

你妈跟你说什么？

我老跟她说你们的事儿，说我们这儿有一个叫何支书的，我妈就说，哦，有个评剧，叫《夺印》，有一个段落就是，一个女社员好吃懒做的，端一碗元宵满大街地叫何支书吃元宵，何支书吃元宵啦。

哦，就是，就是，你妈也是我们这个岁数？

是啊。

你妈妈现在好呢？

我妈妈早就没了。

沉默，山楂花，白白净净的槐花扑棱棱地往地上跳，而那只彩色的蝴蝶，还在随风飘舞。

关连长打破寂寞说：侦察兵，你瞧我的，我爬上去，把它够下来，要不然那孩子该多着急呀。

你爬上去？

我爬上去怎么了？想当年，在高地上，那要是往山上爬，遇见树都是我爬上去，登高侦察那是我的强项啊。

行了吧，你多大岁数了？

我岁数大，你小啊？

我就是比你小。

怎么就比我小啊？

你说？33和34谁小谁大啊？

34大啊。

对呀，还是你大我小啊。

可33年出生和34年出生不是这么论的。

矫情。

什么叫矫情啊，咱们说过了，好汉不提当年勇。这样，我回去找个梯子。

小翠说：爷爷，求求你们了，你们让我省省心吧。

应该说，海燕你长点儿心吧。

哈哈哈，三个老小孩儿大笑。

小翠略带哭腔地说：关连长，何支书，侦察兵，你们行行好吧，你们赶紧回去吧，不然，院长该呲我了。

我们回去干吗呀？好不容易出来玩儿会儿。

给你们安排个新护工，你们快瞧瞧，是个当兵的，长得五大三粗的。

真的啊？那走，那咱们回去。

别，别，别，别这么走，你看太阳，夕阳的余晖洒在山坡上，这几个老小孩儿，不知谁起了个头：日落西山红霞飞，战士打靶把营归，把营归，1234，齐步走！

不知是被歌声搅和的，还是被夕阳照的，白色的山楂花呈现出金灿灿的颜色，很是好看。

回到院里，会议室方桌前坐着护工大个儿李，听着小翠的介绍，依次叫着：侦察兵好！关连长好！何支书好！

好，好，好，我们考考你，你是在哪儿当兵的呀？

山东济南。

山东的，好，好。你愿意照顾我们吗？

愿意。

那你知道怎么照顾我们吗？

知道，我经过了培训。

哦，那给你出个问题，每天上午10点下楼晒太阳遛弯儿，我们仨都想第一个出去，怎么办呀，你先推谁，后推谁呀？

何支书说：先推我呀，领导第一。

关连长说：支部建在连上，那连长就得第一。

何支书：侦察兵他最后。

大个儿李坚决地说：不行啊，你们三个人不能按照职务来分，老是那样的话，就有人总是享受第一缕阳光，不公平了。

哟，你说话还文绉绉的，还享受第一缕阳光，那你说怎么办？

这样，咱们每天玩儿锤子剪子布，谁赢了，我先推谁，给他放好了地方，再来推第二个、第三个，怎么样？

好玩儿，好，好！

卧室内三个长者在说着悄悄话，嗓门却很大。

别嚷嚷，关上门我跟你说，大个儿李啊，又给对面的老李去帮忙了，老李他们家没雇护工，老用咱们的护工可不行。

不对，大个儿李和老李是不是原来就认识是亲戚关系？故意蹭咱们的护工用。

不会吧？那个老李是北京人，怎么会和山东人有亲戚呢？

那咱们把大个儿李叫来问问。

大个儿李，大个儿李。

哎，来啦。大个儿李手里拎着暖壶走进来。

你给谁打水呢？

我给李叔啊，李叔昨天感冒挺重的，我给他打壶水，怎么啦？

怎么啦？你是我们三个家庭雇来的护工，你的工作就是为我们服务，你为别人服务就侵犯了我们的消费者权益，知道吗？

听着何支书一板一眼的控诉，大个儿李哭笑不得。

第二天早晨，大个儿李趴在楼道的桌子上，很多长者过来问，大个儿李怎么啦，怎么啦？

没怎么，头疼。

侦察兵也过来问：你怎么头疼呢？

我心里憋得慌。

为什么呀？

因为老李叔昨天晚上摔了。

我们仨也没摔，你的服务对象是我们仨。

不是的，他不能下床了。

你是想帮他去？

不是，我是你们的护工，我不帮别人。

那不行，他现在有困难，你就得去帮，今天我们三个放你假，你去照顾他。

那你们还投诉我吗？

不投诉，不投诉，你是最棒的、最有爱心的护工，我们三个是最有爱心的老人，去吧，去吧，今天我们仨不下楼，我们自己在楼道里玩儿。

山楂酸酸甜甜

认识一个"90后"义工，染着一撮金黄色的头发，身上的牛仔裤有很多破洞，白色长袖衬衫袖子撸到了胳膊肘，脖子上戴一条红丝绳。他是大型连锁美容机构的技术总监，每个月来养老院免费给长者理发，每次都先给爷爷奶奶们鞠躬，然后说：我给大家跳一段杰克逊的劲舞。

这些长者也都年轻过呀，也都知道青春激情那感觉，他们随着小伙子的脚步，随着手机里发出的伴奏舞曲声，又是摇头又是晃脑，又是拍巴掌又是跺脚，有的军人竟然吹起了口哨，欢乐的气氛被这个小伙子完全调动起来了，长者每个月都盼着他来理发这一天。

理发这天小义工顾不上吃饭，因为排队的长者实在太多了，他给这个爷爷剪个爆炸式，给那个奶奶弄个超模式，把这些老年人哄得开心地笑啊，笑啊。

可是这天小义工遇到了一个大难题，李奶奶拿了一份韩国女明星的画报，偏要剪这种发式。这可难坏了小义工，他说：奶奶，剪这个发式得有足够长度的头发，头发不够长剪不成的。

怎么剪不成？你不是技术总监吗？总监都剪不了吗？你是不是觉得这个工序复杂，你是免费给我们剪，我们不给你钱你就不剪？告诉你，奶奶有的是钱，你说吧，你开个价，你要多少。

李奶奶这一串连珠炮式的发问，弄得小义工的脸红一阵白一阵，他哪经受过这个呀？他在哪个养老院为长者理发，得到的都是掌声和鼓励，哪听过这番话呀？

他结结巴巴地说：奶奶，我没有这个意思。

什么没这个意思？我知道，总监是什么，总监就是剥削你们的员工，再咬顾客一口。你吃了顾客吃员工，你是一个"周扒皮"。

李奶奶在院里是有名的小辣椒，那嘴像刀子一样，就是因为这些年和儿女吵架，儿女都不来看她，她心中的怨恨是越积越多，所以看谁都不顺眼，看谁都故意挑毛病，每天就是她牢骚最多。

这时候我悄悄地对小义工说：你别怕，她不是针对你，她是心中一直怨恨儿女不来看她。

小义工顿时就睁大眼睛说：那我理解，我理解，我有一年春节没回家，大年初一我给我妈拜年，我妈冲我噼里啪啦就一通乱骂，我知道，我知道。

然后他就赶紧对李奶奶说：奶奶，您听我说。

哇，那有板有眼李铁梅的唱腔把李奶奶逗笑了，把周围刚才被这顿炮弹炸蒙了的长者也都逗笑了。

接着这个小义工唱道：奶奶呀，虽说你不是我的亲奶奶，我爹也不是我的亲爹，但是我要给您做一个发型，让您美呀，美得比维纳斯还美。

李奶奶笑着说：好孙子，来吧，你剪什么样奶奶都喜欢。

然后这个小理发师又唱道：有妈这碗酒垫底，我什么样的酒都能对付。这一老一少演了一出《红灯记》。

还好，大家悬着的心都落了地，小义工非常轻松愉快地为李奶奶剪了一个特别时尚的蘑菇头。

李奶奶说：这不是樱桃小丸子吗？

就这样一个发型让李奶奶开心了很久，尽管她把气撒在了一个义工身上，可是这名义工却用自己的聪慧、用自己的爱心化解了她的怨气。

以后李奶奶和小义工就像亲祖孙一样，非常亲热。每次他来，李奶奶都会偷偷地往他兜里塞红果，塞糖块。

今天李奶奶还悄悄地给小义工带来了厨房刚做的山楂

馅饼，酸甜可口，别说吃，闻着就香，小义工那是想吃又不敢接，志愿者有规定，不能接受长者的礼物。

看他左右为难地望着我，我也不知道怎么办了，您说呢？

蔷薇花

心底有无限的柔情，全都给你，
人间值得期许

银龄书院
朗读者 薛晓萍

扫码听故事

白发人送黑发人，那是何等惨烈的事情。

他，在四十多岁的时候，摊上了。从此他一蹶不振，就想一死了之，就想去天国陪伴那二十多岁的儿子。

多少次，多少回，他徘徊在护城河边……

是她，年少他十岁的妻子，性格开朗，快人快语，默默地陪在他身边，没有劝说、没有开导，只是默默地陪着，陪着。他干什么她都跟着。他去哪儿，她都陪着。就这样陪着，陪着，一晃三十多年过去了。

那年，他忍痛丢掉那一架蔷薇满院香的四合院，住进了养老院。

他们相依为命走过了风风雨雨，他们共同的心愿就是，用自己现在的力量去帮助更多的人，用他们的话说就是：多做好事儿，下辈子再修来个儿子。

他们把助人为乐当作修行，他，在图书馆做志愿者，她，在模特队做队长。街坊四邻谁有个头痛脑热，他都会冲在前面无私地帮助。她，七十岁的年纪，还经常骑着小三轮车，代别人购买物品，还要拎着给人家送到屋里。

深更半夜，邻居突然发病，她揣上一千块钱就跟着救护车去了医院，跑前跑后。等到天亮邻居家属来了，她才疲惫地回来。

他心疼自己的妻子，妻子更是精心地照顾他。

就这样，他和她，默默地为大家做了一件又一件好事，相伴着走过了一个又一个春夏秋冬。

前些日子，他一个不小心摔倒了，头破血流。是她，把他送进医院，陪护在他身边寸步不离，一日三餐精心照料，终于，他们闯过了一个又一个难关。

在一个阳光灿烂的早晨，我来到他们的病房，还没进门就闻见病房里那浓烈的蔷薇花香，原来是妻子不顾蔷薇刺儿扎手，采来了一大瓶蔷薇花。

见面她就热情洋溢地对我说：是医生、护士，还有护工，把老伴儿救了回来，你好好写写他们吧。

接着他就告诉我：单位的老同事、九十多岁的曾老，在女儿的搀扶下，也来到病房，来到我们身边。还有你们这群年轻人，一个接一个地来，给了我很大的力量，给了我生活的勇气。

我说：您一定要记得咱们的约定，今年要给您们拍摄钻石婚纱照的。他们夫妻共同表示：一定要好好调养身体，健健康康、漂漂亮亮地拍摄钻石婚纱照。

他躺在病床上对我说：我还想陪着老伴儿拍白金婚纱照呢。

我说：好，好，白金婚纱照，给您戴一条一百克的白金项链。病房里传出朗朗的笑声，是真正从心底发出来的笑声。

人是需要一点儿精神的，人的身体是有自我修复能力的，关键是要有一口气，一口精神气。

他，失独不孤独，因为有老伴儿。

老伴儿，老伴儿，老来的伴儿，还有当年那些老同事、老同学，大家都是后半生的伴儿。

在我们步入生命秋天的时候，老伴儿，无论是自己的爱人，还是过去的同事或同学，我们都是老伴儿，老来做个伴儿，一起抱团取暖，开开心心、平平安安、健健康康地度过生命的秋天。

感恩爹娘想爹娘

重阳原本就是一个有着长长久久寓意的美好节气，1989年我国又将农历九月初九定为中国老人节，更强化了重阳节的敬老氛围。

然而，许多老年人在这一天并不开心。

因为，他或她，不在身边……

清晨，正在写稿，有人敲门，原来是平日乐观向上、助人为乐的吴姐姐，进门就哭诉昨夜无眠，自称是一片秋叶孤苦伶仃。

我知道她的孩子非常优秀，就是少有时间来看她。

我拥着吴姐姐出门去花园散步，看见非常斯文的文姐姐竟然对着护工发脾气，护工赔着笑脸哄着。

一对每天携手散步的恩爱夫妻却吵架了，气得丈夫大声嚷嚷：你就当没生过她行不行！

一个坐轮椅的漂亮姐姐对护工说：如果我妈在，我推着妈遛弯儿该有多好啊。

重阳节几家欢乐几家愁，儿女越是优秀，父母越是孤独。

重阳节感恩爹娘，谁知道爹娘也有想爹想娘的时候啊。

回到房间，情不自禁打开桌上的《唐诗宋词》，看见这些诗词，颇有感触。

十年生死两茫茫，不思量，自难忘。千里孤坟，无处话凄凉。纵使相逢应不识，尘满面，鬓如霜。 夜来幽梦忽还乡，小轩窗，正梳妆。相顾无言，唯有泪千行。料得年年肠断处，明月夜，短松冈。

不管多大年纪，年纪越大越是想娘，时间越长，思念越是疯长。

年少时就喜欢这首词，只是不解其中味，中年丧母读懂已是泪潸然，岁岁重阳读之甚是伤感。

萧萧梧叶送寒声，江上秋风动客情。知有儿童挑促织，夜深篱落一灯明。为人父母无论孩子有多大，总是爹娘的一份牵挂，儿行千里母担忧，一生一世化解不开的愁，春花秋月何时了,无解。

平生不会相思,才会相思,便害相思。身似浮云,心如飞絮,气若游丝。空一缕余香在此,盼千金游子何之。证候来时,正是何时?灯半昏时,月半明时。

人这一生会遇到许许多多的情感,有一种情,相爱之人最怕有情无缘,长相思却不能长相依恋。不必强求更不要抱怨,只在灵魂深处相知相伴。

重阳节,欲尽孝道,没了爹娘。和老年人在一起说说话,拉拉家常,年逾花甲做义工无欲则刚。

读着书,乐着,老着,老着,乐着,爱国爱家爱人爱他。

风,道是无情

风,像抽了疯的陀螺,旋转着,裹挟着枯枝、沙粒,劈头盖脸地砸到车前挡风玻璃上,一路向北,一路向北去看望刚刚失去爱人的玲姐。

姐领我走进家门,一阵空寂扑面而来,过去不管什么时候这里都是高朋满座,欢声笑语。今天都随风而逝。

见到姐撒娇道:姐,看我手冻得。

是啊!这么冷的天,你还来干什么?来,姐给你焐焐哦。

两双手握在一起,都是冰凉冰凉的。房间的犄角旮旯处处都藏着悲伤,真不知道什么时候就会突然袭击每个人的心房。

往日幽默风趣的孙总喃喃道:今天,天真冷,天真冷。

而那张社长则是默默无语，默默无语。

还是姐打破难挨的沉默，对女儿说：你这亲姨就爱吃，快给你姨剥糖。

我把那牛轧花生糖嚼得叭叭响，就不知道是什么滋味，像嚼蜡那般。

女儿乖巧，接过妈妈的话茬儿接着说：我见过姨吃螃蟹吃虾，那一大堆就跟艺术品似的，特别是那虾皮活灵活现，小伙伴都惊呆了。

过去一提起我这吃货的吃相那就是爆棚的笑点，可今天转换在每个人的脸上竟扭曲成张社长的两行清泪、孙总的哽咽。

我再也忍不住，泪，就像那打开闸门的水在每个人心中流淌。

想到前几日追悼会上人山人海的场景和此时孤零零的母女，我的心又一次痛起来，痛彻心扉的几个字"孤儿寡母"闯进心头……

人生旅途不只有阳光鲜花，还有这肆虐的狂风，不知道什么时候就会刮走你身边的亲人，再怎么追也追不回来了。

人死不能复生，这世间有温情。曹院、罗处恰在此时发来微信，邀约一起来看姐。

风，犀利，情温暖。珍惜身边的伴儿，珍惜周围的好友亲朋，大家互相关心，互相爱护，安度寒冬。

亲们，可要保重。

＃活着漂亮，走也漂亮＃

新年伊始，银龄书院在北京广播电视台《老年之友》解读《安心老去》，举了个例子：

养老院阅览室阳光明媚，一位长者笑眯眯地坐在那里为大家服务，她端庄秀美，是一位典型的南方美人，我一直叫她蔷薇姐姐。

蔷薇姐姐没有子女，也失去了丈夫，可她依旧那样阳光，依旧那样快乐。她为什么总是微笑，为什么如此灿烂？

几次聊天，她说出了其中的秘密：因为把身后事处理得很完美，很漂亮，就像蔷薇花那般漂亮。

我惊讶：怎么叫把身后事处理得很完美，还很漂亮呢？

她笑着告诉我：把自己的房子卖掉了，把房款的一半用来答谢亲朋好友，留下一半，再加上退休金，作为自己的养老支出，如果在百年之后还有结余，就献给我的母校北京某某大学。

哦，原来是这样。

蔷薇姐姐接着说：

因为我设计好了自己的身后事，全部都设计好了，连服饰都准备好了，所以我没有任何遗憾，所以我就会天天开心。

我每年都要去悉尼听新年音乐会，每月都要去国家大剧院看戏，这是我的爱好，也是我的精神生活。

我喜欢读书，喜欢旅游，喜欢微笑，因为我活着无忧，走也无忧，活着漂亮，老去也要漂亮。

哦。原来如此。

不念过去，不畏将来，活在当下，漂漂亮亮地活在当下，除了点赞还要思考学习。

日斜旧路晚霞明，用别人的智慧点亮自己的小橘灯。

蔷薇花露华浓。